나 혼자만 레벨업

파피루스

나 혼자만 레벨업

Only I level up

추공 장편소설

II

파피루스

목 차

1. 대박의 예감

1. 대박의 예감

오늘 유진호 팀이 계약한 던전은 모두 두 곳.

두 게이트 간의 거리가 제법 멀었다.

안상민과 현기철은 추측이 맞는지 두 눈으로 직접 확인하기 위해, 각각 게이트 주변에서 수시로 연락을 주고받으며 유진호 팀이 나타나길 기다렸다.

'아직 쌀쌀하구먼.'

안상민은 근처의 자판기에서 커피를 뽑아 왔다.

유진호 팀을 기다린 지 1시간째.

하지만 어떻게 된 일인지 지루함보다 기대감이 앞섰다.

간만에 가슴이 뛰었다.

'내 감이 맞는다면 오랜만에 나타난 대형 신인이다. 그것도 특급!'

안상민은 젊은 나이에 그 누구보다 빨리 과장을 달았다.

모두 감의 힘이었다.

백호 길드가 대형 길드로 발돋움한 데는 그의 기여가 컸다.

그리고 그 감이 말하고 있었다.

성진우가 백호 길드를 한 단계 더 높은 수준으로 끌어올릴 수 있을지도 모른다고.

'누가 들으면 미친 소리라고 하겠지만.'

아직 성진우는 공식적으로 E급 헌터에 불과하니까.

하지만 눈에 보이는 것만이 전부가 아니다. 그랬다면 지금의 자신은 존재할 수 없었다.

그렇게 매 같은 눈으로 게이트를 주시하고 있을 때.

뚜르르. 뚜르르.

현기철에게서 연락이 왔다.

"어, 기철아."

-과장님, 지금 막 유진호 팀이 도착했습니다.

"그래. 흥분하지 말고 잘 보고 있다가 일거수일투족 하나도 빠짐없이 다 보고해."

-알겠습니다, 과장님. 어? 어? 과, 과장님!

전화 너머의 목소리가 이상했다.

'이 바보가 설마 들킨 건가?'

안상민의 마음도 급해졌다.

"무슨 일이야? 말을 해, 말을."

-과장님 말씀이 맞았습니다!

"뭐?"

안상민의 심장이 빨라졌다.

-게이트 안에 유진호, 성진우 두 사람만 들어갑니다.

"그래야지. 성진우를 테스트하는 거니까!"

역시나!

추측이 맞았다.

이럴 때 자신의 감각은 빗나가는 법이 없었다.

'좋았어!'

안상민은 주먹을 불끈 쥐었다.

'너희가 반신반의할 때 우리는 움직인다. 성진우는 우리 백호 길드에 들어오게 될 거다.'

백호 길드에는 제2관리과와 이 안상민이 있으니까.

안상민이 승리감에 도취되어 있는 동안 수화기 너머에서 현기철의 목소리가 이어졌다.

—전 이제 어떻게 할까요? 제가 그리로 갈까요?

"아니, 좀 더 지켜봐."

—예? 과장님 말씀은 확인됐지 않습니까?

"공략 시간이 궁금해서 그래. C급 던전을 몇 시간 만에 클리어할지."

—A급 헌터도 C급 던전에 혼자 들어가면 2시간 이상 걸리잖습니까?

"그래서 못하겠다는 거냐?"

—그럴 리가 있겠습니까? 혹시나 과장님께서 적적해하실까 봐 걱정돼서 한번 여쭤본 겁니다.

빛보다 빠른 태세 변환.

이래서 안상민은 현기철을 미워할 수가 없었다.

"내 걱정은 말고 그 두 사람이 언제 나오는지나 두 눈 똑바로 뜨고 지켜보고 있어."

—여부가 있겠습니까.

"전화 옆에서 대기하고 있을 테니까 무슨 일 생기면 바로바로 연락하고."

–알겠습니다, 과장님.

안상민은 신신당부하며 전화를 끊었다. 그러고 나니 문득 허기가 밀려왔다.

꼬르륵.

'신경을 너무 그쪽에 쏟고 있었더니…….'

벌써 점심시간이 훌쩍 지나갔는데, 성진우를 기다린다고 아직 밥도 못 먹은 상태였다.

언제 유진호 팀이 올지 모르니까 자리를 비울 수가 없었다.

이제 좀 여유가 생긴 안상민은 근처에 어디 밥 먹을 데가 없는지 주변을 둘러보다가 편의점으로 들어갔다.

'밥값 아끼려는 건 아니지만…….'

누가 뭐라고 하는 것도 아닌데 이상하게 혼자 밥집에 들어가면 눈치가 보였다. 그래서 심사숙고 끝에 고른 게 편의점 컵라면이었다.

뜨거운 물을 붓고 3분을 기다렸다 나무젓가락을 막 뜯었을 때였다.

뚜르르.

"에이! 밥 먹는데 누구야, 귀찮게."

액정을 보니 익숙한 이름이 찍혀 있었다.

_오른팔.

'현기철 이 자식이…….'

안상민이 신경질적으로 전화를 받았다.

"고새를 못 참고 전화질이냐."

-과장님 그게 아니라요.

"아니긴 뭐가 아니야. 별일 아닌데 전화 건 거면 너 앞으로 일주일 동안 점심은 무조건 편의점 컵라면으로 동결한다."

-그게 아니고요, 과장님! 지금 두 사람이 나왔습니다!

면발을 막 입에 넣으려던 안상민의 손이 정지한 동영상 화면처럼 멈췄다.

"뭐?"

-지금 유진호, 성진우가 나와서 공격대 멤버들이 떠날 준비를 하고 있다고요!

잘못 들은 게 아니었다.

안상민은 급하게 시간을 확인했다.

"아직 30분밖에 안 지났잖아? 도중에 레이드 포기한 거 아냐?"

-아닙니다. 게이트가 흔들리고 있어요.

이런 말도 안 되는 일이!

아무리 C급 던전 간에 난이도 차이가 있다고 해도 솔플 30분짜리 C급 던전은 있을 수 없는 일이었다.

"다시 확인해 봐! 게이트 닫히고 있는 거 맞아?"

-예, 맞습니다. 영상이라도 찍어서 보내 드릴까요?

"……아니, 됐다."

안상민은 전화를 끊고 멍하니 앞을 바라보았다.

A급 헌터가 보통 2시간 걸리는 C급 던전을 30분 만에 돌파해?

B급 이상이 뭐냐.

객관적 자료를 바탕으로 최소한으로만 잡아도.

"A급 이상……."
상상도 못 했던 대박이었다.

* * *

"형님, 오늘 바쁘신 일이라도 있으십니까?"
"아니. 왜?"
"이렇게 빨리 사냥하시는 건 처음 봐서요."
유진호는 혀를 내둘렀다.
진우가 강하다는 사실은 알고 있었지만 오늘은 정말 미친 듯이 강력했다.
당연히 그럴 수밖에.
진우는 속으로 웃음을 삼켰다.
'던전의 마수들이 늑대인간들이었으니까.'

[칭호 : 늑대 학살자]
늑대를 잡는 데 능숙한 사냥꾼에게 주어지는 칭호입니다. 짐승형 몬스터를 상대할 때 모든 능력치가 40% 증가합니다.

'늑대 학살자' 버프는 당연히 늑대인간들을 상대할 때도 적용됐다.
가뜩이나 레벨이 많이 오른 상태에 버프까지 받았으니 C급 마수 따위가 버틸 재간이 있나?
"깨개개갱!"
"깨갱!"

"키이잉!"

덕분에 유진호는 죽은 마수들의 사체에서 마정석을 캐내느라 손이 열 개라도 모자랄 지경이었다.

안에서 마신 힐링 포션만 다섯 병.

포션 때문에 배가 불러서 밥을 안 먹어도 될 것 같다고 몇 번이나 고개를 절레절레 저었다.

'그건 그렇고…….'

진우가 고개를 들었다.

아까부터 어디선가 시선이 느껴졌다.

'마력이 느껴지지 않는 걸로 보아 헌터는 아닌 것 같은데.'

주변을 둘러봤지만 딱히 수상한 자는 없었다.

찾겠다고 맘먹으면 못 찾을 것도 없지만 살기나 적의가 느껴지지 않아서 찾아내려면 시간이 한참 필요할 것 같았다.

'…….'

어쩌면 아무것도 아닐지도 모르고.

아니나 다를까.

시선은 금방 사라졌다.

"형님, 왜 그러세요?"

"……아냐. 출발하자."

시간은 한정되어 있다.

허비할 시간은 없었다.

진우는 다시 한번 주변을 슥 둘러보고는 이내 승합차 조수석에 올라탔다.

두 번째 게이트가 있는 곳에서는 시선이 전혀 느껴지지 않았다.
들어갈 때도, 나올 때도.
'내가 너무 예민했었나?'
별일이 아니란 걸 알았으니 그나마 다행이긴 했다.
어느새 다가온 유진호가 꾸벅 고개를 숙였다.
"형님, 죄송합니다. 오늘 게이트는 이게 다네요. 다른 게이트들은 너무 멀어서요."
"네가 죄송할 일도 아닌데 뭐."
해가 떨어지려면 아직 한참 남았지만 두 사람의 활약 탓에 인근의 게이트가 씨가 마른 터라 오늘 일정은 여기서 끝이었다.
"수고하셨습니다."
"수고는 공대장님이 하셨지요."
"내일 또 뵙겠습니다."
"수고하셨어요."
멤버들을 해산시킨 두 사람은 나란히 승합차 앞 좌석에 탑승했다.
"집으로 모시겠습니다, 형님."
유진호는 어느새 충직한 운전기사가 됐다. 운전대를 잡은 모습이 전혀 어색하지가 않았다.
진우는 딱한 시선으로 유진호를 바라보았다.
'길드 마스터 한번 해 보겠다고 부잣집 도련님이 팔자에도 없는 운전수 신세를…….'
해맑게 웃으며 액셀을 밟던 유진호가 진우의 시선을 알아차리고 밝은 목소리로 물었다.
"엇? 혹시 제 얼굴에 뭐라도 묻었습니까, 형님?"

"……아니다."

시치미를 떼고 모른 척하던 진우는 문득 뭔가가 떠오른 듯 폰을 꺼내 시간을 확인했다.

'지금이 4시 46분.'

확실히 집으로 그냥 돌아가기엔 너무 이른 시간이었다.

운 좋게도 마침 해야 할 일이 있긴 했다.

'요 근처였지, 아마?'

기억이 맞는다면 말이다.

진우가 말했다.

"진호야."

"예, 형님."

유진호는 능숙하게 핸들을 돌리며 대답했다. 두 사람이 탄 차가 부드럽게 커브를 돌았다.

"미래 백화점으로 가자."

"미래 백화점요?"

유진호가 의외라는 얼굴을 했다.

"그래."

"바로 요 앞이기는 한데…… 오늘 사냥하실 때도 그렇고 진짜 무슨 일 있으십니까, 형님?"

"……어째 갈수록 말이 부쩍 늘어 간다?"

그러자 유진호의 고개가 정면에 못 박힌 듯 고정됐다.

"빛과 같은 속도로 달려가겠습니다, 형님. 안전띠 꽉 붙들어 매세요."

금세 태도를 바꾼 유진호는 브레이크 한 번 안 밟고 번개처럼 차를 몰았다.
멀지 않은 거리여서 금방 도착했다.
끼익.
두 사람이 탄 차가 목적지 앞에 멈춰 섰다. 서울 중심가에 위치한 미래 백화점의 위용은 대단했다.
탁.
진우가 내리자 유진호도 따라 내렸다.
유진호는 문을 닫고서 우두커니 서 있는 진우 옆으로 다가갔다.
"형님, 우리 길드도 이런 빌딩을 사무실로 써야 하는데 말이죠."
유진호가 백화점 건물을 올려다보며 반쯤 진담 섞인 농담을 건넸다.
그런데 대답은 돌아오지 않았다.
이상한 낌새를 눈치챈 유진호가 황급히 옆을 돌아봤다.
"어라?"
이미 진우는 사라져 있었다.
"형님?"
주변을 아무리 둘러봐도 진우의 흔적을 찾을 수 없었다.
"형니임?"

* * *

[보스가 처치되었으므로 던전 내부가 원래의 모습으로 복구됩니다.]

'백화점 인던에서 또 2업.'
집으로 돌아가는 길, 진우의 발걸음은 가벼웠다.

오랜만에 랜덤 박스에서 나온 열쇠.

미래 백화점에서만 쓸 수 있는 인던 열쇠였다.

언제 갈까 타이밍을 재다가 오늘 시간이 난 김에 클리어해 버렸다.

—형니임?

사라진 자신을 찾던 유진호의 얼빠진 얼굴은 지금 생각해도 웃겼다.

그때 전화가 울렸다.

뚜르르.

전화를 받기 전 습관처럼 액정을 확인했지만 본 적 없는 번호였다.

'누구지?'

고등학교에 다닐 때는 어머니를 대신해 어린 동생을 돌보느라 바빴고, 졸업 후에는 곧바로 헌터 일을 시작해 진우의 인맥은 좁은 편이었다.

'모르는 번호로 전화가 올 일이 없는데…….'

고개를 갸웃하는 것도 잠시.

일단은 받았다.

"여보세요."

—안녕하세요, 성진우 씨 맞으신가요?

시원시원한 남자의 목소리.

진우는 목소리를 듣자마자 전화를 끊었다.

뚝.

'경험상 이런 전화의 99퍼센트는 홍보 전화나 대출 권유니까.'

폰을 다시 주머니 속에 넣으려는 순간 또 전화가 걸려 왔다.

뚜르르.

같은 번호였다.

‘어라? 홍보 전화가 아니었나?’

실적을 쌓기 위해 마구잡이로 돌리는 홍보 전화는 끊었을 때 곧바로 다시 걸려오는 경우가 거의 없다.

시간 낭비란 걸 거는 쪽도 아니까.

‘그럼 진짜 무슨 볼일이 있다는 이야긴데…….’

이번에는 제대로 전화를 받았다.

“네, 성진우입니다.”

—아, 맞군요. 방금 전화가 끊기길래 잘못 건 줄 알았습니다, 하하.

“…….”

목소리가 워낙 그쪽 분위기라 상품 홍보나 대출 권유인지 알고 끊었다고 사과를 해야 하나, 말아야 하나 2초 정도 고민해 보다 그만뒀다.

‘어째 사과를 안 하는 것보다 하는 게 더 무례한 거 같으니.’

잠깐의 정적 후에 영업 사원이, 아니 영업 사원 같은 목소리를 지닌 남자가 뒤늦게 자신을 소개했다.

—참, 소개가 늦었네요. 저는 백호 길드에서 일하는 안상민입니다.

진우의 걸음이 멈췄다.

‘백호 길드에서 내게 전화를?’

아무리 생각해 봐도 백호 길드에서 전화를 걸 이유가 없었다.

굳이 접점을 찾는다면 이중 던전 사고 때 협회를 도운 게 백호 길드라는 것 정돈데…….

‘이제 와서 그날 일을 물어보려는 건 아닐 테고.’

궁금한 건 참지 못하는 성미다.

안상민이 말을 하기 전에 진우가 먼저 물었다.

“백호 길드에서 제게 무슨 일로 전화를 거셨죠?”

–전화로는 조금 곤란한데 직접 찾아뵙고 말씀드려도 될까요?

찾아오라는 것도 아니고 직접 찾아와서 이야기하자는데 굳이 거절할 이유는 없었다.

마침 모레 일정이 비어 있기도 했고.

‘진호 집에 무슨 행사가 있다던가?’

일가족이 모두 참석해야 하는 큰 행사라 피치 못하게 레이드를 쉬어야겠다고 유진호가 양해를 구해 왔었다.

‘큰 행사라…….’

재벌 일가의 행사라고 하니 고급 호텔의 연회장에서 열리는 파티 장면이 떠오르는 건 순전히 드라마 탓일까?

아무튼 약속을 잡기는 편했다.

“목요일에 시간이 납니다.”

–그게…… 지금 당장은 안 될까요?

지금 당장?

진우는 시간을 확인했다.

휴대폰 액정에 떠 있는 시계는 오후 8시를 가리키고 있었다.

“벌써 여덟 시가 다 돼 갑니다만.”

–근처에서 기다리고 있습니다. 잠깐만 시간 내주시면 됩니다.

“근처라면?”

–가까운 카페에 있습니다.

안상민은 카페 이름을 말했다.

익숙한 카페였다.

집 앞에 있어서 자주 근처를 지나치는 데다, 유진호를 만날 때

약속 장소로도 썼던 곳.

진우의 눈빛이 예리해졌다.

'내 주소를 알고 있군.'

협회 사이트에도 헌터들의 주소는 나와 있지 않다.

알 수 있는 건 이름과 등급뿐.

헌터가 개인적으로 정보를 추가할 수 있지만, 진우는 그 흔한 연락처 하나도 남겨 놓지 않았다.

그런데도 폰 번호를 아는 건 물론이고 집 근처에 와서 대기하고 있는 걸 보면 따로 조사를 다 해 놓은 모양이었다.

'아, 그러고 보니…….'

문득 떠오르는 게 있었다.

"오늘 자꾸 어디선가 시선이 느껴진다 했더니 당신들이었습니까?"

진우의 목소리가 착 가라앉았다.

그러자 상대방이 공손한 목소리로 사과의 뜻을 전해 왔다.

―불쾌했다면 죄송합니다. 사실을 확인하고 싶었을 뿐입니다. 헌터님께 피해가 갈 일을 하려고 했다면 이렇게 연락드리지도 않았겠지요. 이야기를 들어 보시면 헌터님도 마음에 드실 겁니다.

진우는 잠깐 고민 끝에 입술을 뗐다.

"……곧 가죠."

* * *

"헌터스, 사신, 기사단, 명성, 그리고 저희 백호. 다 한 번쯤은 들어 보셨을 겁니다."

안상민은 대한민국 5대 길드를 차례차례 언급했다.

그중 넘버원은 헌터스였다.

하지만 헌터스가 처음부터 최고의 길드였던 것은 아니었다. 원래 그 자리에는 사신 길드가 있었다.

그러나 사신에서 백호가 떨어져 나가며 1위 자리가 바뀌었다.

청출어람이라 했던가?

사신에서 독립한 백호 길드는 이미 사신을 제친 지 오래였다.

그리고 지금은 사신의 원래 위치였던 1위 자리를 노리는 중이었다.

안상민은 확신했다.

맞은편에 앉아 있는 남자, 성진우는 백호 길드가 예전의 영광을 재현하는 데 큰 도움을 줄 것이라고.

안상민이 명함을 한 장 내밀었다.

_백호 길드 제2관리과 과장 안상민.

"그 5대 길드 중 하나인 백호 길드에서 신입 헌터들의 영입과 관리를 담당하고 있는 제2관리과의 과장 안상민입니다."

다른 헌터들이라면 명함을 받기 전에 먼저 고개를 90도로 숙이고 대화를 시작했을 상황이었다.

S급이나 A급 상위면 모를까 그 밑의 헌터들에게 백호 길드는 선망의 대상이었다.

사실 안상민도 내심 그런 반응을 기대하고 있었다.

하지만 진우는 달랐다.

별다른 반응 없이 차분하게 제 할 말을 물어 왔다.

"백호 길드에서 일하시는 분이 어째서 제 뒷조사를 하신 겁니까?"

안상민은 흠칫 놀랐다.

'백호 길드라는 이름을 듣고도 주눅 들지 않다니.'

아직 몇 마디 나눠 보지도 않았는데 어쩐지 성진우를 영입하는 게 쉽지 않으리라는 예감이 들었다.

반면 그럼에도 꼭 진우를 길드에 합류시키고 싶다는 생각도 들었다.

신입에게 패기란 나쁜 것이 아니니까.

'그래, 이 정도 패기는 있어야 어디든지 써먹을 수가 있지.'

안상민은 다시 한번 속으로 각오를 다졌다.

"단도직입적으로 말하죠. 저희는 성진우 씨를 영입하고 싶습니다. 무조건 유진건설에서 제시한 조건의 두 배를 약속드리겠습니다."

안상민은 미소를 지었다.

유진건설은 아직 성진우를 테스트하는 중으로 보였다.

'멍청한 짓이지.'

그가 C급 던전을 클리어하는 데 걸리는 시간, 재각성 헌터가 지닌 광고 효과, 그가 지금과 같은 상황에서 보여 주는 침착함 등등.

어떤 면을 봐도 더 이상 테스트를 할 이유가 없었다.

'가치도 모르면서 제대로 된 가격을 지불했을 리가 없다.'

그래서 유진건설이 어떤 조건을 제시했든 간에 두 배, 아니 그 이상의 대우를 보장할 자신이 있었다.

한데 갑자기 진우의 시선이 싸늘해졌다.

"어떻게 아신 겁니까?"

"예, 예?"

예상과 정반대되는 반응에 안상민은 대형 길드의 노련한 영입 전문가답지 않게 말을 더듬었다.

"어떻게 알고 저를 찾아오신 거지요?"

말에 무게가 있다면 방금 그 한마디에 압사당했을 수도 있겠다는 느낌이 들었다.

'뭐지, 이 압박감은?'

상대는 자신을 적으로 판단한 모양이었다.

하긴 자신은 진우를 미행하고 일방적으로 만남을 요구했다.

진우의 입장에서 보면 자신을 충분히 적으로 여길 수 있는 일이었다.

안상민은 황급히 설명했다.

"아, 아, 일부러 뒷조사를 붙인 건 아닙니다. 누군가 저희 길드 구역에서 C급 던전을 너무 빠르게 공략하고 있다는 정보가 들어와 조사하다 보니 성진우 헌터님을 알게 된 겁니다."

"……."

진우는 시선을 거두어들였다.

'그렇게 된 거구먼.'

우려했던 바와 달리 상대가 처음부터 모든 걸 눈치채고 조사를 시작한 게 아닌 듯했다.

빠른 시간에 많은 던전을 공략하다 보니 자연스레 눈에 띄게 된 것이다.

'딱히 악의가 있어 보이지도 않고.'

진우의 표정이 조금 풀어졌다.

두 사람 사이의 긴장감이 조금 누그러졌다.

'휴우.'

안상민은 가슴을 쓸어내렸다.

하지만 여전히 이야기는 원점에서 머물고 있었다. 여기서부터는 이제 진우의 호감을 살 필요가 있었다.

'호감을 얻는 데 정보의 공유만큼 좋은 방법이 없지.'

안상민은 영입의 스페셜리스트!

당황했던 표정을 지우고 금방 다시 원래의 미소를 되찾았다.

"극비 정보긴 하지만 저희도 유명한 회장이 새로운 길드를 만들려는 것 정도는 알고 있습니다."

"……."

진우는 긍정도, 부정도 하지 않았다.

안상민이 말을 이어 나갔다.

"그래서 그의 차남 유진호와 성진우 헌터님의 접촉을 보는 순간 알 수 있었습니다. 재각성자가 된 성진우 헌터님을 유진 쪽에서 포섭하려고 하는 거구나, 하고."

역시 안상민은 자신을 재각성자로 알고 있었다.

'그렇게 생각해 주면 고맙지.'

따로 말을 지어낼 필요가 없어지니까.

안상민은 빠르게 말을 덧붙였다.

"성진우 헌터님이 유진 쪽과 계약을 맺으시기 전에 먼저 말씀드려야겠다고 생각해, 이렇게 일방적으로 연락을 드렸습니다. 무례하게 느끼셨다면 한 번 더 사과드리겠습니다."

"괜찮습니다."

처음부터 악의적인 의도로 접근했다면 모를까, 이렇게 정중히 사과까지 하는데 굳이 화를 낼 필요는 없었다.

'그냥 솔직히 말해야겠네.'

헌터와 길드의 관계는 연예인과 소속사의 관계와 비슷했다.

지금 당장 계약을 못 한다고 해도 좋은 관계를 유지해 두면 언젠가 또 어떻게 될지 모르는 것이다.

최대한 헌터와 마찰을 일으키지 않는 것.

그것이 제2관리과의 철칙이었다.

안상민이 입을 열었다.

"실은 제 부하 직원 한 사람이 더 알고 있습니다. 이건 정말입니다."

진우는 고개를 끄덕였다.

'역시…….'

생각대로였다.

혼자서 다 하기엔 너무 많은 일이었다.

조사에, 감시에, 연락까지.

무엇보다 결정적이었던 건 연락 타이밍이었다.

집 근처에 도착하자마자 바로 전화가 왔다.

'어디선가 보고 있다가 연락을 준 거겠지.'

한시라도 빠르게 만나고는 싶은데 급하게 연락을 하다가 유진호에게 들키면 안 되니까 말이다.

'그래도 백호 길드 전체가 움직이는 건 아니야.'

아까 반응으로 알 수 있었다.

5백억 이야기가 나왔을 때.

안상민은 자기 선에서 처리할 수 없는 금액이 나오자 크게 당황했다.

상부의 지시가 있었다면 최소한 그쪽에 연락하는 척이라도 해 봤을 거다.

되든, 안 되든.

그래서 두세 명 단위의 소규모 팀이 아닐까 예상하고 있었는데, 아니나 다를까 두 명이서 움직이고 있다고 본인이 실토했다.

'다행이다.'

일을 복잡하게 만들긴 싫으니까.

그래도 두 명 정도면 충분히 컨트롤할 수 있는 범위 안이었다.

그냥 두면 앞으로도 계속 귀찮게 굴 게 뻔했다. 그러니 약간의 경고 정도는 해 둘 필요가 있었다.

진우가 말했다.

"실은 유진 측의 제안도 거절했습니다."

진우의 폭탄 발언!

안상민은 화들짝 놀랐다.

"예?"

그 순간 진우가 스르륵 사라졌다.

"아니!"

안상민은 벌떡 일어섰다.

급하게 주위를 둘러봤지만 진우의 모습은 보이지 않았다.

'뭐지? 보이지 않을 만큼 빠른 속도로 이동한 건가?'

당황스러워 하던 안상민은 옆에서 누군가가 자신의 어깨 위에 손을 얹었다는 사실을 뒤늦게 눈치챘다.

"헉."

등줄기에 소름이 돋아났다.

"돌아보지 말고."

목소리는 옆에서 들려왔다.

맞은편에 앉아 있던 진우가 소리 없이 사라지더니 어느새 옆자리로 와서 서 있었다.

'으, 은신?'

안상민의 이마가 식은땀으로 젖어 갔다.

'서…… 설마…… 나한테 화가 난 건 아니겠지?'

헌터들은 괴물이다.

헌터들을 가장 가까이에서 보고 있기 때문에 잘 안다.

그래서 최대한 공손하게 대했다.

'감시에 미행까지 붙인 게 화근이었나? 처음부터 길드에 경호를 요청하고 왔어야 했나? 아니, 상대가 어느 등급인지도 모르는데 어떻게 경호를 요청해…….'

머릿속이 복잡해지고 심장이 쿵쾅거리기 시작했다. 꿀꺽, 침 넘기는 소리까지 엄청 크게 느껴졌다.

진우가 나직이 말했다.

"천천히 앉으시죠. 겁을 주기는 싫으니까."

안상민은 고개를 끄덕였다.

'지금 이 상황도 충분히 무섭습니다만…….'

그리고 시키는 대로 천천히 의자에 앉았다. 곧 모습을 드러낸 진우가 자신의 옆자리에 앉았다.

'하긴…….'

겁을 주기 싫다는 말이 이해가 갔다.

아까 하나만 묻겠다던 진우의 시선은 주변의 공기까지 서늘하게 느껴질 정도였다.

이런 상황에서 그 눈빛과 정면으로 마주하게 된다면 심장이 철렁 내려앉는 기분을 맛봐야 했을 터였다.

'나름대로의 배려인가.'

그래도 여전히 무섭다는 생각은 지울 수 없었다.

어쨌든 진우가 말을 이었다.

"유진 측의 제안을 거절한 이유는 당분간 어떤 길드에도 들어갈 생각이 없기 때문입니다."

두 사람은 서로 시선을 마주치지 않고 정면을 응시하며 대화를 이어 나갔다.

"그, 그러시군요."

"그리고."

진우는 한 템포 뜸을 들인 다음 다시 말했다.

"저에 대해 아는 사람이 늘어나는 것도 원하지 않습니다."

원하는 건 간단했다.

길드에 들어갈 생각이 없고, 나에 대한 이야기를 하지 마라.

안상민은 바로 요점을 알아들었다.

하지만 아직 궁금한 것이 남아 있었다.

"저, 저기 그럼 유진호 씨와는 왜 같이 다니는 건가요?"

"제 개인적인 볼일을 유진호가 돕고 있는 겁니다. 저의 재각성을 알고 있는 유일한 사람이었고, 믿을 수 있는 친구라 생각해서 제가 부탁했죠. 그러니."

진우의 목소리에 무게가 실렸다.

"앞으로 어디선가 저에 대한 이야기가 들려온다면 안상민 과장님이나 부하 직원분의 책임이라고 봐도 되겠습니까?"

이미 진우의 손은 어깨에서 떨어진 지 오래인데 목소리의 무게만으로 짓눌리는 것 같은 느낌을 받았다.

'그냥 허세를 부리는 게 아니야.'

어째서일까?

진우가 정말로 자신에게 해를 끼칠 수도 있는 인물이라는 확신이 들었다.

'사람을 볼 때의 내 감은 거의 정확하다.'

진우는 몇 번의 끔찍한 사고에서 무사히 빠져나왔다.

던전 안의 일은 던전 안에 묻으라고 하던가?

진우가 그 안에서 무슨 일을 저질렀는지는 아무도 알 수 없었다.

'거기다 이 남자는 은신 스킬 보유자…….'

은신 스킬은 골치가 아프다.

은신 스킬 보유자가 범죄를 저지르기로 마음을 먹으면 증거 하나 남기지 않고 뚝딱 해치울 수 있으니까.

CCTV, 경비, 방범 시스템 같은 것들이 무용지물이 되는 것이다.

안상민의 이마 옆으로 땀방울이 한 줄기 길게 흘러내렸다.

'은신을 쓸 수 있을 줄이야…….'

뛰어난 능력에 희귀한 스킬까지.

괜히 유진 쪽에서 3백억을 제시한 게 아니었다.

'밑지는 장사를 할 놈들이 아니지.'

두근, 두근.

안상민은 두렵고 떨리는 가운데서도 가슴이 뛰었다.

힘겹게 입술을 뗐다.

"저, 절대 불문에 붙이겠습니다. 기철이, 아니 제 부하 직원한테도 단단히 일러두겠습니다."

비밀 유지는 오히려 이쪽에서 먼저 부탁하고 싶은 이야기였다.

소속이 없는 뛰어난 능력자!

소문을 퍼트려서 쓸데없이 경쟁자를 늘릴 필요도 없었고, 여러 사람을 참여시켜 공을 나누고 싶은 마음도 없었다.

'사실 적으로 돌리기에는 무섭다는 게 제일 큰 이유지만…….'

"믿겠습니다, 과장님."

한마디를 끝으로 옆자리의 인기척이 완전히 사라졌다.

안상민은 주변을 두리번거렸다.

마치 자신만 다른 세계에서 뚝 떨어진 것처럼 카페 분위기는 평화로웠다.

"허……."

안상민은 말을 잇지 못했다. 그저 놀란 가슴을 쓸어내릴 뿐.

그때 현기철이 카페 안으로 뛰어 들어왔다.

밖에서 유리 너머의 두 사람을 지켜보고 있다가 진우가 완전히 모습을 감추자 헐레벌떡 달려온 것이다.

"과장님!"

안상민의 안색이 좋지 않았다.

현기철은 걱정스럽게 물었다.

"어떻게 된 겁니까? 성진우랑은 잘 안 풀린 겁니까?"

안상민은 떨리는 손으로 힘겹게 담배를 꺼내 물며 대답했다.

"기철아…… 우리 생각보다 더 대박을 만난 건지도 모르겠다."

이건 꼭 잡아야 한다.

그 생각이 머릿속을 가득 채웠다.

다행히 아직 기회는 있었다.

그때 현기철이 안상민의 손목을 가볍게 잡았다.

"……저기, 과장님."

안상민은 담배에 불을 붙이려다 말고 고개를 들었다.

"응?"

현기철이 주변을 둘러보더니 조심스레 귓속말을 건넸다.

"여기 금연 구역입니다."

안상민의 손안에서 담배가 구겨졌다.

"이 새끼가 진짜……."

* * *

집으로 돌아가자마자 진우는 상태 창을 불러왔다.

띠링!

[이름 : 성진우]

[레벨 : 39]

[직업 : 없음]

[칭호 : 늑대 학살자]

[HP : 7,229]

[MP : 683]

[피로도 : 0]

[스탯]

근력 : 97　　　체력 : 59　　　　민첩 : 97

지능 : 51　　　감각 : 81

(분배 가능 능력치 포인트 : 0)

물리 데미지 감소 : 20%

[스킬]

패시브 스킬 : (알 수 없음) Lv.Max, 근성 Lv.1, 초급 단검술 Lv.1

액티브 스킬 : 질주 Lv.2, 살기 Lv.1, 급소 찌르기 Lv.1

[착용한 아이템]

파수꾼의 목걸이(A)

'이러니 눈치채는 사람이 있을 만도 하지.'

27에서 39까지. 자그마치 12레벨이나 올라갔다.

1레벨로 첫 인던에 들어가서 17레벨로 나왔을 때 이후, 이렇게 레벨이 폭등한 건 처음이었다.

그때는 레벨이라도 낮았지.

지금은 그것도 아니다.

그만큼 많은 던전을 빠르게 돌았단 소리였다.

'유진호와 같이 레이드를 시작한 지 나흘째. 4일 만에 벌써 아홉 개의 던전을 돌았으니…….'

그것도 C급 던전 아홉 개다.

개인이 클리어할 수 있는 규모의 던전으로는 가장 높은 난이도를 가진 C급 던전을 말이다.
정말 미칠 듯한 스피드였다.
C급 던전이 필요했던 다른 헌터들에게는 재앙이나 다름없었다.
가장 가까이서 지켜본 유진호가 점점 빨라지는 공략 속도에 혀를 내두를 지경이었다.
레벨이 올라가면 올라갈수록 던전 공략은 수월해지니까.
아홉 개의 던전에 12레벨 상승.
던전 하나를 돌 때마다 1레벨 이상이 오른 셈이다.
남은 레이드는 10번.
처음 유진호와 약속했던 19번의 레이드를 모두 채우고 나면 45레벨은 거뜬히 넘길 것으로 보였다.
20레벨 중반일 때 B급 헌터를 이겼다.
지금은 어느 정도의 힘을 가지게 됐을지 가늠하기도 힘들었다.
'가슴이 뛴다.'
진우는 심장 부근에 손을 가져다 댔다.
심장이 거칠게 뛰는 것이 느껴졌다.
쿵쾅쿵쾅.
나날이 강해진다는 것은 실로 즐거운 느낌이었다.
예전에는 상상도 못 했을 일이다.
게이트에 들어가는 게, 던전을 공략하는 게 이리도 즐겁다니.
'내가 강해지는 걸 순간순간 확인할 수 있으니까.'
레벨이 올라갈 때마다.
능력치가 변할 때마다.
마수들을 사냥하며 달라진 자신을 바로 체감할 수 있었다.

'사냥이라…….'

이제야 진짜 헌터가 된 느낌이었다.

사냥이란 말이 어색하지 않았다.

사냥꾼에게 사냥하는 순간만큼이나 중요한 것이 다음 사냥터를 물색하는 것이라고 했던가.

다음 목적지는 정해져 있었다.

'……악마성 던전.'

그때가 21레벨이었을 때였나?

지금은 처음 악마성에 발을 디뎠을 때보다 20레벨 가까이 성장했다.

이 정도면 충분하지 않을까, 하는 생각이 들기도 했다.

하지만 아직도 그때 만났던 문지기 개 켈베로스를 떠올리면 선뜻 발을 들이기가 조심스러워졌다.

'성문을 열었는데 감당할 수 없는 녀석들이 무더기로 튀어나온다면…….'

소름이 끼쳤다.

은신 스킬로 도망쳐 나올 수 있다면 천만다행이겠으나 그렇게 되지 못할 가능성을 배제할 순 없었다.

열 번 잘해도 한 번 못하면 목숨을 잃을 수 있는 게 헌터였다.

그러니 확신이 필요했다.

켈베로스 같은 녀석들이 떼거리로 덤벼 와도 상대할 수 있다는 확신이.

'켈베로스의 이름은 붉은색이었지.'

몬스터의 난이도는 이름 색깔로 나뉜다.

아직 악마성에서 말고는 붉은색 이름을 가진 몬스터를 본 적이 없었다.

랜덤 박스에서 떨어진 열쇠로 인던에 들어가 보면 대부분 하위 몬스터들이 나왔다.

오늘 들렀던 미래 백화점 인던도 그랬고.

그런데 왜일까?

'뭐지?'

악마성 외의 장소에서 붉은색 몬스터를 본 적 없다고 생각했을 때 왠지 석연찮은 기분이 들었다.

꼭 뭔가를 잊은 것 같은 느낌.

'악마성 말고도 붉은색 몬스터와 마주친 적이 있던가?'

그럴 리가.

21렙일 때 켈베로스와 싸우고도 죽을 뻔했는데 그전에 붉은색 몬스터와 마주쳤다면 당연히 죽기 직전까지 갔어야…….

"아!"

자연스럽게 목소리가 새어 나왔다.

그래, 있었다.

붉은 이름의 몬스터와 마주쳐서 죽기 직전까지 갔던 순간이.

'페널티 퀘스트!'

그때 사막에서 본 지네들이 붉은색 이름을 가지고 있었다.

[독이빨 거대 모래지네]

시간이 좀 흘렀고 의도치 않게 만나게 된 놈들이라 머릿속에서 몬스터라는 인식이 희미해져 있었다.

그래서 쉽게 기억이 안 났다.

'그 지네들을 쉽게 잡을 수 있다면!'

악마성 공략도 자신할 수 있게 된다.

지네가 한 마리가 아니었으니 다수를 상대해도 괜찮을지까지 알 수 있을 터였다.

문제는 어떻게 다시 그곳으로 가느냐 하는 건데…….

'역시 일일 퀘를 빼먹는 수밖에 없나?'

어차피 페널티 퀘스트를 하건, 일일 퀘스트를 하건 보상으로 받는 능력치 포인트는 같았다.

손해 볼 건 없다는 소리.

'내일은 페널티 존으로 이동해 보자.'

페널티 퀘스트를 받기 위해 일부러 일일 퀘스트를 빼먹다니.

처음 지네들에게서 죽다 살아 나왔을 때를 떠올리면 웃긴 일이었다.

"놈들은 경험치나 아이템 같은 거 안 주려나?"

절로 미소가 지어졌다.

그때.

진우의 기감에 복도 끝에 위치한 엘리베이터에서 내려서는 한 사람의 기척이 걸려들었다.

여성의 가벼운 발소리.

낯설지 않다.

'진아네.'

지금은 밤 11시.

동생이 올 시간이었다.

진우는 동생이 열쇠를 찾아 주머니를 뒤적이기 전에 먼저 자리에서 일어났다.

덜컹.

"올~."

진아가 장난스럽게 감탄했다.

처음엔 갑자기 열리던 문 앞에서 깜짝깜짝 놀라던 녀석이 이젠 놀라지도 않는다.

인간은 적응의 동물이라고 하더니.

"잘 다녀왔습니다."

"오냐."

진아는 반갑게 인사하고는 자기 방으로 총총 걸어 들어갔다.

그렇게 문을 잠그고 돌아서려는데.

"오빠."

진아가 방문을 빼꼼 열고 고개를 내밀었다.

"혹시 이번 주에 시간 나는 날 있어?"

"시간은 왜?"

"쌤이 학부모 상담해야 한다고 해서. 안 되면 어쩔 수 없고."

담임의 특명이라도 있었는지 진아의 얼굴이 초조해 보였다.

'학부모 상담이라…….'

진아가 고3이다 보니 학교도 바쁜 모양이었다. 시간 없다고 핑계라도 대고 싶었는데, 아쉽게도 스케줄이 비는 날이 있었다.

'하여튼 유진호, 도움이 안 돼요.'

진우가 고민 끝에 대답했다.

"목요일."

"정말? 오빠 고마워!"

진아의 표정이 환하게 바뀌었다. 금방이라도 달려와 안겨 들 것 같은 분위기라 진우는 눈치 빠르게 훠이훠이 손을 내저었다.

"칫."

진아는 눈을 흘기더니 방문을 닫고 들어갔다.

곧 진우의 입에서 한숨이 흘러나왔다.

"후-."

쉴 새 없는 레이드에, 페널티 존도 들러야 하고, 모레는 학부모 상담까지.

바쁜 한 주가 될 것 같았다.

* * *

진우는 아침 일찍 집을 나섰다.

오늘은 일정이 꽉 차 있었다.

유진호가 게이트를 네 개나 예약해 놨다고 했다. 하루 쉰다고 내일 몫까지 해치울 모양이었다.

'하긴, 요즘 클리어 속도를 생각하면…….'

하루에 던전 네다섯 개도 거뜬했다.

단지 가까운 곳에 그만큼 C급 게이트가 한꺼번에 생기는 경우가 드물 뿐이지.

그러니 오늘은 운이 좋은 편이었다.

가벼운 발걸음으로 아파트 동 입구에 도착했다. 그런데 항상 입구에서 기다리고 있던 유진호의 봉고가 보이지 않았다.

거기다 수상한 기척까지 느껴졌다.

"쯧."

어제 일이 없었다면 모르고 넘어갈 수도 있겠지만 오늘은 어림도 없었다.

'분명히 경고했는데…….'

진우는 곧바로 모퉁이를 돌아 숨어 있던 양복 차림의 남자를 발견했다. 시계를 보고 있던 남자는 아직 진우의 접근을 눈치채지 못한 듯했다.

진우가 코앞에서 남자를 불렀다.

"저기요."

남자는 펄쩍 뛰어올랐다.

"서, 성진우 헌터님!"

마치 귀신이라도 본 것 같은 표정이었다.

'뭐, 그러라고 일부러 기척을 죽이고 움직였던 거지만.'

진우는 속으로 끌끌 혀를 찼다.

"백호 길드에서 오셨죠?"

"네? 아, 네. 백호 길드 제2관리과 현기철이라고 합니다."

어제 안상민 과장인가 하는 사람이 부하 직원을 하나 데리고 있다더니 이 남자인 듯했다.

"반갑습니다, 헌터님."

현기철이 눈치를 보며 손을 내밀었다.

악수라도 해 달라는 것 같은데, 진우는 그럴 기분이 아니었다. 말없이 쳐다보고 있으려니 현기철이 얼굴을 붉히며 손을 뺐다.

"당분간 길드에 들어갈 생각은 없다고 말씀드렸을 텐데요?"

현기철은 급하게 손을 내저었다.

"아, 그러려고 온 게 아닙니다."

그러면서 텀블러를 들고 있던 다른 손을 내뻗었다.

"이게 뭡니까?"

진우는 반투명 텀블러 안에 든 알록달록한 액체를 보며 물었다.

현기철이 가슴을 펴고 말했다.

"야채 주습니다. 제가 직접 갈아 만든 거니 품질은 걱정 안 하셔도 됩니다!"

"……."

계속 내밀고 있는 현기철의 손.

진우는 하는 수 없이 텀블러를 받아 들고서 재차 물었다.

"그러니까, 지금 이걸 주려고 새벽부터 절 기다리셨다고요?"

"예, 헌터님도 건강관리 하셔야죠!"

왜 내 건강을 백호 길드에서 신경 써 주냐는 의문도 잠시.

현기철은 고개를 꾸벅 숙이고는 해맑게 웃으며 멀어졌다.

"다음에 또 뵙겠습니다, 헌터님!"

손을 흔드는 현기철에게 진우도 텀블러를 흔들어 보였다.

"……재밌는 사람이네."

현기철이 사라지고 나서 진우는 물끄러미 텀블러를 쳐다보았다.

고객들에게 야쿠르트를 나눠 주며 호감을 샀다는 보험왕 이야기는 들어 봤지만, 야채를 손수 갈아서 주스를 만들어 오는 사원은 아마 저 인간이 최초일 거다.

'아무튼 받은 건데 버릴 수는 없고.'

그럴 일도 없지만, 만에 하나 독을 탔다고 해도 해독 버프가 있으니 문제될 것은 없었다.

그러니 일단 맛이나 볼까?

쭉.

텀블러에 꽂힌 빨대로 주스를 맛보던 진우가 눈을 동그랗게 떴다.

'맛있네?'

그때 귀에 익은 목소리가 뒤쪽에서 들려왔다.

"형님!"

돌아보니 유진호가 다가오고 있었다.

언제나처럼 밝은 얼굴의 유진호는 현기철이 사라진 방향을 턱짓으로 가리켰다.

"형님, 방금 누굽니까? 아까부터 서 있던데."

진우의 대답은 간단했다.

"보험 파는 사람."

"아하."

긍정파답게 유진호는 쉽게 받아들였다.

진우는 주위를 둘러보다 물었다.

"너 차는?"

현기철이 여기 서 있는 걸 봤다는 말은 유진호 본인도 한참 전에 도착해 있었다는 뜻인데, 이상하게도 유진호의 애마인 봉고가 보이지 않았다.

"저쪽에 세워 놓고 왔습니다, 형님."

"웬일로?"

"최근에 요 근처에서 묻지마 살인 사건 몇 번 있었지 않습니까? 제가 여기 사는 사람이 아니니까 다들 좀 수상하게 여기더라고요."

진우는 고개를 끄덕거렸다.

요즘 뉴스에서 종종 언급되고 있는 사건이었다.

피해자는 주로 젊은 여성.

이번 달에만 벌써 두 건이라고 하던가.

그런 상황에서 못 보던 검은색 봉고가 아파트 입구를 떡하니 막고 서 있었으니.

주민들이 걱정할 만하긴 했다.

쿠루룩, 쿠루루루룩.

마침 야채 주스가 바닥을 드러냈다.

진우는 텅 빈 텀블러를 흔들어 보다가 차를 세워 놨다는 쪽으로 향했다.

"가자."

"예, 형님!"

*　*　*

이번 던전에선 리자드맨이 나왔다.

리자드맨은 말 그대로 도마뱀 인간이다. 두 다리로 걸어 다니고, 무기도 들고, 가끔 마법을 쓰기도 한다.

마법을 쓰는 리자드맨 주술사들은 숫자가 적다. 그러나 그만큼 까다로운 적이었다.

리자드맨 주술사의 손끝에서 두 개의 화염구가 생겨났다.

'마법?'

진우가 접근하려 하자 주술사의 양옆을 지키는 리자드맨 두 마리가 즉시 창을 세웠다.

파충류다운 순발력이었다.

진우는 뒤로 점프해 아슬아슬하게 창끝을 피했다.

이어 불덩어리들이 연타로 날아왔다.

슈우욱-

슈욱-

"형님, 조심하세요!"

먼발치에서 보고 있던 유진호가 목에 핏대를 세웠다.

콰광!

폭음이 터지며 좁은 동굴 안이 흔들렸다.

매캐한 연기가 안을 가득 메웠다.

"콜록, 콜록."

유진호가 손목으로 코를 막고 기침을 해 댔다. 하지만 자신보다 진우가 더 걱정이었다. 리자드맨 주술사의 공격은 그 정도로 위협적이었다.

하나 걱정했던 것과 달리 진우는 멀쩡한 모습으로 연기 속을 헤치고 나왔다.

유진호가 감탄을 터트렸다.

'역시 형님!'

C급 던전에서 가장 상대하기 어렵다는 리자드맨, 그것도 주술사의 일격을 털끝 하나 다치지 않고 피했다.

어째 날이 갈수록 점점 더 빨라지는 것 같았다.

'……착각이겠지?'

진우는 입에 들어간 돌가루를 뱉어 냈다.

"퉷."

바닥에 떨어진 침 색깔이 까맸다.

'이 자식들이…….'

겨우 재주 부리는 도마뱀 한 마리 때문에 매연을 들이마셔야 했다는 사실이 매우 불쾌했다.

불쾌함은 바로 얼굴에 드러났다.

진우의 미간이 구겨졌다.

['스킬 : 살기'를 사용합니다.]

부릅뜬 두 눈에서 강렬한 살의가 뻗어 나갔다.

['효과 : 공포'가 발동합니다.]

[대상들의 모든 능력치가 1분간 50% 감소합니다.]

살기에 노출된 리자드맨들은 크게 당황했다.

"쑤악?"

"쑤루까?"

틈을 놓치지 않고 진우는 전력을 다해 '카사카의 독니'를 던졌다. 직선으로 날아간 단검은 리자드맨 창병 한 놈의 미간에 박혔다.

푹!

둔화된 몸으로 피하기에는 진우의 단검이 너무 빨랐다.

"쑤콰!"

동료의 죽음을 목격한 창병은 고함치며 분노를 표현했다.

하지만 창끝이 향한 곳에는 진우가 없었다.

어느새 진우는 사라져 있었다.

"쑤룩아나까!"

주술사가 흥분해 소리를 질렀다.

"쑤룩아나까!"

주술사가 창병에게 연거푸 같은 말을 반복하자, 창병이 주술사 쪽으로 돌아서며 괴성을 내었다.

"쑤우콰!"

창병이 이빨을 보이며 주술사에게 다가갔다.

주술사도 기세로는 지지 않았다.

"쓰와릭!"

그때.

"칵!"

창병의 가슴에 구멍이 뚫렸다.

얼굴에 피를 뒤집어쓴 주술사는 깜짝 놀라며 황급히 뒤로 물러섰다.

"쑤악?"

스르르.

은신이 풀리며 창병의 가슴을 꿰뚫은 창이 모습을 드러냈다.

창을 쥐고 있는 사람은 진우였다.

진우가 손을 놓자 창과 창에 꿰뚫린 리자드맨이 사이좋게 바닥으로 떨어졌다.

털썩.

그사이 진우는 다른 리자드맨 창병의 머리에 박혀 있는 '카사카의 독니'를 회수했다.

"쑤와아아아릭!"

주술사의 두 손에 다시 시뻘건 불꽃이 응집되기 시작했다.

그러나 진우는 틈을 주지 않았다.

'질주!'

진우와 주술사 사이의 간격이 순식간에 없어졌다.

주술사의 눈이 커졌다.

파충류답게 징그러운 눈동자였다.

슈우욱—

막 뿜어져 나오려는 불꽃을 피해 주술사의 뒤로 돌아간 진우가 놈의 척추에 단검을 박아 넣었다.

'급소 찌르기!'

푹!

주술사가 비명을 내질렀다.

"키아아아악!"

그러나 다시 놈의 등을 찔렀을 땐 비명이 방금 전처럼 길지 않았다.

푹!

"칵!"

리자드맨 주술사가 피를 토하며 앞으로 고꾸라졌다.

털썩.

진우는 속으로 어퍼컷을 날렸다. 되짚어 봐도 깔끔한 싸움이었다.

'좋았으!'

승리를 축하해 주려는 듯 시스템이 경쾌한 기계음을 내보냈다.

띠링.

[레벨이 올랐습니다!]
['플레이어'가 요구 레벨에 도달했습니다.]

익숙한 메시지 뒤의 생소한 메시지.
'요구 레벨?'
이때까지만 해도 무슨 소리인지 전혀 감이 오지 않았다.
하지만 다음 기계음이 울렸을 때, 진우는 가슴이 아플 정도로 거칠게 쿵쾅거리는 심장을 진정시키느라 애를 먹어야 했다.
띠링.

[전직 퀘스트가 도착했습니다.]
[전직 퀘스트를 수락하시겠습니까?] (Y/N)

'전…… 전직 퀘스트?'
레벨과 스탯을 올리는 데 집중하느라 상태 창의 한쪽 칸을 잊고 있었다.

[이름 : 성진우]
[레벨 : 40]
[직업 : 없음]

상태 창의 세 번째 줄을 차지하고 있는 '직업'란.
'전직 퀘스트가 가능하다는 건…….'
'없음'이란 말 대신 다른 단어가 들어갈 기회가 왔다는 뜻이었다.

직업을 갖는다.

대부분 게임에서 캐릭터는 전직 시 많은 혜택을 얻는다. 게임과 비슷하게 돌아가는 시스템도 크게 다르지 않을 터.

두근두근.

심장의 박동이 거세졌다.

이걸로 강한 힘을 갖겠다는 목표에 한 걸음 더 가까이 다가설 수 있다고 생각하니 도무지 진정되지를 않았다.

[전직 퀘스트를 수락하시겠습니까?] (Y/N)

눈앞에서 Yes or No가 계속 깜박거렸다.

'그야 당연히…….'

어떤 바보가 이런 기회를 차 버릴까?

진우는 흔쾌히 전직 퀘스트를 수락하려고 했다.

그런데 본능적으로 멈칫했다.

'아니, 잠깐.'

무슨 퀘스트가 나올지 모르잖아?

본능의 신호 뒤에 이성의 경고가 이어졌다.

'여기는 던전 안이다.'

던전은 세상에서 가장 위험한 장소였다. C급 던전에 충분히 익숙해졌다고 해도 던전은 던전. 일부러 위험을 감수할 필요는 없었다.

게다가 근처에 유진호도 있었다.

유진호를 못 믿는 건 아니었다.

하지만 굳이 시스템에 대한 단서를 주거나, 전직할 때 벌어질지도 모를 괴현상을 설명해야 할 이유가 있을까?

일이 복잡해질지 모른다.

'게다가 퀘스트 내용에 따라 진호한테 피해를 끼칠 수도 있고.'

갑작스럽게 몬스터라도 생성된다면?

'차라리 그 정도면 다행이지.'

몬스터야 직접 잡으면 그만이니까.

그러나 그보다 더한 퀘스트도 얼마든지 떨어질 수 있었다. 예를 들면 두 번이나 받았던 긴급 퀘스트 때처럼.

'가장 가까이에 있는 헌터를 처치하는 게 목표일 수도 있다.'

만에 하나.

어디까지나 가정이긴 하지만 말이다.

마침 유진호가 다가왔다.

"형님!"

리자드맨 주술사가 죽기 직전 날렸던 마법이 근처에 떨어졌었는지 뽀얗게 먼지를 뒤집어쓴 모습이었다.

"방금 갑자기 사라졌다 나타난 거 어떻게 하신 겁니까? 그런 스킬도 있으셨어요?"

유진호는 상기된 얼굴로 눈을 반짝이며 물었다. 희귀 스킬인 은신이 되게 신기했던 모양이었다.

'나는 지금 네 꼴이 더 신기한데.'

진우는 대답 대신 인벤에서 손수건을 꺼냈다. 그제 일일 퀘 보상으로 받은 물건이었다.

"혀, 형님?"

그걸로 유진호의 얼굴을 사정없이 문질렀다.

"우으읍, 프읍!"

새하얬던 손수건이 검게 변했다.

유진호는 진우가 넘겨준 손수건의 상태를 확인하고서야 자신의 얼굴 상태가 어떤지 깨달았다.

머쓱해진 유진호는 조용히 구석구석 얼굴을 닦았다.

"진호야."

"네, 형님."

"급한 볼일이 생각났다."

유진호가 휙 고개를 들었다.

"그럼 가 보셔야 됩니까?"

"여기만 마저 돌고."

"알겠습니다. 그럼 나머지 게이트들은 예약 취소하겠습니다."

진우 앞이라 티는 못 냈지만 유진호는 예약해 둔 세 개의 게이트가 내심 아까웠다.

'이제 슬슬 자금이 떨어져 가는데.'

따로 벌이가 없는 유진호의 자금이란 용돈을 모은 것이 전부였다. 아버지 몰래 하는 짓이라 융통할 수 있는 돈에 한계가 있었다.

게이트를 취소하면 예약하는 데 쓴 돈을 돌려받지 못한다.

생돈이 하늘로 날아가는 것이다.

어찌 아깝지 않겠는가?

안 그래도 독특한 레이드 방식 덕분에 예상보다 훨씬 더 많은 예산을 썼다.

그런데 또 자금을 낭비해야 한다니. 유진호의 어깨가 자연스레 축 늘어졌다.

하지만 진우는 아무렇지 않은 얼굴로 말했다.

“돈 아깝게 그걸 왜 취소해?”

유진호는 고개를 갸웃거렸다.

“예? 게이트 예약해 놓고 이틀 동안 안 들어가면 어차피 자동으로 허가가 취소됩니다, 형님.”

물론 진우가 그런 기본적인 사실을 모르지는 않았다.

“나한테 맡겨 둬.”

무슨 좋은 방법이라도 있으신가?

유진호는 궁금해 하면서도 한편으로 든직한 기분이 들었다.

* * *

백호 길드 건물.

“안 과장님! 도대체 생각이 있는 겁니까?”

제2관리과에서 고성이 터져 나왔다.

목소리의 주인은 백윤호.

백호 길드의 마스터이자 사장인 인물이었다. 다른 이도 아니고 사장이 아래층까지 직접 따지러 내려왔다는 건 상황이 매우 좋지 못함을 의미했다.

“아니, 신입들 훈련시킬 게이트가 없다는 게 말이나 됩니까? 벌써 훈련 일정을 사흘이나 미루신 거 아십니까, 모르십니까?”

제2관리과 직원들이 모두 눈을 내리깔았다. 다들 불똥이 튈까 봐 조마조마한 눈초리였다.

코앞에서 백윤호의 손가락질을 받는 과장 안상민 또한 고개를 푹 숙였다.

"……."

안상민은 자신의 부하 직원 현기철처럼 흥분한 상사에게 꼬박꼬박 말대답해서 상사의 화를 키울 정도로 미숙하지 않았다.

이럴 땐 그저 입을 꾹 다물고 있는 게 제일이었다.

안상민의 심정을 아는지, 모르는지.

백윤호는 오늘 아침 제2관리과에서 올라온 보고서를 흔들어 댔다.

"이걸 핑계라고 대는 겁니까? 다른 팀이 너무 높은 입찰가를 불러 대서 예약할 수가 없다? 우리 길드에 돈 없어요? 아니면 상대방이 무슨 재벌가라도 끼고 있답니까?"

이 순간만큼 정말로 입이 간지러웠으나 안상민은 철인 같은 인내심으로 잘 견뎌 냈다.

진우와 한 약속이 있었다.

'지금 입을 열면 유진호와 성진우 이야기까지 자동으로 나오게 돼.'

안상민의 타들어 가는 속도 모르고 백윤호는 사무실이 떠나가라 소리를 질러 댔다.

"1억이든 2억이든 무조건 게이트를 예약하라 이겁니다! 아시겠어요?"

그때였다.

안상민의 전화가 울렸다.

[아! 아까는 못 받아서 미안해, 친구를 만나느라 shy shy shy~♪]

잠깐 곁눈질로 발신자를 확인한 안상민의 눈이 커졌다.

"사장님, 전화 좀 받겠습니다."

"……."

신입들의 영입이 주 업무인 제2관리과는 뭐니 뭐니 해도 타이밍이 생명!

안상민은 그런 제2관리과의 보스였다.

아무리 안상민이 실수를 했고 그 때문에 화가 났다고는 해도 그에게 걸려 온 전화를 못 받게 하는 건 멍청한 짓이었다.

"뭐 해요? 얼른 안 받고."

백윤호가 퉁명스럽게 허락했다.

안상민은 양해해 달란 의미로 백윤호에게 살짝 고개를 숙여 보이고는 급히 전화를 받았다.

"예, 백호 길드의 안상민입니다."

안상민이 전화를 받는 동안 백윤호가 앞에서 팔짱을 끼고 기다렸다.

"네. 네. 알겠습니다. 1층 카페에서 기다리시면 저희가 바로 가겠습니다. 네, 그럼."

전화를 끊은 안상민이 총알같이 말했다.

"사장님, 저 잠시 나가 봐야 할 것 같습니다."

제2관리과의 에이스.

천하의 안상민 과장이 이런 불편한 상황에서 전화 한 통화에 뛰쳐나가야 할 일이라면…….

백윤호의 표정이 조금 누그러졌다.

"혹시 신입 스카우트 관련된 전화입니까?"

"네."

안상민의 자신 있는 표정에서 백윤호는 뭔가 있음을 직감했다.

'안 과장이 신인을 직접 스카우트하러 나서?'

상대가 보통내기가 아니란 소리였다.

험악하게 일그러져 있던 백윤호의 얼굴에 어느덧 미소가 나타났다.

"영입 스페셜리스트가 영입을 못 하게 막아서야 되겠습니까. 여기 일은 신경쓰지 마시고 어서 갔다 오세요."

안상민이 다시 고개를 꾸벅 숙였다.

그러고는 현기철에게 빠르게 지시를 내렸다.

"현 대리, 계약서랑 도장 챙겨."

"네!"

준비가 후다닥 끝났다.

두 사람이 급하게 사무실을 떠나고 나자 백윤호가 옆의 남자 직원에게 슬며시 물었다.

"뭐야? 무슨 일인데 안 과장이 저리 적극적으로 움직이는 거야?"

남직원은 자기 옆의 여직원에게 도움을 요청하는 눈빛을 보냈다.

그러나 여직원도 고개를 저었다.

나도 몰라.

여직원의 눈빛이 그리 말했다.

'아오…….'

남직원은 곤란해 하다 결국 뒷머리를 긁적이며 어렵게 대답했다.

"그게…… 저도 잘……."

사장의 불벼락이 떨어질 줄 알았는데.

의외로 사장은 아무 말이 없었다.

'부하들한테까지 숨겨 가면서 뭔가 하고 있다 이거지?'

백윤호가 턱을 만지작거렸다.

백호 길드가 이만큼 성장하는 데 지대한 공을 세운 사람이 바로 안상민 과장이었다.

그런 사람이 저리 매달리고 있을 정도라면…….

'우리 안 과장이 또 간만에 한 건 올리시려나?'

백윤호의 얼굴에 웃음꽃이 피어올랐다.

* * *

'무슨 커피가 이렇게 써?'

진우는 눈살을 찌푸렸다.

자판기 커피를 생각하고 주문한 에스프레소는 커피라기보다는 독한 한약에 가까웠다.

그런 주제에 값은 또 왜 이렇게 비싼지.

'6천 원이면 캔 커피가 몇 갠데…….'

이 쓰디쓴 놈이 캔 커피 정도의 맛을 내려면 스틱 설탕을 몇 개나 들어가야 할까 고민하고 있을 때.

딸랑.

카페 문이 열리며 안상민과 현기철이 카페 안으로 들어섰다.

"여깁니다."

진우가 손을 들었다.

가게 안을 둘러보던 안상민과 현기철은 진우를 발견하고는 만면에 화색을 띠었다. 꼭 제비가 물어 온 박을 막 켜기 시작한 흥부의 표정 같았다.

"이렇게 빨리 다시 뵙게 될 줄은 몰랐습니다."

안상민은 그렇게 인사하며 진우의 맞은편에, 현기철은 눈인사 후 안상민 옆자리에 앉았다.

진우는 가벼운 목례로 인사를 대신했다.

쇠뿔도 단김에 빼라던가.

안상민은 자리에 앉자마자 곧바로 계약서부터 꺼냈다.

"일단 조건에 대해서 서로 논의를."

빨리 계약을 성사시키고 싶은 티가 팍팍 났다.

하지만 진우는 단박에 거절했다.

"오늘은 계약 때문에 온 게 아닙니다."

계약서를 꺼내던 안상민의 손이 멈췄다.

한기철도 의아하다는 눈빛이었다.

안상민은 정지 버튼이라도 눌린 것처럼 굳어 버린 자세로 물었다.

"그럼 저희 백호 길드엔 무슨 일로……?"

기대가 컸던 만큼 실망도 컸다.

제 발로 길드를 찾아온 대형 신인이 계약서를 보자마자 계약을 거절하다니.

그사이 마음이 바뀌기라도 한 걸까?

의문이 더해 가는 가운데 진우는 담담하게 입을 열었다.

"두 분을 도와드리고 싶어서 온 겁니다."

"예?"

"예?"

안상민과 현기철의 반응이 비슷했다. 두 사람은 서로를 마주 봤다가 다시 진우에게로 시선을 옮겼다.

당황한 두 사람과 대조적으로 진우는 차분하게 말을 이었다.

"저희 공격대가 C급 게이트를 싹쓸이해 대는 바람에 신입들 교육에 애를 먹고 있다고 말씀하셨었죠?"

"네. C급 게이트 예약이 힘들다고 신입 헌터들을 상급 던전으로 데려갈 순 없으니까요."

"그래서 여기 온 겁니다."

안상민이 고개를 갸웃거렸다.

"무슨 말씀이신지 도통……."

이쯤이면 됐다고 생각한 진우가 드디어 본론을 꺼냈다.

"저희가 예약해 둔 C급 게이트 공략 허가권 세 개를 백호 길드에 팔고 싶습니다."

아—

현기철이 짧은 탄성을 흘렸다.

백호 길드의 두 사람은 이제야 진우의 진의를 파악할 수 있었다.

안상민은 계약서를 도로 집어넣으며 의문을 표했다.

"저희를 돕고 싶으시면 아예 예약을 하지 않는 편이 좋지 않습니까?"

진우는 고개를 가로저었다.

"앞으로 당분간은 꾸준히 C급 던전을 필요로 하는 일이 있어서요."

"그럼 오늘은 어째서……?"

진우는 싱긋 미소를 지었다.

"당연히 곤란해 하고 있는 두 분을 돕기 위해서죠."

이걸 곧이곧대로 믿어야 할까?

안상민의 머릿속 계산기가 막 돌아가려고 하기 직전 진우의 설명이 이어졌다.

"물론 오늘만 특별히 양보해 드리는 겁니다. 저희도 계속해서 일을 미룰 순 없어서요. 이 기회를 놓치시면 한동안 C급 게이트를 예약하기 힘드실 겁니다."

마치 매진 임박이 얼마 남지 않았음을 알리는 홈쇼핑 진행자 같은 태도였다.

'흐음…….'

안상민은 고민에 빠졌다.

게이트는 수도권에만 생기는 게 아니다.

정 안 된다면 지방으로 내려가서 신입들을 훈련시키고 오는 방법도 있었다.

하지만 그랬다가는 해당 지역의 길드들이나 공대들의 불만을 살 가능성이 높았다.

그게 끝이 아니었다.

호남의 명성 길드나 영남의 기사단 길드 같은 각 지방의 대형 길드들에게 얕보일 빌미를 제공하게 된다.

신입 훈련도 자기네 구역에서 못 시키는 얼간이 길드라는 오명을 뒤집어쓸 수 있는 것이다.

'흠…… 오명이라곤 할 수 없나?'

명백한 사실이니까 말이다.

어찌 됐든 다른 명문들에게 비웃음당하는 길드를 어떤 신인이 좋다고 찾아오겠는가?

이래서 길드의 이미지는 중요했다.

"좋습니다."

긴 고민 끝에 안상민은 타당한 결론을 내렸다.

"저희한테 허가권을 파시죠. C급 게이트 세 개면 딱 적당하네요.

전부 해서 얼마면 되겠습니까?"

백호 길드도 돈은 많았다.

하지만 유진건설과 자금력 대결을 해 봐야 좋을 것도 없었고, 무엇보다 진우와 사이가 틀어질까 봐 무리하게 나서지 않았다.

그러니 진우가 알아서 게이트를 넘겨준다면 고마운 일 아닌가?

한데 가격까지 고맙진 않았다.

"게이트 하나당 3억해서 전부 9억으로 하죠."

"컥!"

안상민과 현기철이 동시에 신음 비슷한 소리를 냈다.

"그건 너무."

현기철이 끼어들려고 하자 안상민이 급하게 막았다.

저번에 만났을 때도 그랬다.

진우는 가격이 맞지 않자 미련 없이 이야기는 끝이라고 했다.

어떻게 보면 굴러 들어온 기회인데.

이번 기회를 놓치면 진짜 한참 뒤에 C급 게이트를 예약하거나, 최악의 경우 지방에서 신입들을 훈련시키고 오는 수밖에 없었다.

'협상은 한번 해 보고 끝내야지.'

이렇게 빨리 판을 접기는 아쉬웠다.

하지만 아무리 그래도 게이트 하나당 3억은 너무 비싼 가격이었다.

요즘 유진호 팀이 허가권을 받아 가는 가격은 평균 1억가량.

그 세 배를 지불하라는 건 억지였다.

상대도 그 정도는 알고 있을 터.

'일단 고가를 한번 불러 보고 절충할 생각이겠지.'

그러고 보니 사무실을 나오기 전에 백윤호가 했던 말이 떠올랐다.

-1억이든 2억이든 무조건 게이트를 예약하라 이겁니다!

이건 사장의 허가나 다름없었다.

제2관리과 직원 전부가 들었으니 나중에 발뺌하기도 힘들 테고.

안상민은 침을 꼴깍 삼키며 절충안을 제시했다.

"3억은 저희로서도 힘든 가격이니 2억은 어떠십."

"좋습니다."

진우는 안상민의 말이 끝나기도 전에 오른손을 내밀었다.

안상민이 얼떨결에 그 손을 마주 잡았다.

"이…… 이걸로 된 겁니까?"

"네, C급 게이트 개당 2억씩. 계좌로 넣어 주세요."

어째 이야기가 너무 쉽게 돌아가는 것 같았지만, 어쨌든 간에 안상민 입장에선 다행스러운 일이었다.

안상민은 마주 잡은 진우의 손을 위아래로 가볍게 흔들며 고개를 숙였다.

"감사합니다."

"별말씀을."

진우도 환한 미소를 지었다.

안상민은 이걸로 한시름 놓을 수 있겠다는 생각이 들었다. 일단 신입들 훈련 문제가 해결됐고, 진우와의 관계도 조금 더 좋아졌다.

'거래는 신뢰를 바탕으로 하는 거니까.'

그래.

이렇게 조금씩 관계를 발전시켜 가는 거다.

그러면 다 넘어오게 되어 있다.

웃는 얼굴에 침 뱉는 사람 없고, 선물 주는데 모른 척하는 사람 없는 법이다.

안상민은 속으로 주먹을 불끈 쥐었다.

진우가 먼저 자리에서 일어났다.

“그럼 다음에 또 뵙죠. 아, 그리고 이거.”

진우는 쇼핑백 안에 넣어 온 텀블러를 원주인에게 돌려주었다.

“잘 마셨습니다. 맛있더라고요.”

“입맛에 맞으셨다니 다행이네요.”

현기철은 얼굴을 붉히며 쇼핑백을 받았다.

그 길로 진우는 카페를 나갔다.

안상민, 현기철 두 사람과 충분히 멀어진 진우는 유진호에게 연락을 넣었다.

경쾌한 컬러링이 잠시 이어진 뒤.

유진호의 흥분한 목소리가 들려왔다.

-형님, 입금됐습니다. 진짜 6억 들어왔네요?

“…….”

진우는 말없이 흐뭇하게 웃었다.

거래는 성공적이었다.

허공으로 날아갈 뻔한 공략 허가권을 사 온 가격의 두 배에 팔아 치웠다.

엄청난 이득이었다.

유진호가 신기하다는 듯 물었다.

-형님, 도대체 어떻게 하신 겁니까? C급 게이트를 어디에 파신 거예요?

"영업 비밀이다."

-예?

"잘 쉬고, 모레 보자."

유진호가 당황하고 있을 때, 진우는 자연스럽게 전화를 끊었다.

뚝.

그날 저녁.

제2관리과 사무실.

현기철은 급히 안상민을 찾았다.

"과장님! 과장님!"

"왜?"

안상민이 모니터에서 시선을 뗐다. 현기철은 다급한 얼굴로 핸드폰 화면을 가리켰다.

"이것 좀 보세요!"

"뭔데 그래."

핸드폰 화면을 주시하는 안상민의 눈이 가늘어졌다.

'이건……?'

헌터들만 이용 가능한 헌터협회 공식 사이트.

신고가 접수된 게이트의 위치를 알려 주고 실시간으로 공략 허가권을 판매하는 거래소 화면이었다.

"뭐야? 우리 구역에서 C급 게이트가 남아도네?"

"예. 입찰된 가격도 전부 천만 원 이하 가격대입니다."

"설마……."

안상민은 아차 싶었다.

"유진호 팀은 오늘 한 군데도 예약을 안 했습니다."

그러고 보니 어제 성진우가 했던 말이 떠올랐다.

-목요일엔 시간이 납니다.

내일은 그 목요일이었다.
유진호 팀은 처음부터 내일 레이드 예정이 없었던 것이다.
그것도 모르고 비싼 값에 허가권을 사고 말았다.
"허……."
안상민은 실소가 흘러나왔다.
단서는 분명히 있었는데, 그걸 너무 늦게 깨달았다. 본인의 실수였다. 결과적으로 그 실수 덕분에 사장님의 분노를 꺼트리는 데 성공하긴 했지만.
"저희가 당한 것 같습니다, 과장님."
마침 그때 문자가 도착했다.
띵동.
발신자는 성진우였다.

_서로 한 번씩 주고받았네요. 이걸로 절 미행하신 건 없었던 일로 하겠습니다.

'쉽게 볼 수 없는 친구구먼, 정말로.'
안상민은 속으로 웃음을 삼켰다.
하지만 진우 말대로 이렇게 해서 남을 수 있었던 앙금이 사라진다면 자신이나 백호 길드 입장에서도 나쁠 건 없었다.

최종적인 목적은 진우의 포섭이니까.

오늘 쓴 금액 정도면 백호 길드에게 큰돈도 아니었고.

"성진우한테 투자했다고 생각하자."

투자한 만큼 나오는 게 있다면 좋을 텐데.

메시지를 들여다보던 안상민은 미소를 지으며 문자함을 닫았다.

* * *

문자를 보낸 뒤 진우는 주위를 둘러보았다.

사람은 없었다.

주변은 숲.

안전한 퀘스트 진행을 위해 일부러 인적이 드문 야산을 골랐다.

현재 시간은 오후 5시 44분.

이런 애매한 시간에 등산을 하는 사람이 있을 리도 없었고, 또 현재 위치는 등산로에서도 한참을 벗어나 있는 공터였다.

'시작해 볼까.'

진우는 메시지 함을 열었다.

[전직 퀘스트를 수락하시겠습니까?] (Y/N)

기다리고 있었다는 듯 메시지가 눈앞에 나타났다.

꿀꺽.

진우의 목울대가 울렸다.

어떤 퀘스트가 튀어나올지 모른다는 건 역시 두려운 일이었다.

하지만 기대감이 더 컸다.

마땅한 곳을 찾는 동안 잠깐잠깐 폰으로 전직에 대해 검색해 봤었다.

—새로운 스킬.

—성장 혜택.

—해당 직업의 전용 무기.

—연계 퀘스트.

……등등.

다 게임 이야기였지만, 전직에는 많은 보상이 뒤따른다는 것이 정설이었다.

'나는 그 전직 가능 레벨이 40이었던 거고.'

물론 좋은 이야기만 있었던 건 아니었다.

불길한 게시물도 종종 눈에 띄었다.

—직업을 잘못 택해서 고민입니다.

—이럴 줄 알았으면 진짜 다른 클래스 할걸, 씨X.

—순간의 선택 미스로 정든 게임 접고 그만 일상으로 복귀합니다.

—이거 캐삭이라도 해야 하나요?

……뭐, 그건 어디까지나 게임 이야기니까.

게다가 걱정할 필요가 없는 게, 이때까지 무기는 거의 단검만 썼다. 스킬도 죄다 암살자형으로만 얻었다.

'단검 스킬이나 은신 같은 것들.'

거기에 능력치까지 민첩과 근력에 집중 투자했으니 암살자 클래스 말고 다른 직업은 떠올리기가 힘들었다.

생각난 김에 진우는 창고에서 단검 '카사카의 독니'를 불러왔다.

스르륵.

손에 착 감기는 그립감.

'나한텐 이게 편해.'

절로 고개가 끄덕여졌다.

단검을 손에 쥔 채로 진우의 시선이 허공에 떠 있는 메시지로 옮겨 갔다.

'자, 그럼…….'

혹시나 모를 사태에 대비도 했겠다, 진우는 마음의 준비를 끝내고서 메시지에 응답했다.

[전직 퀘스트를 수락하시겠습니까?] (Y/N)

'수락.'

퀘스트를 받아들이겠다고 마음먹은 동시에 메시지가 떠올랐다.

띠링.

[전직 퀘스트를 수락하셨습니다.]

[전직 퀘스트를 위해 던전을 생성합니다.]

'던전을…… 생성해?'

메시지의 의미를 해석할 시간도 없이 변화는 순식간에 일어났다.

우우웅—

눈앞에 나타난 검은 구멍.

그게 시작이었다.

우웅, 우우웅—

처음에 콩만 했던 작은 구멍은 금방 동전만 해졌다가, 다시 배구공만 해지더니, 어느새 사람이 들락날락할 수 있을 만한 크기로 커졌다.

'이건……?'

진우의 눈이 커졌다.

퀘스트를 수락했으니 퀘스트 내용이 담겨 있는 다른 메시지 정도가 날아오지 않을까 예상했었는데…….

눈앞에 나타난 것은 다름 아닌 게이트였다.

'게이트가 만들어지다니…….'

여태까지 봐 왔던 게이트들과 다를 것이 없었다. 단지 평소에 보던 것들보다는 크기가 좀 작을 뿐.

시스템은 어서 들어오라는 듯 메시지를 보내왔다.

[게이트를 통해 던전에 입장하십시오.]

'침착하자.'

진우는 마음을 가라앉혔다.

그래.

따지고 보면 열쇠를 통해 들어가나, 게이트를 통해 들어가나 안에 던전이 있다는 점은 크게 다를 바가 없었다.

그냥 게이트가 인위적으로 생성되는 장면을 봐서 놀랐을 뿐이었다.

생성된 게이트에 들어가기만 해 봤지 만들어지는 모습을 본 건 처음이었으니까.

생각이 거기까지 미치자 순간 갑작스러운 의문이 들었다.

'가만…… 이렇게 만들어진 게이트에도 다른 헌터들이 들어갈 수 있을까?'

하지만 실험해 볼 방법은 없었다.

가까운 곳에 도움을 부탁할 만한 헌터도 없었고, 부른다고 여기까지 달려와 줄 헌터 또한 없…… 지는 않나?

잠깐 유진호의 얼굴이 떠올랐지만 이내 고개를 절레절레 저었다.

'그랬다가 일이 잘못되기라도 하면 뒷감당은 어떻게 하려고.'

그때였다.

진우를 재촉하듯 메시지가 다시 깜박였다.

띠링.

[게이트를 통해 던전에 입장하십시오.]

기계음에 정신이 번쩍 들었다.

진우는 정신 차리자는 의미에서 양손으로 얼굴을 짝짝 때렸다.

'딴생각하고 있을 때가 아냐.'

성공하면 전직과 그에 따른 보상, 실패하면 결과는 장담할 수 없음.

지금은 집중해야 할 때였다.

"후우-."

짧게 심호흡을 끝낸 뒤.

진우는 '카사카의 독니'를 역수로 쥐고 게이트 안으로 뛰어들었다.

* * *

[던전에 입장하였습니다.]

'응?'

잔뜩 긴장하고 들어왔는데, 놀랍도록 아무것도 없었다.

평범한 동굴형 던전이었다.

"그냥 똑같잖아……?"

상급 던전에 들어가면 종종 이세계와 연결되는 일이 있다고 해서, 혹시 그런 경우가 아닐까 걱정했는데 다행히 우려하던 일은 없었다.

대신 특이한 메시지가 하나 떴다.

띠링.

[현재 장소에서는 물약과 상점 사용이 금지되며, 레벨이 상승하더라도 상태가 회복되지 않습니다.]

주변에 마수의 기척이 없음을 확인한 진우가 단검을 창고에 도로 집어넣으며 고개를 갸웃거렸다.

'……쉽지 않겠네.'

전직을 위한 곳이라 그런지 제약이 많았다.

특히 깎여 나간 체력을 포션이나 레벨업으로 다시 채울 수 없다는 게 컸다.

'데미지가 누적된다는 거다.'

부상이라도 당하면 그걸로 끝.

회복할 방법이 없으니 행동 하나하나에 신중을 다하는 수밖에 없었다.

'정신 똑바로 차리라는 거군.'

진우는 메시지 창을 닫았다.

그리고 던전에 들어오면 늘 하던 것처럼 퇴로부터 점검했다.

[전직 과정이 완료되기 전까지 퇴장할 수 없습니다.]

게이트 표면에 손이 닿자마자 메시지가 떴다.

힘을 줘 봤지만 꿈쩍도 하지 않았다.

"……."

진우는 뻗었던 손을 거둬들였다.

'입구도 막혔고.'

등급 미상, 회복 불가, 퇴로 없음.

이번 던전은 리스크가 무척 컸다.

웬만큼 담이 큰 헌터도 이런 곳을 활보하고 다니진 않으리라.

'하지만 리스크가 크다는 게 꼭 안 좋은 것만은 아니다.'

위험이 클수록 보상도 커진다.

이건 경험을 통해 배웠다.

제약이 많아서 공략이 힘들다면 그만큼 좋은 기회가 기다리고 있는 게 아닐까?

확인하는 방법은 하나.

'가 보면 알겠지.'

진우는 한 걸음 내디뎠다.

시선을 앞으로 향하니 끝이 보이지 않을 정도로 길게 이어진 동굴 통로가 한눈에 들어왔다.

근처에 마수는 없는 듯했다.

'아니, 시스템의 영역 안에 있으니 마수가 아니라 몬스터라고 해야 하나?'

둘 다 괴물이란 점에서 똑같긴 해도.

아무튼 그거 말고도 차이점이 하나 더 있었다. 동굴 벽면에 횃불이 일렬로 촘촘히 걸려 있었다.

'야광석 대신 횃불이라.'

하지만 횃불은 그리 효율 좋은 조명이 아니다.

아무리 많이 배치되어 있어도 주위를 전부 밝히기에는 역부족이었다. 때문에 드문드문 그림자가 남았다.

고오오오-

음영과 정적이 뒤섞여 기존의 던전보다 훨씬 더 음산한 분위기를 만들어 냈다.

'시야에는 전혀 지장이 없지만…….'

기분상의 문제라고 할까.

진우는 가장 가까운 횃불 하나를 뽑아 들었다.

횃불을 내밀자 앞이 조금 더 밝아졌다.

'확실히 이쪽이 더 낫네.'

진우가 만족스러운 미소를 지었다.

잠깐 뒤를 돌아봤던 진우는 횃불을 앞세우고 천천히 앞으로 나아갔다.

* * *

얼마나 걸었을까?

한참을 가다 보니 모퉁이를 도는 곳이 나왔다. 모퉁이 안쪽에서 여러 개의 기척이 느껴졌다.

'올 게 왔나.'

진우는 조심스레 횃불을 바닥에 내려놓고 일어섰다.

스르르.

오른손엔 어느새 횃불 대신 단검이 들렸다.

은신으로 후딱 해치울까 하는 생각도 들었으나, 은신 스킬이 잡아먹는 마나를 떠올리곤 그만뒀다. 여기선 잃은 마나를 포션으로 다시 채울 수 없으니까.

함부로 마나를 써 대다간 진짜 필요한 순간에 스킬을 쓰지 못할 가능성이 있었다.

'……이리로 오고 있다.'

진우는 벽에 딱 붙은 채로 모퉁이 너머의 적이 다가오기를 기다렸다.

철그럭, 철그럭.

놈이 걸을 때마다 쇳소리가 요란하게 울렸다.

소리는 점점 가까워졌다.

철그럭, 철그럭.

생소한 소음에 진우는 고개를 갸웃거렸다.

'사슬 무기라도 들고 있나?'

궁금했지만 조바심 낼 필요는 없었다.

어차피 잠시 후면 확인이 가능하니까.

'5, 4, 3.'

진우는 단검을 역수로 쥐고 호흡을 멈추었다. 숨소리가 새는 것까지 방지하기 위해서였다.

'2, 1.'

철그럭, 철그럭.

드디어 놈의 그림자가 나타났다.

'……0.'

카운트다운이 끝났을 때, 놈이 막 모습을 드러냈다.

진우는 놈의 옆 목을 노렸다.

캉!

쇠가 부딪치는 소리.

칼은 박히지 않았다.

'갑옷?'

진우의 눈이 커졌다.

'놈'의 정체를 확인한 진우는 급히 뒤로 빠졌다.

"사람?"

전신을 갑옷으로 무장한 기사였다. 얼굴은 투구로 가려져 보이지 않았다.

진우는 혹시나 하는 마음에 불러 봤다.

"어이!"
그런데 기사는 일언반구도 없이 진우가 있는 방향으로 뛰어왔다.
쿵, 쿵, 쿵!
맹렬히 돌격해 온 기사가 숄더 어택을 날렸으나 진우는 가볍게 몸을 비틀어 공격을 흘려보냈다.
기사는 관성을 이기지 못하고 뒤쪽으로 한참을 달려가다 간신히 멈춰 섰다.
'사람이 아닌가?'
가까이서 다시 한번 봤더니 알 수 있었다.
정상적인 사람이라면 존재해야 할 심장의 박동이 전혀 느껴지지 않았다.
인간은 아닌 듯했다.
어디서도 본 적 없는 타입의 마수, 아니 몬스터였다.
머리부터 발끝까지 갑옷으로 무장한 몬스터라라니.
'이래서야…….'
마치 사람과 싸우는 것 같지 않은가.
스르릉!
기사는 돌아서며 옆구리에 차고 있던 칼을 뽑았다.
진우가 그러한 것처럼 기사도 진우를 살려 보낼 생각이 없는 듯했다.
서로의 적의를 확인한 진우의 눈빛이 한층 더 예리해졌다.
'질주!'

[이동 속도가 40% 증가합니다.]

선수필승(先手必勝)!

놈이 달려들기 전에 진우가 먼저 뛰어들었다.

부웅!

기사가 급하게 휘두르는 장검을 피한 진우는 갑옷 여기저기를 단검으로 찔렀다.

캉! 캉!

그러나 데미지가 들어가지 않았다.

'장갑이 두꺼워.'

그냥 두껍기만 한 게 아니라 표면이 미끄럽기까지 해서 정타를 넣어도 날이 박히지 않고 미끄러지기 일쑤였다.

그때 기사가 검을 일자로 크게 그었다.

부웅!

진우는 머리를 숙여 피했다. 검날이 진우의 머리 위를 아슬아슬하게 스쳐 지나갔다.

동작이 큰 만큼 빈틈 역시 컸다.

다시 찾아온 기회!

기사에게 접근한 진우는 역수로 쥔 단검에 온 힘을 실었다.

'급소 찌르기!'

콰직!

단검 끝이 갑옷을 뚫고 들어갔다.

'통했나?'

하지만 별 타격 없었는지 기사는 옆구리에 단검이 박혀 있든, 말든 검을 수직으로 내려쳤다.

쉬익!

진우는 몸을 뒤로 날렸다.

캉!

검이 돌바닥을 때리자 불똥이 튀었다.

"……."

진우는 몇 걸음 뒤로 물러서서 자세를 추슬렀다. 놈의 옆구리에는 여전히 자신의 단검이 박혀 있었다.

쯧.

진우가 혀끝을 찼다.

'그리 센 놈은 아니야.'

그게 솔직한 평가였다.

놈은 갑옷 때문인지 행동이 굼뜨고, 공격 패턴도 무척이나 단조로웠다. 다만 날붙이에 대한 면역이 유달리 강할 뿐이었다.

진우는 소매를 걷어 올렸다.

'장갑이 두꺼워서 날붙이가 통하지 않는 적이라면 이미 상대해 본 적 있다.'

여유는 경험에서 나오는 것.

마력이 담겨 있는 강철검을 박치기 한 방에 깨부쉈던 보스몹 '푸른 독니 카사카'.

그 커다란 구렁이를 제압했던 경험이 있었다.

'카사카에 비하면 저 녀석은 뭐…….'

나쁘지 않은 기억이라 그런지 진우의 입가에 슬쩍 미소가 걸렸다.

쿵, 쿵, 쿵!

기사는 또 갑옷을 믿고 무식하게 돌진해 왔다.

'거봐, 역시 단순하다니까.'

진우는 기사의 어깨 공격을 쉽게 피하고, 놈의 뒤로 돌아가 팔뚝으로 목을 조였다.

우드득!

물론 목 부분도 갑옷으로 보호받고 있어서 숨이 막힌다거나 하지는 않겠지만.

드드드득!

진우의 팔뚝이 굵어지며 힘줄이 돋아났다. 진우는 기사의 목을 조르려는 게 아니었다.

진우가 이를 악물고 눈을 부릅떴다.

그러자.

콰직!

끔찍한 소리를 내며 투구가 뽑혀 나갔다.

100을 넘어선 근력 스탯이 빛을 발하는 순간이었다.

'됐다!'

머리와 목이 분리된 기사는 힘없이 바닥에 무릎을 꿇었다.

쿵!

[기사를 처치했습니다.]

싸움의 종료를 알리는 담백한 메시지가 떠올랐다.

기사의 갑옷 쪽에서 아이템을 상징하는 빛이 반짝거렸으나 진우의 관심은 다른 곳에 있었다.

'뭐야? 안에 아무것도 없잖아?'

손에 들린 투구가 비어 있었다.

혹시나 해서 갑옷 쪽을 살펴봤지만, 마찬가지로 갑옷 안도 비어 있었다.

'그럼 저절로 움직이는 갑옷과 싸우고 있었던 건가?'

그러한 결론에 다다랐을 때, 모퉁이 저편에서 두 명의 기사가 더 튀어나왔다. 뒤늦게 싸움이 벌어진 걸 알아챈 모양이었다.

철그럭, 철그럭.

진우를 발견한 기사들, 아니 갑옷들이 약속이라도 한 듯 동시에 옆구리에 찬 검을 뽑아 들었다.

스르릉-

스르릉-

진우는 들고 있던 투구를 뒤로 던져 버리고 목과 어깨를 풀었다.

어떻게 싸워야 하는지는 이미 알고 있었다.

'여기서부터 시작인 건가?'

쿵, 쿵, 쿵, 쿵!

진우는 달려오는 기사들을 마주 보면서 가볍게 미소를 지었다.

던전 공략의 첫걸음은 아주 순조로웠다.

* * *

제약이 크기 때문인가?

아이템이 잘 나왔다.

고작 기사 셋을 쓰러뜨린 게 다인데 두 놈이 각각 하나씩 두 개의 아이템을 떨어뜨렸다.

확률로 치면 66.6퍼센트.

다른 곳에선 상상도 못 할 만큼 높은 드랍률이었다.

인던을 수차례 클리어하는 동안 얻을 수 있었던 거라고는 잡동사니나 상점 판매용 아이템이 전부였으니 말이다.

['아이템 : 상급 기사의 흉갑'을 발견했습니다. 획득하시겠습니까?]

'당연히 획득해야지.'

머리를 잃고 무릎 꿇은 상태로 움직임을 멈추었던 기사. 놈의 흉갑이 스르르 사라지더니 어느새 발 앞에 나타났다.

털컥.

이내 흉갑의 정보가 떠올랐다.

[아이템 : 상급 기사의 흉갑]

입수 난이도 : B

종류 : 방어구

물리 데미지 감소 : +7%

(근력이 80 미만일 경우 움직임이 느려집니다.)

물리 데미지 감소 7퍼센트 증가!

원래 가지고 있던 옵션과 합치면 무려 27퍼센트나 되는 물리 데미지를 감소시킬 수 있었다.

'그럼 100퍼센트가 되면 물리 데미지는 아예 면역이 되는 건가?'

잠시 그런 의문이 들었지만 B급 방어구로 얻는 옵션이 겨우 7퍼센트에 불과하다는 사실을 떠올리고서 생각이 달라졌다.

A급이라고 해도 막 30, 40퍼센트로 뛸 것 같진 않았다.

그러니 100퍼센트를 다 모으는 건 아마도 불가능한 일이 아닐까?

'그래도 티끌 모아 태산이라고…….'

차근차근 더해 가다 보면 엄청난 효율을 얻을 수 있을 것은 확실해 보였다.

템발의 힘은 유진호를 통해서도 목격한 바가 있으니까.

'이렇게 하면 되나?'

진우는 흉갑을 들어 올렸다.

그러자 예상했던 대로 착용 여부를 묻는 메시지가 떠올랐다.

['아이템 : 상급 기사의 흉갑'을 착용하시겠습니까?]

어떻게 봐도 입고 돌아다니기엔 상당히 부담스러운 디자인이었다.

'파수꾼의 목걸이' 때의 경험이 없었다면 이번에도 역시 한참을 망설이다 마지못해 승낙했을 테지만…….

지금은 달랐다.

'Yes.'

띠링.

['아이템 : 상급 기사의 흉갑'을 착용하였습니다.]

흉갑이 자취를 감추었다.

진우는 상태 창을 불러와 스탯을 확인했다.

[물리 데미지 감소 : 27%]

'물감은 올라갔고.'

진우는 가슴 부근을 더듬어 보았다. 어떤 느낌도 없었다. 몸을 이리저리 움직여 봐도 마찬가지. 아무런 이물감도 들지 않았다.

파수꾼의 목걸이를 착용했을 때와 완전히 일치했다.

'좋아.'

다음으로 진우는 구석에 처박혀 있는 기사 하나에게 눈을 돌렸다.

엉망으로 찌그러져 가져갈 게 없어 보이는 놈에게서 아이템 신호가 반짝이고 있었다.

['아이템 : 가죽 주머니'를 발견했습니다. 획득하시겠습니까?]

물론 자신이 그렇게 만든 거지만 좀 너무했다 싶었다. 맨손으로 싸우려니 어디 힘 조절이 돼야 말이지.

'…….'

엄숙한 표정으로 다가간 진우는 손을 뻗어 아이템을 가져왔다.

'획득.'

['아이템 : 가죽 주머니'를 개봉했습니다.]

['3만 골드'가 들어 있었습니다.]

['3만 골드'를 획득했습니다.]

'허?'

손에 들어오는 것도 없이 다짜고짜 골드를 얻었다는 메시지가 떴다.
기존 아이템과는 좀 다른 녀석인가?
진우가 신기해 하며 창고를 열었더니 정말로 소지금에 3만 골드가 더해져 있었다.

[보유한 금액 : 863,400골드]

'한번에 3만 골드나 주네?'
기사들이라 가지고 다니는 게 많아서 그런가?
그러고 보니 게임을 할 때도 다른 놈들보다 유독 인간형 몬스터한테서 많은 아이템을 얻었던 기억이 있었다.
하긴 인간한테서 뺏는 게 짐승이나 벌레한테서 뺏는 것보다 적으면 말이 안 되긴 했다.
그런 게 반영된 건지는 잘 모르겠지만.
어쨌든 좋은 소식이었다.
골드를 모아 몇 가지 아이템을 사고 싶었는데 계속 이런 식으로 돈이 나와 준다면 생각보다 시기를 많이 앞당길 수 있을 듯했다.
'다른 건 뭐 챙겨 갈 거 없나?'
인간의 욕심은 끝이 없다고 했던가.
진우는 여기 들어온 목적을 잠시 제쳐 두고 탐욕스러운 눈빛으로 주변을 살폈다.
기사들의 갑옷은 방금 싸울 때 다 뭉개 버려서 가치가 없어 보이고…….
진우의 레이더에 기사들이 쓰던 검이 들어왔다.

'저건 쓸 만하겠는데?'

새것처럼 깨끗한 장검.

단검이 아니라서 직접 사용하진 않겠지만, 상점에 처분하거나 안 된다면 헌터들에게 팔 수도 있을 것 같았다.

진우는 검을 주워 들었다.

그런데 들어 올리자마자 장검은 엄청나게 빠른 속도로 녹슬기 시작하더니 곧 가루가 되어 흩어졌다.

"이런……."

순식간에 벌어진 일이었다.

'허락된 물건이 아니라는 건가?'

아쉽지만 어쩔 수 없었다.

진우는 손을 탁탁 털고는 아까 바닥에 내려놓았던 횃불을 다시 들었다.

기사들이 나왔던 모퉁이를 돌아 들어가니 또 까마득하게 저편으로 이어진 통로를 볼 수 있었다.

"……."

아직 가야 할 길이 멀었다.

* * *

전투를 복습한다.

우스운 이야기지만 진우는 문득 그런 생각이 들었다.

2시간가량 던전을 공략하면서 만난 몬스터는 모두 네 종류.

기사, 마법사, 자객, 궁수였다.

“이번엔 은신이냐?”
갑자기 지척에서 사라진 자객.
진우는 당황하지 않고 바로 감각을 확장시켰고, 곧 뒤쪽에서 살금살금 다가오는 기척을 간파했다.
쉬익!
진우는 자객이 휘두르는 단검을 ‘카사카의 독니’로 후려친 뒤, 밀려나면서 가드가 벌어진 놈의 빈틈 사이로 재빠르게 역습을 박아 넣었다.
독니는 정확히 가슴 정중앙에 명중했다.
푹!

[자객을 처치하였습니다.]
[레벨이 올랐습니다!]

치명상을 당한 자객은 비명도 없이 그대로 검은 연기가 되어 사라졌다.
털썩.
그 자리엔 자객이 입었던 가죽옷만 덩그러니 남았다.
‘왜 하필 전부 인간형 몬스터인지, 원.’
놈들을 처치할 때마다 마치…….
진우는 고개를 저었다.
그나마 다행인 점은 녀석들의 얼굴을 볼 수 없다는 사실이었다.
기사는 투구로, 자객과 궁수는 가죽옷에 달린 후드로, 마법사는 로브에 달린 모자로 얼굴의 대부분을 가리고 있었다.

진우는 가던 길을 마저 가기 위해 돌아섰다.

그런데 그때!

번쩍— 하고 눈앞에 섬광이 터졌다.

숨죽이며 주문을 외우고 있던 마법사가 섬광 마법을 완성시킨 것이다.

퍼엉!

귀를 찢는 폭음!

그러나 진우는 이미 마법사의 후방으로 이동한 뒤였다.

"……!"

마법사는 등 뒤에서 느껴지는 기척에 크게 놀라며 급히 주문을 외웠다.

그러나 진우는 틈을 놓치지 않고 단검을 사선으로 내리그었다.

마법사도 연기가 되어 사라졌다.

털썩.

진우는 주인 잃은 로브를 내려다보다가 단검을 창고에 넣었다.

'방심하다가 비슷한 거 한 번 맞은 적이 있어서 말이지.'

실은 마나가 응집되는 기운을 느꼈을 때부터 이미 대비하고 있었다.

조규환의 섬광 마법.

같은 공격에 다시 당할 정도로 진우는 어수룩하지 않았다.

전투를 복습하는 것 같다는 건 그런 의미였다.

'그것뿐만이 아니야.'

몬스터들은 각 개체를 처치하는 데 필요한 스탯이 존재했다.

기사는 근력, 자객은 감각, 궁수는 민첩, 마법사는 체력.

해당 스탯을 일정 수준 이상으로 만족시키지 못하면 상대하기가 정말 까다로워지는 구조였다.

근력이 떨어지면 갑옷 안의 기사에게 타격을 줄 수 없고, 감각이 낮으면 자객을 잡는 데 애를 먹어야 하는 식이었다.

'골고루 올린 스탯이 이럴 때 도움이 되네.'

지능 스탯은 좀 낮은 편이지만 마나는 아껴 쓰면 되니까.

['아이템 : 가죽 주머니'를 개봉했습니다.]

['2만 골드', '미지근한 물이 담긴 수통'이 들어 있었습니다.]

['2만 골드', '미지근한 물이 담긴 수통'을 획득했습니다.]

진우는 획득과 동시에 창고로 들어간 수통을 꺼내 벌컥벌컥 물을 들이켰다.

"후-."

점점 피로가 누적되고 있었다.

'대체 얼마나 더 가야 하는 건지.'

아니, 끝이 있기는 한 건가?

진우는 비어 버린 수통을 바닥에 놓고서 양 옆구리를 짚었다.

이제 던전에 들어온 지 3시간째.

몸도 정신도 지쳐 가고 있었다.

'……조금 쉴까?'

진우는 동굴 벽에 기대앉았다.

'상태 창.'

띠링.

[피로도 : 66]

벌써 피로도가 위험 수치에 가까워진 상태였다. 70 위로는 몸과 정신에 직접적인 악영향이 나타나기 시작한다.

잠깐이라도 눈을 붙여서 피로도를 낮춰야 했다.

진우는 머리를 벽에 기댔다.

금방 졸음이 쏟아졌다.

어찌나 피곤했는지 이런 환경에서도 별다른 노력 없이 쉽게 잠들 수 있을 듯했다.

그런데.

쉭-!

공기를 가르는 파열음!

느려진 시간 속에서 진우는 날아오는 화살을 정확하게 잡아냈다.

덥석!

진우의 눈이 뜨였다.

적당히 떨어진 거리에서 궁수가 다음 화살을 장전하고 있었다.

'아직 잠들긴 이르다는 거냐.'

진우는 '카사카의 독니'를 소환하며 몸을 일으켰다.

* * *

콰직!

일격에 복부 흉갑이 흉측하게 구겨진 기사가 진우의 주먹과 벽 사이에서 미끄러지듯 쓰러졌다.

축 늘어진 놈은 더 이상 움직이지 않았다.

띠링.

[기사를 처치했습니다.]

[레벨이 올랐습니다!]

상태 회복 효과가 없는 게 조금 아쉽긴 해도 전투를 벌일 때마다 레벨은 꾸준히 올라갔다.

점점 쌓여 가는 극심한 피로도 속에서 그나마 위안이라면 위안이었다.

진우는 살짝 까진 주먹을 쳐다보며 끌끌 혀를 찼다.

조금만 쉬면 회복할 수 있는데.

이놈의 몬스터들은 잠시도 잘 틈을 주지 않았다.

그래도 덕분에 건진 건 많았다.

[착용한 아이템]

파수꾼의 목걸이(A)

상급 기사의 흉갑(B)

중급 자객의 신발(B)

하급 궁수의 장갑(C)

상급 마법사의 반지(B)

그 밖에도 쓸 만한 건 모두 창고에 넣어 두었다.

'무기를 얻었으면 좋았을 텐데.'

안타깝게도 자객에게서 얻을 수 있는 단검들은 카사카의 독니와 공격력은 비슷한데 추가 효과가 없어 효율이 떨어졌다.

이놈은 뭘 줄까?

진우는 쓰러진 기사에게서 흘러나오는 빛을 향해 손을 뻗었다.

띠링.

[아이템 : 상급 기사의 건틀릿]

입수 난이도 : B

종류 : 방어구

물리 데미지 감소 : +3%

추가 효과 : 손의 부상을 막아 줍니다.

(근력이 80 미만일 경우 움직임이 느려집니다.)

'오.'

진우는 화색을 띤 얼굴로 '상급 기사의 건틀릿'을 획득했다.

그러고는 즉시 장착했다.

다른 아이템들처럼 장갑 또한 신체에 전혀 영향을 주지 않아서 손가락을 움직이는 데 아무런 불편도 없었다.

'좋아.'

손가락을 꼼지락거리던 진우가 고개를 들었다.

통로의 저 너머.

드디어 횃불이 끝나는 구간이 나타났다.

끝은 거대한 성문으로 가로막혀 있었다.

보스 방에 문이 달려 있는 건 흔치 않은 일이다.

자연스럽게 얼마 전 발을 들였던 지하 신전이 떠올랐다. 그때는 아무 준비도 되어 있지 않았고, 때문에 모두가 너무 큰 피해를 입었다.

하지만 지금은 달랐다.

진우는 지금까지 온 길을 뒤돌아보았다.

'여기까지 오는 데 거의 6시간…….'

레벨도 45가 되었고, 장비도 많이 갖췄다.

준비는 되어 있었다.

쉬어서 체력을 보충하고 싶은 마음은 있었지만, 그럴 때마다 어디서 귀신같이 알고 온 몬스터들이 수면을 방해했다.

또다시 몬스터들을 불러들여 체력을 낭비할 순 없었다.

[HP : 4,511 / 8,330]

[MP : 660 / 790]

[피로도 : 43]

'이걸로 승부를 봐야 한다.'

마지막으로 상태를 점검한 진우는 성문의 양쪽 문고리를 움켜쥐었다.

그그그그그그-!

육중한 문은 어떤 장치가 되어 있는지 힘을 들이지 않고도 쉽게 밀렸다.

2. 핏빛의 이그리트

2. 핏빛의 이그리트

쿠웅-!

보스 방의 문이 열렸다.

안은 어두웠다.

감각 스탯의 힘으로 강화된 진우의 시력으로도 한 치 앞을 내다보기가 힘들었다.

보이는 건 발밑뿐.

바닥은 석판으로 깔끔하게 포장되어 있었다.

촘촘하게 이어진 잿빛 석판들은 체감 온도와 무관하게 차갑고 서늘한 느낌을 주었다.

그 석판 위에 발을 내딛자마자.

화르르륵-!

벽면에 걸려 있는 무수한 횃불들이 일제히 타오르며 안을 밝혀주었다.

‘역시…… 지하 신전 때와 같다.’

진우는 경계를 늦추지 않았다.

주위를 둘러보며 조심스럽게 걸어갔다.

좌우에는 거대한 기둥들이 나란히 늘어서 있었고, 가장 안쪽 깊숙한 곳에는 높은 왕좌가 놓여 있었다.

‘마치…….’

영화에서나 보던 왕의 알현실을 연상시켰다.

규모는 차이가 컸지만.

몇 걸음 걷다 보니 곧 문이 큰 소리를 내며 닫혔다.

쿵!

진우는 잠깐 뒤를 돌아보았으나 당황하지는 않았다. 이미 예상했던 일이었다.

진우가 다시 앞을 향해 나아갔다.

‘……강한 기운이 느껴진다.’

전직 퀘스트를 끝내려면 저 왕좌가 있는 곳까지 도달해야 한다는 예감이 강하게 들었다.

그리고 그런 종류의 예감은 대부분 빗나간 적이 없었다.

그런데.

열 발짝쯤 떨어진 기둥 사이에 숨어 있던 인영 하나가 천천히 앞으로 걸어 나와 길을 가로막았다.

저벅저벅.

척.

멈춰 선 놈이 이쪽으로 돌아섰다.

꿀꺽.

진우는 마른침을 삼켰다.

놈이 보스라는 사실은 놈의 머리 위에 검붉은색으로 떠 있는 이름만 보고도 충분히 알 수 있었다.

[기사단장 핏빛의 이그리트]

붉은 갑옷을 입은 기사였다.

전신을 갑주로 무장한 것은 다른 기사들과 같았지만, 둔해 보였던 그들과 달리 이쪽은 매우 날렵해 보였다.

눈에 띄는 장비는 투구.

투구 꼭대기에서 뒤쪽으로 이어진 붉은색의 긴 갈기가 말의 꼬리 같아서 매우 인상적이었다.

투구를 살펴보던 진우는 다른 점 하나를 더 발견했다.

'재는…… 눈이 있네?'

눈이라고 해야 할지, 눈동자라고 해야 할지.

아무튼 눈이 있어야 할 자리에서 은빛 광채가 흘러나왔다. 두 개의 광채는 기계에서 나오는 빛처럼 차갑게 느껴졌다.

그 차가운 눈빛이 이쪽을 향했다.

뒷목의 털이 쭈뼛 섰다.

'강한 기운의 정체는 저놈이었나…….'

어쩌면 저 녀석을 쓰러뜨리는 게 전직 퀘스트의 목표일지도 모른다.

그렇다면 더욱 신중해야 한다.

진우는 이그리트의 움직임을 예의 주시하며 주먹 쥔 두 팔을 들어 올렸다.

'어차피 단검은 안 먹히니까.'
기사를 잡는 데 필요한 건 타격.
강한 힘이었다.
'…….'
진우를 가만히 바라보던 이그리트가 갑자기 자신의 붉은 망토를 벗었다.
털썩.
망토가 땅에 떨어졌다.
'뭐지?'
놈의 기행은 그걸로 끝나지 않았다.
옆구리의 장검과 허리 뒤쪽에 차고 있던 단검 두 개를 차례대로 바닥에 떨어뜨렸다.
보란 듯이 앞으로 내밀고서는 하나씩.
챙그랑.
챙그랑.
고요했던 보스 방 안에 금속과 석판이 부딪치는 소리가 요란히 울려 퍼졌다.
무기를 모두 버린 이그리트는 곧 진우를 흉내 내는 것처럼 양 주먹을 움켜쥐고 파이트 자세를 취했다.
진우의 눈이 커졌다.
'저놈 설마…….'
내가 맨손으로 싸우려 드니까 자신도 맨손으로 싸우겠다는 건가?
진우는 아랫입술을 깨물었다.
'……얕보이고 있다.'

몬스터의 도발 아닌 도발에 머릿속이 차갑게 식어 갔다.

감정이 격해질수록 머리는 차갑게.

심장의 박동이 점차 빨라지는 것과는 반대로 진우의 눈이 예리하게 빛났다.

'와라.'

속으로 중얼거리는 것을 읽었는지, 이그리트가 일직선으로 쇄도해 왔다.

탓, 탓, 탓, 탓!

갑옷을 입었다고 생각하기 힘든 스피드였다.

'갑옷의 속도 감소 페널티는 근력이 80 미만일 때만 적용된다고 했었지.'

놈의 근력은 최소한 80 이상!

움직임으로 봐선 민첩 또한 상급 헌터에 전혀 뒤처지지 않았다.

지척까지 다가온 이그리트가 바로 앞에서 점프했다.

탓!

공중으로 도약한 놈은 무릎을 내밀어 진우의 안면을 노렸다.

'빠르다!'

하지만 전투태세에 돌입한 진우도 움직임이 가속된 상태였다. 몸을 90도에 가깝게 뒤로 눕혀 이그리트의 공격을 흘려보냈다.

진우가 다시 몸을 일으켰다.

돌진 후 한참 뒤쪽으로 밀려나던 여타의 기사들과 다르게 이그리트는 곧바로 땅에 착지했다.

쿵!

깔끔한 동작에 감탄할 새는 없었다.

빠르게 달려간 진우는 이그리트가 완전히 돌아서기 전에 놈의 얼굴을 사선으로 올려 찼다.

하지만 놈은 불안정한 자세에서도 정확하게 팔을 움직였다.

쾅!

진우의 오른쪽 다리가 이그리트의 왼손에 가뿐히 막혔다.

'이럴 수가!'

진우의 눈이 커졌다.

한쪽 발이 묶인 사이 이그리트의 주먹이 정면으로 날아왔다.

쉬이익-!

본능적으로 두 팔을 올려 가드했으나 충격은 전혀 완화되지 않았다.

쾅!

가드가 풀리며 몸이 붕 떠올랐다.

"뭣?"

진우의 입에서 경악성이 터져 나왔다.

하지만 그건 곧 신음성으로 바뀌었다.

"……?"

어느새 이그리트가 눈앞에 나타난 것이다.

어떻게 대처해 볼 틈도 없이 이그리트의 왼쪽 주먹이 진우의 옆얼굴을 강하게 내려쳤다.

쾅!

바닥에 처박혔다가 반동으로 튕겨 난 진우는 한참 동안 뒤쪽으로 구르다가 간신히 일어났다.

삐이익-

귓속에 이명이 들려왔다.

진우는 두어 번 세차게 고개를 흔들었다.

그러자 이명이 좀 잠잠해졌다.

그러나 그보다 더 큰 문제가 가까이에 있었다. 흐릿한 시야에 걸어오는 이그리트가 들어왔다.

저벅저벅.

진우는 눈을 부릅뜨고 다리에 힘을 주었다.

결국 이그리트가 진우의 코앞까지 다가와 섰다.

그때부터 난타전이 시작됐다.

이그리트는 진우의 공격을 피하지 않았다. 공격을 몸으로 받아내고 대신 맞받아쳤다.

퍽!

이그리트의 고개가 살짝 옆으로 꺾였다.

그러나 진우가 자세를 바로잡기도 전에 날카로운 반격이 되돌아왔다.

퍽!

진우의 몸이 휘청거렸다.

퍽!

이번엔 이그리트가 한 발 뒤로 밀려났다.

퍽!

복부를 타격당한 진우는 몸이 기역 자로 꺾였다.

"컥!"

입에서 울컥 핏물이 올라왔다.

'말도 안 되는 일이……!'

지금 진우는 물리 데미지 감소 스탯의 총합이 무려 30퍼센트를 넘어선 상태였다.
그런데 이그리트에게 맞는 한 방 한 방이 해머로 두들기는 것처럼 아프게 들어왔다.
반면 자신의 공격은 거의 데미지를 주지 못하고 있었다.
공방은 오래가지 않았다.
퍽!
비틀거리던 진우가 결국 무릎을 꿇었다.
털썩.
다시 일어나려고 했으나 다리에 힘이 들어가지 않았다.
털썩.
"으윽……."
진우 앞에 선 이그리트가 공격을 멈추고 물끄러미 아래를 내려다보았다.
'……?'
의문스러운 시선으로 자신을 바라보는 진우를 무시하고, 이그리트는 멀리 떨어져 있는 자신의 검으로 손을 뻗었다.
그러자 검이 딸려 왔다.
이그리트는 검을 양손으로 쥐고는 진우의 옆쪽으로 돌아갔다.
검 끝이 곧 하늘을 향했다.
진우는 이그리트의 의도를 눈치챘다.
'참수를 하겠다는 건가?'
기사단장이라는 이름값을 톡톡히 하는 놈이었다.
진우가 별다른 저항 없이 최후를 받아들이는 듯 보이자 이그리트는 참수를 집행했다.

그러나 진우는 순순히 당해 줄 생각이 눈곱만큼도 없었다.
검이 수직으로 떨어졌다.
쉬이익—
그러나 진우가 치켜든 왼손이 장검을 가로막았다.
캉!
쇠가 부딪히는 소리!
여기 들어오기 직전 얻었던 건틀릿이 손을 보호해 주었다.
흠칫!
이그리트가 놀라는 것이 느껴졌다.
진우는 틈을 놓치지 않고 오른손 펀치를 날렸다.
예상대로 이그리트는 피할 생각이 없어 보였다.
'또 반격을 날리겠다는 거겠지.'
한 대 맞더라도 한 대를 돌려주면 자신이 이득이라는 계산.
그러나 놈이 계산하지 못한 것이 있었다.
'카사카의 독니!'
스르륵.
찰나의 순간에 소환된 카사카의 독니가 손에 쥐였다.
진우는 단검을 놈의 눈에 쑤셔 박았다.
푹!
크아아아아아아아아—!
인간의 것이 아닌 듯한 비명이 터져 나왔다.
동시에 단검이 꽂힌 이그리트의 눈에서 강렬한 빛이 뿜어졌다.
진우는 몸을 일으켰다.
'이제 어떡한다?'

겨우 눈 하나를 잃게 만든 걸로 승부를 뒤집을 순 없었다.
뭔가 강력한 한 방이 필요했다.
그때 문득 진우의 뇌리에 스치는 것이 있었다.
일전에 자신을 죽음 직전까지 몰아넣었던 끔찍한 공격!
그 한 방을 이그리트에게 먹여 주자.
의식보다 먼저 몸이 움직였다.
진우가 몸을 숙여 이그리트의 허리를 안았다.
그리고 달리기 시작했다.
크아아악-!
이그리트는 고통에 몸부림치면서도 진우의 등을 수차례 가격했다.
하지만 진우는 이를 악물고 이그리트를 놓아주지 않았다.
오히려 속도를 올렸다.
"질주!"

[이동 속도가 40% 증가합니다.]

진우의 다리가 더더욱 빨라졌다.
몸 전체가 흔들릴 정도로 빠른 속도가 피부에 와 닿았다.
'그래, 이대로.'
이대로 박아 버리는 거다!
진우는 놈의 허리에 두른 손에서 힘을 풀지 않고서, 벽을 향해 있는 힘껏 낼 수 있는 전속력을 다해 달렸다.
물론 이 상태로 부딪치면 자신의 몸에 가해지는 충격도 무시하지 못한다.

하지만 진우에게는 비장의 패시브가 하나 있었다.
순식간에 좁혀진 거리!
어느새 벽이 앞에 있었다.
쿠앙-!
폭음과 함께 이그리트는 벽과 충돌했다.
동시에 시스템 메시지가 떴다.
띠링!

[체력이 30% 이하가 되어 '스킬 : 근성'이 발동됩니다.]
[받는 피해가 50% 감소합니다.]

일시적으로 보스 방 전체가 뒤흔들릴 정도의 강력한 충격이었다.
"크윽."
진우는 한 발짝 물러섰다.
이그리트는 벽에 반쯤 박혀 있는 상태에서도 목숨이 붙어 있었다. 놈의 내면에서 타오르고 있는 생명의 불꽃은 아직 꺼지지 않았다.
'……끝내야 돼.'
진우는 놈의 눈에 박힌 카사카의 독니를 뽑아냈다.
그 과정에서 이그리트의 몸이 한 번 들썩였다.
진우는 단검을 역수로 쥐고 놈의 목을 향해 내리찍었다.
'급소 찌르기!'
캉!
공격은 들어가지 않았다.
다시.

'급소 찌르기!'

캉!

단검 끝에서 불꽃이 튀었다.

놈의 목을 보호하는 판금에 작은 흠집이 생겼다.

다시.

'급소 찌르기!'

캉!

다시.

캉!

다시.

캉!

그리고 마침내.

'급소 찌르기!'

콰직!

카사카의 독니가 놈의 목 깊숙한 곳에 파고들었다.

[기사단장 핏빛의 이그리트를 처치하였습니다.]

[레벨이 올랐습니다!]

[레벨이 올랐습니다!]

진우는 양손을 번쩍 들었다.

뒤로 물러서던 진우가 다리에 힘이 풀렸는지 바닥을 짚었다.

"허억, 허억."

진우는 참고 있던 숨을 토해 냈다.

간신히 이겼다.
정말로 아슬아슬했었다.
'그런데…… 이제 퀘스트가 끝난 거 아닌가?'
한참 동안 숨을 고르던 진우가 힘겹게 몸을 일으켰다.
이놈을 잡으면 전직 퀘스트가 끝날 줄 알았는데, 어떤 메시지도 날아오지 않았다.
주위를 둘러봐도 딱히 달라진 건 없었다.
변한 거라곤 한 가지.
이그리트의 몸에서 새어 나오기 시작한 몇 개의 빛줄기.
아이템 신호였다.
'일단은 저거라도 챙겨 두자.'
또 무슨 일이 일어날지 모르니까.
챙길 수 있을 때 하나라도 챙겨 놓는 것이 현명한 판단이었다.
진우는 빛을 향해 손을 뻗었다.

['아이템 : 붉은 기사의 투구'를 발견했습니다. 획득하시겠습니까?]
['룬석 : 지배자의 손길'을 발견했습니다. 획득하시겠습니까?]
['아이템 : 가죽 주머니'를 발견했습니다. 획득하시겠습니까?]
['아이템 : 즉시 귀환석'을 발견했습니다. 획득하시겠습니까?]

뭐가 이렇게 많지?
진우는 의아해 하면서도 기쁜 마음을 숨길 수가 없었다.
'모두 획득.'
그중에서 가장 먼저 가죽 주머니가 창고로 들어갔다.

['아이템 : 가죽 주머니'를 개봉했습니다.]
['150만 골드'가 들어 있었습니다.]
['150만 골드'를 획득했습니다.]

진우의 눈이 휘둥그레졌다.
'보상의 격이 다르잖아?'
확실히 잡는 데 애를 먹은 만큼 보람이 있었다.
별로 기대도 하지 않았던 가죽 주머니에서 150만이나 되는 거금이 나왔다.
그 정도면 상점에서 요긴하게 쓸 수 있는 돈이었다.
하지만 진우의 관심사는 다른 데 있었다.
기대도 안 하던 가죽 주머니에서 그 정도 득템이라면 투구나 룬석은 어느 정도의 가치가 있을 것인가.
진우는 두근대는 가슴을 진정시키며 투구의 정보를 오픈했다.
띠링.

[아이템 : 붉은 기사의 투구]
입수 난이도 : S
분류 : 방어구
물리 데미지 감소 : +15%
체력 +20, 근력 +20

"S급!"
진우는 환희에 찬 비명을 터트렸다.

처음으로 입수 난이도 S급의 아이템이 등장했다.

데미지 감소 15퍼센트만 해도 더할 나위 없이 훌륭한데 체력과 근력 스탯 +20이라는 기막힌 옵션까지 붙어 있었다.

옵션만 봐도 가슴이 뛰었다.

'입수 난이도 A등급 아이템들과는 비교가 안 될 정도야.'

여태껏 A급을 두 번 얻었다.

첫 번째는 카사카를 잡고 얻은 '카사카의 독샘', 두 번째는 켈베로스에게서 나온 '파수꾼의 목걸이'였다.

이 두 아이템들도 충분히 좋았다.

독샘은 근력이 떨어진다는 페널티가 있긴 했었지만, 물리 데미지가 무려 20퍼센트나 감소되는 옵션이 있었다.

파수꾼의 목걸이는 또 어떤가?

시간이 흐를수록 중요성을 더 깨닫게 되는 민첩과 감각 스탯을 각각 20씩 올려 주는 최고의 아이템이었다.

그런데 이번에 나온 '붉은 기사의 투구'는 두 개의 아이템을 합쳐 놓은 것과 옵션이 비슷했다.

그것도 아무 페널티 없이.

'단연코 최고다.'

지금 던전 보스 방 한복판에 서 있다는 걸 알면서도 자꾸만 미소가 지어졌다.

거기다 사족을 하나 더 달자면 디자인까지 마음에 쏙 들었다.

'이건 감추기가 아깝네.'

핏빛을 연상시키는 붉은색 투구와 투구에 연결된 긴 갈기에는 예술 작품 같은 기품이 흘렀다.

비록 아주 잠깐이었지만, 세트로 된 갑옷이 있다면 한번 풀로 갖춰 입어 보고 싶은 충동까지 들었다.

그러나.

'아쉽게도…….'

이그리트의 다른 갑주들은 아이템이 아닌 듯 빛나지 않았다.

허락된 방어구는 투구뿐이었다.

약간의 아쉬움을 뒤로하고서 진우는 조심스럽게 투구를 썼다.

스르륵.

늘 그래 왔던 것처럼 투구도 순식간에 자취를 감추었다.

외형을 뽐낼 수는 없었지만 투구 덕분에 능력치가 폭발적으로 증가했다.

[스탯]

근력 : 128(+20)　　체력 : 87(+20)　　민첩 : 107

지능 : 66　　감각 : 89

물리 데미지 감소 : 46%(+15%)

괄호 안의 숫자가 투구 착용으로 상승한 능력치였다.

근력, 체력은 물론이거니와 올리기 힘든 물리 데미지 감소 스탯까지 엄청나게 상승했다.

그야말로 대만족.

효과를 직접 눈으로 확인하니 심장이 쿵쿵쿵 거세게 뛰었다.

'아니.'

진우는 고개를 가로저었다.

'퀘스트가 다 끝난 것도 아닌데 너무 흥분하지는 말자.'

봐야 할 아이템도 더 남아 있었다.

진우는 아직 흥분의 여운이 가라앉지 않은 상태에서 다른 아이템들로 시선을 옮겼다.

[룬석 : 지배자의 손길]

[아이템 : 즉시 귀환석]

두 개의 돌멩이.

호두과자보다 약간 더 큰 두 개의 돌 중에서 진우의 시선을 먼저 끈 것은 '즉시 귀환석' 쪽이었다.

'룬석이야 잘 알고 있지만…….'

즉시 귀환석이란 건 뭐지?

호기심은 곧 풀렸다.

금세 즉시 귀환석의 정보가 떠올랐다.

띠링.

[아이템 : 즉시 귀환석]

등급 : ??

분류 : 소모품

전직 퀘스트 전용 아이템입니다. 귀환석을 부수면 즉시 던전 바깥으로 이동할 수 있습니다. 단, 전직 퀘스트가 끝나면 자동으로 파괴됩니다.

창고에 보관할 수 없습니다.

사용법은 룬석이랑 비슷했다.

하지만 사용 시 효과가 스킬 습득 대신 던전 탈출이라니.

'잠깐, 전직 퀘스트가 끝난 게 아니었나?'

그랬다면 설명에 적혀 있는 대로 이 아이템은 이미 없어졌어야 했다.

그게 남아 있다는 말은…….

순간 어째서인지 등줄기가 오싹오싹해지는 느낌이 들었다.

이상한 일이었다.

던전에서 바로 탈출할 수 있는 최고의 아이템을 얻었는데 왜 불길한 느낌이 든단 말인가?

만약 시스템에 의해 생성된 던전이 아니라 '진짜 던전'에서 이런 걸 쓸 수 있다면 누구라도 사려고 들 거다.

이 돌멩이 하나가 목숨값과 같은데 어떤 이가 돈을 아낄까?

자신 또한 마찬가지.

이걸로 전직 퀘스트에 대한 부담이 대폭 줄었다.

'마음만 먹는다면…….'

언제라도 달아날 수 있으니까.

그런데 마음 한편에 자리 잡은 불안감이 영 가시질 않았다.

아니나 다를까!

기다렸다는 듯 시스템의 경고음이 울렸다.

띠링.

['플레이어'가 즉시 귀환석을 획득했습니다.]

[지금부터 전직 퀘스트가 시작됩니다.]

아뿔싸!
이게 퀘스트 시작 아이템이었구나!
순간 아찔해졌다.
밟아서는 안 될 것이 발아래 있다는 사실을 뒤늦게 깨달은 것처럼.
'이렇게 될 줄 알았으면 조금이라도 휴식을 취해 두는 건데.'
하지만 후회해 봐야 무슨 소용인가.
아무리 경험과 지식을 통해 예측해 봐도 미래를 정확히 알 수는 없는 노릇이었다.
진우의 이마에 식은땀이 맺혔다.
흘깃.
속으로 '상태 창'을 불러온 진우가 남은 HP와 피로도를 확인했다.

[HP : 4,161 / 10,270]
[MP : 390 / 850]
[피로도 : 61]

'피로도가 좀 높긴 하지만 아직 할 만하다.'
투구의 옵션으로 체력 스탯이 많이 오른 덕분에 전체 체력량이 커지면서 남은 체력량도 덩달아 늘어났다.
그나마 다행이었다.
진우는 자신을 격려하듯 속으로 연이어 되새겼다.
'할 만해, 아직은.'
물론 목숨 자체가 위험하진 않으리라.
손안에 즉시 귀환석이 있으니까.

하지만 아무리 생각해 봐도 이 즉시 귀환석은 '퀘스트 포기'를 상징하는 아이템이었다.
그게 아니라면 이걸 시작 아이템으로 삼았을 리가 없었다.
'퀘스트를 포기한다면…….'
전직 기회가 사라지는 것과 다름없다.
이마에 맺힌 식은땀이 관자놀이를 지난 뒤 턱밑으로 떨어져 내렸다.
꿀꺽.
마른침을 삼키며 진우의 목울대가 움직였을 때, 시스템의 다음 메시지가 떠올랐다.
띠링.

[10초 후 차원의 문이 무작위로 생성됩니다.]

'차원의 문?'
의문이 전혀 해결되지 않은 채 상공에 큼지막한 숫자가 생겨났다.

[00:00:10]

저건 쉽게 알 수 있었다.
아마도 카운트다운을 의미하는 거겠지.
메시지는 계속 이어졌다.

['플레이어'는 선택할 수 있습니다.]
['즉시 귀환석'을 이용해 던전을 벗어나거나]

……8, 7, 6.

그 순간에도 시간은 계속 줄어들고 있었다.

[최대한 오랜 시간을 버텨 상위 클래스로 전직하는 데 필요한 승급 포인트를 모을 수 있습니다.]

"버텨? 뭘 버티라는 거야?"

답답한 마음에 큰 소리가 나왔다.

하지만 진우의 손에는 이미 창고에서 소환된 '카사카의 독니'가 들려 있었다.

룬석은 창고에 넣어 두고, 창고에 들어가지 않는 즉시 귀환석은 일단 뒷주머니에 밀어 넣었다.

심장이 터질 듯 뛰고 있는 와중에도 이미 전투 준비를 끝낸 상태였다.

그게 성진우였다.

[곧 전직 퀘스트가 시작됩니다.]

……4, 3, 2.

줄어드는 시간을 초조하게 노려보던 진우가 사방을 둘러보기 시작했다.

고개와 시선이 이곳저곳으로 빠르게 돌아갔다.

뭔가 시작되려 하고 있었다.

주변의 공간들이 점차 왜곡되고 뒤틀리기 시작했다.

[00:00:01]
[행운을 빕니다.]

뭐?
처음으로 시스템이 감정을 표현했다.
하지만 놀라고 있을 틈은 없었다.
타이머가 0초를 가리키는 순간, 곳곳에 게이트가 생기기 시작했다.
우웅-
우웅-
한두 개가 아니었다.
주변에 있는 것만 여섯 개. 그리고 그 수는 가파르게 늘어 갔다.
동시에 타이머가 거꾸로 돌아가기 시작했다.

[00:00:02]

카운트다운은 다시 시작되었다.
시간이 승급 포인트가 된다.
전부 다는 아니지만 시스템이 하는 말을 어느 정도 이해할 수 있었다.
'버틴 만큼 강해진다.'
아니, 정확히는 강한 직업을 얻을 수 있다. 이런 기회를 허무하게 날려 버릴 순 없었다.

HP도 MP도 아직 여력이 있었다.

'최대한 버텨 보자.'

[00:00:03]

정확히 3초가 지났을 때, 가까운 게이트들에서 무기 없는 기사들이 우르르 쏟아져 나왔다.

두두두두.

철갑으로 무장한 기사들이 은색 물결을 이루니 땅이 울렸다.

박력에 압도될 만한 상황이지만 진우의 얼굴에는 미소가 떠올랐다.

'이놈들이라면 이 상태로도 충분히 상대할 수 있다!'

어떻게 보면 고마운 상대였다.

저기서 나온 게 이그리트같이 흉악한 놈들이었으면 초 단위를 버티기도 힘들었을 거다.

'일단 은신으로 놈들의 시야에서 벗어나자.'

진우는 여분의 마나를 이용하여 은신을 사용했다.

스르륵.

진우의 형태가 흐려지기 시작했다.

예상대로 진우를 향해 달려오던 기사들의 걸음이 일시에 멈추었다.

그런데 그때.

[마법사가 '스킬 : 탐지의 시선'을 사용합니다.]

'띠링' 하는 경고음.

진우의 고개가 소리가 들려온 방향으로 돌아갔다.

'뭐?'

게이트에서 튀어나온 마법사 하나가 주문을 중얼거리고 있었다.

진우는 놈의 머리 위에 떠 있는 눈 모양의 마크를 발견했다.

그 눈이 반짝이는 순간!

순식간에 진우의 은신이 해제되었다.

'젠장!'

계산이 처음부터 어긋났다.

휙.

휙.

전봇대처럼 우두커니 서 있던 기사들이 일제히 진우를 향해 고개를 돌렸다.

그건 공포 영화의 한 장면을 연상시켰다.

곧이어 은색 물결이 덮쳐 왔다.

진우는 눈을 부릅뜨고 이를 악물었다.

쾅!

주먹질 한 방에 달려오던 기사 하나의 머리통이 날아갔다.

기사는 그 자리에서 절명했다.

[기사를 처치하였습니다.]

진우의 눈에서 광채가 번뜩였다.

'살기!'

['스킬 : 살기'를 사용합니다.]
['효과 : 공포'가 발동됩니다.]
[대상들의 모든 능력치가 1분간 50% 감소합니다.]

많은 몬스터들이 공포 효과에 움직임이 둔해졌으나 이 한 번으로 마나가 90까지 내려갔다.
살기 스킬의 마나 소모량은 100.
두 번은 쓸 수 없었다.
'하지만 1분을 벌었다.'
몬스터들의 능력치가 하락한 1분 동안 진우는 닥치는 대로 놈들을 때려눕히기 시작했다.
쾅!
콰직!
쾅!
콰광!
무서운 기세로 기사들을 분쇄해 나갔다.
쾅! 쾅! 콰직!
하지만 기사들이 줄어드는 속도보다 게이트에서 나오는 속도가 더 빨랐다.
두두두두.
정신없이 싸우는 와중에도 진우는 시간을 확인했다.

[00:03:19]

3분 19초.

포인트로 환산하면 얼마쯤 될까?

이제 여기를 나가도 될까?

하지만 오래 재고 있을 여유는 없었다.

지금 이 순간에도 기사들이 쉴 새 없이 물밀듯 밀려 들어오고 있었다.

수많은 기사들을 격파했으나 도저히 머릿수를 감당할 수가 없었다.

"으아아-!"

결국 진우는 기사들 속에 파묻혔다.

[근성 패시브가 발동됩니다.]

[근성 패시브가 발동됩니다.]

수직으로 떨어지던 체력이 기어코 바닥을 보이기 시작했다.

[HP : 1,036 / 10,270]

'시간은……?'

[00:05:08]

5분 8초.

이 정도면 버틸 만큼 버텼다.

'……나가자.'

기사들 틈에 갇혀 버린 진우는 숨 막히는 은빛 갑옷의 감옥 속에서 허우적거리며 뒷주머니를 더듬었다.

그런데.

툭.

그만 즉시 귀환석이 손끝에서 미끄러졌다.

데구루루.

둥글게 생긴 귀환석은 기사 하나의 발뒤꿈치에 맞아 멀리 굴러갔다.

"안 돼!"

진우가 황급히 그리로 손을 뻗었으나 기사들에게 저지당했다.

곧 위에서도 기사들이 덮쳐 왔다.

숨이 턱턱 막혀 왔다.

더 이상 호흡을 하기가 힘들었다.

[근성 패시브가 발동됩니다.]

[근성 패시브가 발동됩니다.]

점점 의식이 흐려져 갔다.

퍽! 퍼퍽!

기사들 사이에 이리저리 부딪히며 혼미해지는 정신 속에서 어디선가 낄낄거리는 비웃음 소리가 들려왔다.

—모두 네가 자초한 거잖아?

'…….'

—왜 안전한 길을 놔두고 위험을 무릅쓰는 거지? E급 헌터가 B

급, C급이 되는 것도 엄청난 행운 아닌가?

'…….'

―너는 결국 그 정도였을 뿐.

'……시끄럽다.'

―너를 죽게 만든 것은 바로 너다.

시끄럽다고!

콰앙!

진우를 물샐틈없이 둘러싸고 있던 기사들이 한꺼번에 튕겨 나갔다.

죽다 살아났음에도 진우의 눈은 아직 살아 있었다.

두 눈에 독기가 흘러넘쳤다.

'이렇게 끝낼 수는 없어.'

어떻게 얻은 기회인데.

절대로.

가장 밑바닥에 있었기 때문에 가장 높은 곳을 갈망했다.

누구보다 약자의 설움을 잘 알고 있었다.

살기 위해 매번 악을 썼고, 살아남아도 손가락질당했다.

―E급이 무슨 도움이 된다고.

―협회도 그래. 전력이 되는 친구를 보내 줘야지 저 친구는…… 어휴.

―저놈 자꾸 동료 뒤에 숨어서 살아남는 거 아냐?

늘 바라만 보고 있어야 했던 곳에 올라갈 수 있는 사다리를 얻었는데 그걸 가만히 보고 있으라고?

어림도 없는 소리.

'……기억났다.'

아까 머릿속에서 울렸던 소리.

그건 그들의 목소리였다.

항상 등 뒤에서 떠들어 대던 그 소리.

그래, 실컷 비웃어라.

나는 끝까지 발버둥 칠 테니.

체력량이 10, 아니 1이라도 좋다. 마지막에 마지막까지 발악해 주마. 더 못 움직일 때까지 나는 싸운다.

"으아아아-!"

진우가 몸을 날렸다.

콰직!

내지른 주먹.

기사의 흉갑이 움푹 들어가며 뒤로 날아갔다. 놈과 부딪힌 다른 기사들까지 뒤로 넘어갔다.

기사들이 다시 달려들기 시작했다.

진우의 움직임도 한층 더 격렬해졌다.

쾅! 쾅! 쾅!

주먹이든, 팔꿈치든, 무릎이든, 발끝이든 진우의 신체에 닿는 기사들은 예외 없이 종이 인형처럼 부서져 갔다.

[피로도가 70을 넘었습니다.]

[움직임이 제한됩니다.]

경고처럼 움직임이 둔해지기 시작했다.
하지만 진우의 독기 어린 눈빛은 조금도 약해지지 않았다.
하나둘, 일격에 쓰러지지 않은 기사들이 몸을 부딪쳐 왔다.
진우는 세 번, 네 번을 더 때려서라도 기어코 놈들을 부수었다.
콰직!

[……8, 7, 6, 5]

그동안에 무슨 카운트다운이 진행되고 있었다.
싸움에 집중하느라 한 자릿수로 떨어질 때까지 알아채지 못했다.
'뭐지? 퀘스트가 끝나가는 건가?'
잠깐 희망을 품어 봤지만 헛된 꿈이었다.

[00:06:27]

타이머는 제대로 올라가고 있었다.
타이머와 별개로 뭔가의 카운트가 1초씩 떨어지고 있었다.
[4, 3, 2]

'내가 죽는 시간이라도 알려 주려고?'
하긴 처음에도 시스템은 말했다.
플레이어가 되는 것을 승낙하지 않으면 0.02초 후에 죽게 된다고.

좋다.

진우는 눈을 부릅떴다.

'마지막 1초까지 아낌없이 써 주마.'

쾅! 콰광!

또 기사 두 기가 박살났다.

그러나 진우의 강렬한 의지와 달리 이미 진우의 몸은 만신창이가 되어 있었다.

어깨에 들어가는 힘이 약해졌다.

느려진 주먹은 그 뒤에 이어지는 기사들의 돌격을 막기에 부족했다.

앞에서 하나, 뒤에서 하나.

쿵!

앞뒤로 달려든 기사들과 충돌한 진우는 끔찍한 충격에 낮은 신음을 내뱉었다.

"컥!"

기사들은 기회를 놓치지 않겠다는 듯 또다시 진우를 사방에서 덮쳐 갔다.

진우는 기사들에게 겹겹이 둘러싸여 손가락 하나도 꼼짝할 수 없게 되었다.

두두두두.

그 순간에도 진우 위를 덮치는 기사들의 수는 점점 늘어만 갔다.

은빛 물결이 어느새 은빛 산으로 변했다.

진우는 가쁘게 숨을 몰아쉬었다.

"허억, 허억……!"

이대로 질식해 버릴 것 같았다.

놈들 틈 속에서 간신히 뻗어 나온 진우의 손이 의미 없이 하늘을 향했다.

[HP : 93 / 10,270]

상황은 절망적이었다.

그런데도 진우는 끝까지 포기하지 않았다.

'아직. 아직 조금은 더…….'

하늘을 향해 있던 진우의 손이 간신히 주먹을 움켜쥐었을 때, 마침내 지속되고 있던 의문의 카운트다운이 종료를 알려 왔다.

[……1, 0]

[일일 퀘스트를 완료하지 못했습니다.]

[페널티 존으로 이동합니다.]

3. 전직의 결과

3. 전직의 결과

진우는 귀를 의심했다.

'……페널티 존?'

아-

생각났다.

그러고 보니 오늘은 일일 퀘스트를 하지 않았다.

레벨업의 성과를 시험해 보고 악마성 던전으로 가도 될지 말지를 결정하기 위한 선택이었는데.

일이 이렇게 흘러갈 줄이야.

쿠구구구구구구궁-

병원에서 그랬었던 것처럼 곧 모든 것이 격렬히 흔들리기 시작했다.

퍼석.

퍼석.

진우를 에워싸고 있던 기사들도 하나둘씩 모래가 되어 흘러내렸다.

세계가 변하고 있었다.

'하…… 하하…….'

진우는 소리 없이 실소를 흘렸다.

어째서인지 퀘스트가 시작되기 직전 시스템이 건넸던 한마디가 자꾸 머릿속을 맴돌았다.

—행운을 빕니다.

행운을 빌어 줘야 할 만큼 어려운 퀘스트라는 뜻이었을까?

아니면 행운의 힘을 빌려서라도 내가 높은 포인트를 얻는 것을 응원한다는 뜻이었을까?

행운, 우연, 뭐라고 불러도 좋다.

어찌 됐든 기회는 찾아왔다.

중요한 건 그걸 지금부터 어떻게 이용하느냐였다.

구구구궁–

진동은 더욱 거세졌다.

진우는 억지로 균형을 잡으려고 애쓰는 대신 흔들림에 몸을 맡기며 살며시 눈을 감았다.

'동요하지 말자…….'

그러자 몸이 붕 뜨는 느낌과 함께 모든 소리가 일순간 사라졌다.

감았던 눈을 다시 떴을 땐, 사막 모래 위 한복판이었다.

진우는 그대로 엎어졌다.

"꺼허억– 허억, 허어억–"

양손으로 모래를 움켜쥐고 참았던 숨을 있는 힘껏 토해 냈다.

폐를 통해 신선한 공기가 온몸으로 흘러 들어왔다.
이제야 좀.
"살 것 같네."
전신을 감싸는 안도감에 진우는 그 자리에 벌러덩 드러누웠다.
아무것도 없는 검은 하늘.
끝없이 펼쳐진 칠흑의 천장이 시야에 들어왔다.
기억 속에 남아 있는 페널티 존의 모습 그대로였다.
'아차, 이렇게 있을 때가 아니지.'
하도 위험한 곳에서 빠져나왔더니 여기도 안전한 곳이 아니라는 사실을 그만 깜박 잊고 말았다.
그래도 일어나기는 싫어서 진우는 드러누운 채로 상태 창을 불러왔다.

[HP : 104 / 10,270]
[MP : 202 / 850]
[피로도 : 91]

왜 이렇게 움직이기 힘든가 했더니 피로도가 90을 넘어가 있었다.
'피로도가 90을 넘어간 건 이번이 처음이지, 아마?'
정말 손가락 하나 까딱하기 싫었다.
체력도 체력이지만 일단 피로도를 낮추는 게 급선무였다.
"상점."
띠링.
허공에 '구매'와 '판매' 두 글자가 나타났다.

암만 생각해 봐도 성의라곤 조금도 찾아볼 수 없는 부실한 상점이지만 오늘은 이렇게 반가울 수가 없었다.

그중 가장 비싼 힐링 포션을 골라 구매했다.

구매를 확정하자마자.

스르륵-

대자로 뻗어 있는 손끝에 붉은색 액체가 담긴 유리병이 나타났다.

뽕.

힘겹게 마개를 뽑아낸 진우는 포션을 들이붓듯 입안으로 흘려보냈다.

꿀꺽꿀꺽.

붉은색 액체가 식도를 타고 몸 안으로 내려갔다.

[피로가 회복됩니다.]

[피로가 회복됩니다.]

[피로가 회복됩니다.]

최고급 포션이어서 그런지 딱 한 병을 마셨을 뿐인데 피로도가 계속해서 떨어지는 게 눈에 보였다.

그런데 이상하게도 체력량은 전혀 변동이 없었다.

[HP : 106 / 10,270]

[MP : 204 / 850]

[피로도 : 0]

결국 병이 다 비어 갈 때까지도 체력은 회복되지 않았다.
피로도가 0이 된 것과는 대조적이었다.
'왜지?'
마지막 한 방울을 입안에 톡 털어 넣고 나서야 그 이유를 알 수 있었다.
띠링.

[잔여 체력이 10% 이하일 때는 힐링 포션으로 체력을 회복할 수 없습니다.]

이유는 간단했다.
체력이 너무 떨어져 있어서란다.
'하긴…….'
힐링 마법에도 한계는 있으니까.
생소한 개념은 아니었다.
힐러들의 수준에 따라 치료가 가능한 범위가 정해져 있듯이, 포션도 일정 한계를 넘어서면 치료가 불가능한 모양이었다.
'그 한계가 10퍼센트까지란 말이지.'
좋은 걸 알았다.
괜히 포션만 믿고 있었다가 진짜 위급한 순간에 뒤통수를 맞을 뻔했다.
이래서 경험이 중요한 거다.
왜 그런 말도 있지 않은가?
나를 죽이지 못하는 모든 시련은 나를 강하게 만든다고.

그게 다 경험의 힘이다.
그리고 다행스럽게도 진우는 이곳 페널티 존에 대한 경험이 있었다.
'지금쯤 타이밍이 됐는데…….'
아니나 다를까.
아래쪽에서 뭔가 생명체의 기운이 느껴졌다.
진우는 몸을 움츠린 뒤 튕기듯 자리에서 일어났다.
몸이 깃털처럼 가벼웠다.
포션 덕분에 힘이 완벽히 돌아왔다.
탁!
멀찍이 착지한 진우가 돌아서서 뒤를 바라보았다.
스르르르르륵.
예상했던 대로 방금 누워 있던 자리가 움푹 아래로 꺼지며 모래 구덩이가 만들어졌다.
'전에는 저기 미끄러져서 죽는 게 아닌가 했는데.'
지금은 이렇게 여유롭게 구경할 수 있게 됐다.
그렇게 만들어진 모래 구덩이의 가장 아래쪽이 끓는 것처럼 들썩거리기 시작하다가.
쏴아아아!
모래가 기둥처럼 솟아오르며 거대한 지네가 위용을 드러냈다.
"키에에에에엑!"
모든 게 기억과 일치했다.
'처음 봤을 때는 그렇게 무섭더니…….'
지금은 느릿느릿한 슬로우 영상을 보는 것 같았다.
진우의 시선이 좀 더 위를 향했다.

그러자 지네 머리 위에 있는 선명한 붉은 글자들을 확인할 수 있었다.

[독이빨 거대 모래지네]

붉은색 이름.

악마성 던전에서 봤었던 켈베로스와 같은 색깔이었다.

마침 퀘스트 메시지가 떴다.

띠링!

[페널티 퀘스트 : 생존]

목표 : 요구 시간까지 생존하세요.

요구 시간 : 4시간

남은 시간 : 4시간 0분 0초

메시지 내용을 확인한 진우가 주먹을 꽉 움켜쥐었다.

'이걸로 시간을 벌 수 있게 됐다.'

즉시 귀환석을 이용해 던전을 탈출한 게 아니므로 아직 기회는 남아 있었다.

'아마도 페널티 퀘스트가 끝나자마자 다시 그리로 이동되겠지.'

그리고 만약 페널티 존에 있었던 시간까지 버틴 시간으로 인정해 준다면?

승급 포인트는 어마어마해질 터.

그게 얼마나 큰 영향을 미칠지는 아직 알 수 없었다.

'그러나…….'

평소 시스템이 자신에게 미치던 영향력을 생각해 보면 이건 엄청난 호재로 작용할 것임이 분명했다.

'무려 4시간!'

10분을 못 버텨서 즉시 귀환석을 꺼내 들어야 했는데, 페널티 존으로 이동한 덕분에 4시간을 거저 얻었다.

남은 문제는 하나.

겨우 100 정도의 체력을 가지고 여기서 무사히 빠져나갈 수 있느냐 하는 것.

포션으로 체력 회복이 불가능하니 레벨업을 할 때까지 최대한 피해 없이 지네들을 잡아 내야 했다.

일종의 미션이 생긴 것이다.

'……해 보자.'

진우는 '카사카의 독니'를 불러냈다.

그리고.

[남은 시간: 3시간 59분 59초]

페널티 퀘스트가 시작되자마자 빠르게 튀어 나갔다.

지네가 미처 움직이기도 전이었다.

순식간에 거리를 좁히고 들어간 진우가 지네 앞에서 가볍게 점프했다.

탓!

한 번의 도약으로 지네 몸길이의 반쯤 되는 곳의 다리에 착지한 진우는, 지네 몸통을 하나씩 밟아 올라가며 지네의 표피 곳곳에 상처를 남겼다.

콱! 콰콱! 콱!

역수로 쥔 '카사카의 독니'가 스치고 지나간 자리에는 어김없이 표피가 갈라지며 체액이 쏟아졌다.

끼에에에엑!

지네는 고통스러운지 상처를 입을 때마다 괴성을 지르며 몸부림쳤다.

'질주!'

진우의 다리가 더욱 빨라졌다.

탓, 탓, 탓, 탓!

순식간에 몸통을 타고 지네 머리 꼭대기에 도착한 진우가 양손으로 단검의 손잡이를 쥐었다.

그리고!

'급소 찌르기!'

스킬을 사용해 있는 힘껏 지네의 머리를 찍었다.

거꾸로 선 날이 지네의 머리를 파고들었다.

콰직!

['급소 찌르기' 스킬의 레벨이 올랐습니다!]

'좋고!'

간만에 들려온 좋은 소식!

레벨이 올라간 급소 찌르기의 데미지가 상당한지 지네가 머리를 이리저리 흔들며 고통스러워 했다.
끼에엑, 끼엑!
진우는 거기서 그치지 않았다.
지네의 머리를 밟고서 놈의 등 뒤쪽으로 이동했다.
무방비 상태의 등이 보였다.
푹!
지네의 등에 단검을 깊숙이 찔러 넣은 진우는 그대로 아래를 향해 떨어져 내렸다.
파가가가가가갓!
120을 넘긴 근력 스탯에서 나오는 완력과 5층 건물 높이에서 지상으로 향하는 중력의 도움으로, 지네의 등이 멋지게 갈라졌다.
파가가각!
탁.
진우는 무사히 착지했다.
끼에엑, 끼에에에에!
지네는 체액을 사방으로 뿌리며 그 거대한 몸뚱이를 흔들다가 서서히 앞으로 무너져 내렸다.
쿵!
지네가 쓰러지며 모래 먼지가 피어올랐다.
띠링.

[독이빨 거대 모래지네를 처치했습니다.]

진우는 손끝으로 먼지를 쫓아내면서 시간을 체크했다.

[남은 시간 : 3시간 59분 42초]

'여기까지 걸린 시간이 17초.'

지네를 잡는 데 불과 20초도 걸리지 않았다.

동급 몬스터인 켈베로스를 잡을 때와는 전혀 딴판이었다.

차원이 다르게 강해졌다.

'하긴 그동안 올린 렙이 몇 개고, 갖춘 템이 몇 가진데…….'

당연하다면 당연한 이야기.

이 정도면 체력 손실 없이도 사냥할 수 있겠다는 자신감이 들었다.

'문제는 여기에 레벨업까지 잡을 몬스터가 충분히 있느냐 하는 건데…….'

그래야 다시 전직 퀘스트로 돌아가도 승산이 있으니까.

체력을 회복하지 못한 상태로 전직 퀘스트용 던전에 돌아가 봐야 개죽음이 기다리고 있을 뿐이었다.

그런데 그때.

주변에서 모래 기둥들이 하나씩 솟아올랐다.

쐐아아악-

쐐아악-

동족의 피 냄새를 맡고 몰려든 거대 지네들이었다.

끼에에엑-

끼에에엑-

일순간 진우의 표정이 환해졌다.

'대체 몇 마리야, 이게?'

여기저기서 고개를 내밀기 시작한 지네들을 보면서, 진우는 입가에 걸리는 미소를 어떻게 숨길 수가 없었다.

* * *

[레벨이 올랐습니다!]
[레벨이 올랐습니다!]
[레벨이 올랐습니다!]
[레벨이 올랐습니다!]

장장 4시간 동안 지네들과 씨름한 끝에 4업을 더해 51레벨이 되었다.

어느덧 페널티 퀘스트도 끝나 가고 있었다.

[페널티 퀘스트 : 생존]
목표 : 요구 시간까지 생존하세요.
요구 시간 : 4시간
남은 시간 : 0시간 3분 19초

곧 돌아가야 할 시간.

진우는 주위를 빙 둘러보았다. 사방에 지네들의 사체가 가득했다. 이놈들 덕택에 체력을 회복했다.

'아이템이나 골드 같은 부수적인 수입이 없는 건 아쉽지만…….'

벌 받으라고 만든 구역에서 그런 게 쏟아진다는 게 오히려 이상한 일이겠지.

이제 준비를 해야 할 차례였다.

'상점.'

[보유한 금액: 3,115,629골드]

인간형 몬스터들이 워낙에 돈주머니를 잘 줬던 데다가 이그리트에게서 한꺼번에 150만 골드를 얻었던 게 컸다.

자금은 넉넉했다.

진우는 골드를 탈탈 털어 무기 하나를 샀다.

마침 딱 맞는 게 하나 보였다.

[아이템 : 나이트 킬러]

입수 난이도 : B

종류 : 단검

공격력 +75

기사들의 갑옷을 벨 수 있도록 단단하고 날카롭게 연마된 단검입니다. 칼날이 톱니 모양으로 되어 있어 갑옷에 쉽게 미끄러지지 않습니다.

효과 '기사 죽이기' : 중장갑을 대상으로 공격하면 25%의 추가 데미지가 붙습니다.

갑옷을 입은 대상을 처치하는 데 특화된 무기였다.

가격은 280만 골드.

가진 돈을 거의 다 써야 살 수 있는 무기였지만 지금 그런 걸 따지고 있을 여유가 없었다.

'골드를 저승까지 가지고 갈 수 있는 것도 아니고.'

주저하지 않고 구매를 선택했다.

['나이트 킬러'를 구매하셨습니다.]

['붕대'를 구매하셨습니다]

진우는 '나이트 킬러'와 함께 붕대를 하나 샀다.

무시무시하게 생긴 톱날 모양의 날을 가진 단검, '나이트 킬러'를 오른손에 꽉 쥔 채로 붕대를 둘둘 감아 단단히 묶었다.

쉭! 쉬쉭!

'나이트 킬러'를 휘둘러 봤더니 마치 한 손이 된 것처럼 일체감이 느껴졌다.

'최소한 떨어뜨리진 않겠군.'

왼손도 '카사카의 독니'와 묶어 버릴까 잠시 고민했지만 그만뒀다.

두 손 다 못 쓰는 건 너무 불편하니까.

적어도 한쪽은 손가락을 움직일 수 있는 게 낫겠다는 판단이었다.

남은 붕대를 창고에 넣다가 이그리트에게서 얻은 룬석을 발견했다.

'참, 이게 있었지.'

[룬석 : 지배자의 손길]

룬석을 부수면 스킬이 흡수됩니다.

지금은 지푸라기라도 잡아야 할 때.

그게 아이템이 됐든, 스킬이 됐든 모을 수 있는 힘은 전부 모아야 했다.

진우는 미련 없이 룬석을 부쉈다.

['스킬 : 지배자의 손길'을 배웠습니다.]

[스킬 : 지배자의 손길 Lv.1]

액티브 스킬.

필요 마나 없음.

직접 손을 대지 않고도 사물에 물리적인 영향을 미칠 수 있습니다.

'아…….'

설명을 보자마자 떠오른 장면이 있었다.

이그리트가 멀리 떨어져 있는 자신의 장검을 향해 손을 뻗었을 때였다.

'그때 장검을 움직인 게 이 스킬이었군.'

원거리에서 의지만으로 물체를 움직일 수 있는 스킬이라니!

게다가 소모 마나도 없었다.

'설명처럼 모든 물체를 다 움직일 수 있으면 정말 엄청난 스킬인데.'

진우는 당장 옆에 축 늘어져 있는 지네 사체에 스킬을 시험해 봤다.

[숙련도가 낮아 움직이지 않습니다.]

[숙련도가 낮아 움직이지 않습니다.]

무거운 물체를 움직이려면 숙련도가 꽤나 필요한 모양이었다.

'그럼 이건?'

진우는 '카사카의 독니'를 발아래에 떨어뜨렸다. 그러고는 바닥을 향해 손을 뻗었다.

그러자 독니가 쉽게 올라왔다.

탁!

'오.'

진우는 독니의 손잡이를 낚아채고서 신기한 듯 바라보았다.

'좋아. 이 정도면 도움이 되겠다.'

그렇게 만반의 준비를 끝냈다.

고개를 들어 보니 요구 시간이 거의 끝나 가고 있었다.

[남은 시간: 0시 0분 4초]

4초가 3초로 바뀌면서 시스템 메시지가 올라왔다.

띠링.

[곧 페널티 퀘스트가 종료됩니다.]

그리고 이어지는 메시지.

띠링.

[페널티 구역에서 사냥을 시도하였으므로 다음 페널티 퀘스트의 난이도가 상향 조정됩니다.]

난이도의 상향 조정.

사냥을 어렵게 만들어서 페널티를 페널티답게 만들겠다는 거겠지.

그런데, 다음이란 게 있긴 할까?

진우는 침을 꼴깍 삼켰다.

'이제 전직 퀘스트가 다시 시작된다.'

보스 방엔 수백이 족히 넘어가는 몬스터들이 자신을 기다리고 있을 터였다.

어쩌면 더 늘었을지도 모른다.

좋게 말해서 돌아간다는 거지, 사실 그곳에 던져지는 거였다.

체력, 마나, 피로도, 장비, 스킬.

그리고 마음가짐까지.

모든 상황이 거기 처음 발을 디뎠을 때보다 훨씬 좋았지만, 막상 돌아간다고 생각하니 긴장되는 것은 어쩔 수 없었다.

두근, 두근, 두근.

가슴이 아플 정도로 심장이 거세게 뛰었다.

진우는 눈을 감았다.

평정심을 유지하기 위해서였다.

이윽고 기계음이 울렸다.

띠링.

[페널티 퀘스트를 종료합니다.]

'이번이 마지막 기회…….'

진우가 다시 눈을 떴을 때.

시야를 가득 메운 것은 일제히 자신을 돌아보기 시작한 은빛 기사들이었다.

중요한 건 녀석들이 아니다.

순간 진우의 눈이 무언가를 찾는 듯 예리하게 번뜩였다.

'일단은 마법사부터!'

마법사를 찾는 이유는 간단했다.

'내 생각이 맞는다면…….'

페널티 존에서 자신이 내린 결론이 맞는지 확인해 보기 위해서였다.

두두두두!

기사들이 맹렬하게 돌격해 왔다.

진우는 침착하게 자신을 향해 달려오는 기사들 중 가장 앞에 오는 녀석의 어깨를 밟고 공중으로 도약했다.

그러자 내부가 한눈에 들어왔다.

'마법사는?'

……찾았다!

그리 멀지 않은 곳에 마법사가 하나 보였다.

'역시!'

아까 목격했던 것이 맞았다.

잘못 본 게 아니었다.

기사들에게 둘러싸여 간신히 손 하나만을 밖으로 뻗을 수 있었을 때, 진우는 그 좁은 틈을 통해 상식적으로 이해가 안 되는 장면을 보았다.

'…….'

바로 끊임없이 뭔가를 중얼중얼 캐스팅하고 있는 마법사였다.

주문을 외는 마법사.
언뜻 생각하면 전혀 이상할 것 없는 상황.
하지만 진우는 거기서 강한 이질감을 느꼈다.
'그렇다면 어째서…….'
한 번도 마법이 날아오지 않았을까?
공격은 오로지 기사들의 몫.
마법사들은 계속해서 주문을 외우고만 있을 뿐, 마법을 완성시켜서 위력을 행사한 적이 없었다.
딱 한 번.
탐지의 시선이라는 스킬로 은신을 해제시켰을 때를 빼고.
그리고 그때, 유일하게 근처에 있던 기사들의 움직임이 멈췄었다.
처음엔 표적이 사라져서 멈춘 건가 생각했다.
하지만 패널티 존에서 거대 지네들을 사냥하는 동안 문득 중요한 사실 하나를 뒤늦게 깨닫게 되었다.
여덟 마리째인가?
지네를 잡았더니 뜨는 레벨업 메시지에 주먹을 불끈 움켜쥐었을 때였다.

[레벨이 올랐습니다!]

체력이 완벽하게 회복됐다.
그런데 짧은 기쁨 뒤에 뭔가 이상하다는 느낌이 뒤따랐다.
'이렇게 쉽게 레벨이 오르는데, 거기선 왜 업이 안 됐던 걸까?'
시스템은 레벨업의 회복 효과를 차단한다고 했지 레벨업이 되지 않는다고는 안 했다.

실제로 보스 방까지 가는 동안 5레벨이나 올렸었고.

그런데 전직 퀘스트 도중에만 업이 되지 않았다.

6분을 버티면서 거의 백여 기에 가까운 기사들을 파괴했었는데도 말이다.

마법을 쓰지 않는 마법사들.

경험치를 주지 않는 기사들.

뭔가 위화감을 주는 두 집단의 행동을 따로 떼어서 생각하지 않고 동일 선상에 올려놓는 순간!

진우의 머릿속에 어떠한 가능성 하나가 새롭게 떠올랐다.

'어쩌면…….'

어쩌면 거기 있었던 기사들은 전부 가짜일지도 모른다라는 생각이.

마법사가 '탐지의 시선' 스킬을 쓸 때 기사들이 전원 멈추었던 이유는, 자신이 사라져서가 아니라 캐스팅을 중지했기 때문이 아니었을까 하고.

'내 생각이 맞는다면!'

지금부터 확인해 봐야 했다.

진우는 자신에게 손을 뻗어 대는 기사들을 무시한 채 그들의 머리와 어깨를 밟으며 마법사에게로 달려갔다.

'……!'

자신을 발견한 마법사가 당황하는 게 느껴졌다.

캐스팅이 빨라졌다.

그저 닥치는 대로 공격만 해 오던 기사들이 마법사를 지키려고 주위로 모여들고 있었다.

예감은 점점 확신으로 변해 갔다.

탁!

진우는 마법사 앞에 착지했다.

그리고 일절 망설임 없이 오른손에 들린 단검으로 마법사의 심장을 정확하게 꿰뚫었다.

'급소 찌르기!'

푹!

마법사는 소리 없이 검은 연기가 되어 사라졌다.

[마법사를 처치하였습니다.]

그리고 그와 동시에!

우르르르-

진우를 잡으러 달려들던 기사들 수백 기가 일제히 무너져 내렸다.

실이 끊어진 인형처럼.

바닥에 쓰러진 기사들은 그저 주인 없는 갑옷 그 이상도 그 이하도 아니었다.

'이게 답이었어!'

진우는 속으로 환호성을 질렀다.

죽을 고비를 몇 번이고 넘긴 끝에야 간신히 답을 찾아냈다.

기사들은 아무것도 아니었다.

기사들을 조종하는 것은 마법사들.

그들을 처치하는 게 목표였다.

'나이트 킬러(knight killer)로 처음 처치한 게 마법사라니…….'

진우는 덩그러니 남아 있는 로브를 보고서 실소를 머금었다.
웃을 수 있을 만큼 여유가 돌아왔다.
하지만 계속 여유를 부리고 있을 틈은 없었다.
아직 퀘스트가 끝나지 않았다.
두두두두-
바닥이 울리는 소리.
진우가 돌아섰다.
벌써 주위에 기사들이 까맣게 몰려와 있었다.
기사들을 조종하는 다른 마법사들이 또 어딘가에 있다는 뜻이다.
기사들이 덮쳐 들어왔다.
진우의 오른손이 형체를 알아보기 힘들 정도로 빠르게 움직였다.
쉬칵!
앞선 열에 있던 기사들이 일자로 베였다.
진우가 눈을 동그랗게 떴다.
'와우!'
280만 골드를 투자한 가치가 있었다.
'나이트 킬러'의 칼날은 기사들의 아머를 종이처럼 쉽게 뚫고 잘랐다.
단순히 톱니 모양이기 때문만은 아닐 것이다.
갑옷을 입은 대상을 공격하는 데 특화된 단검인 만큼, '나이트 킬러'에서는 마법적인 힘이 강하게 느껴졌다.
'상점표 무기도 좋잖아?'
세간의 인식과는 좀 차이가 있었다.
보통 상점표 무기라고 하면 쓸 만한 무기를 구하지 못했을 때 궁

여지책으로 쓰는 것이라고들 생각하니까.

'이러면 골드도 무시 못 하겠는데……?'

적어도 헌터 전용 무기보다는 훨씬 괜찮아 보였다.

동시에 상점에서 무기를 사 헌터들에게 되팔면 큰돈을 벌 수 있지 않을까 하는 생각도 들었다.

소모품과 달리 무기에는 양도 금지란 설명이 붙어 있지 않았으니까.

'집중하자, 집중.'

아직은 딴생각을 하고 있을 때가 아니었다. 기사들은 쉬지도 않고 끊임없이 달려들었다.

쉭! 쉬익!

진우는 이리저리 피해 가며 놈들을 뭉텅뭉텅 썰어 갔다.

하지만.

'이래서는 끝이 안 나.'

잠깐만 눈을 돌려도 베어 버린 기사들보다 훨씬 많은 숫자의 기사가 다가와 있었다.

스걱!

또 하나의 기사가 목을 잃었다.

'마법사를 찾아내야 돼.'

진우는 목을 잃은 기사가 쓰러지기 전에 놈의 어깨를 밟고서 다시 한번 위쪽으로 뛰어올랐다.

'은신!'

스르륵.

진우의 형태가 흐릿해져 갔다.

물론 은신으로 몸을 숨기고자 함은 아니었다.

진우가 노린 것은 바로.

[마법사가 '스킬 : 탐지의 시선'을 사용합니다.]
[마법사가 '스킬 : 탐지의 시선'을 사용합니다.]
[마법사가 '스킬 : 탐지의 시선'을 사용합니다.]

띠링, 띠링.

귀가 따가울 정도로 사방에서 울려 대는 경고음 소리.

진우는 기사들의 머리 위를 뛰어다니며 눈 모양의 마크들이 어디에 있는지를 빠르게 파악했다.

'마법사 숫자는 전부 다섯.'

진우는 일단 가장 가까이에 있는 마법사를 노렸다.

'……!'

진우가 돌아보자 마법사가 황급히 기사들을 주변으로 끌어모았지만.

쉬익!

진우의 왼손을 떠난 '카사카의 독니'가 일직선으로 날아가 마법사의 이마 정중앙에 명중했다.

콰직!

['스킬 : 단검 투척'을 배웠습니다.]
[마법사를 처치했습니다.]

우르르.

또 기사들 수백 기가 쓰러졌다.

'남은 건 넷!'

진우는 기사들의 머리와 어깨를 밟으며 다음 표적이 있는 쪽으로 이동했다.

흘깃.

진우의 시선이 아직 회수하지 못한 '카사카의 독니'에게 옮겨 갔다.

새로운 스킬을 이용할 때였다.

'지배자의 손길.'

진우가 떨어져 있는 카사카의 독니를 향해 손을 뻗자 자석끼리 당기는 것처럼 단검이 알아서 되돌아왔다.

'그렇지!'

진우는 독니를 낚아챘다.

일일이 단검을 회수할 필요가 없게 되니 동선이 최적화되었다.

그다음 순식간에 다음 마법사 앞에 도착했고.

'……!'

마법사가 무슨 시도를 하기도 전에 놈을 사선으로 베어 버렸다.

[마법사를 처치했습니다.]

쓰러지는 기사들.

이제 기사들의 수가 채 반도 남지 않았다.

승기는 넘어왔다.

진우의 눈이 번뜩였다.

'이제 셋.'

마법사들도 위기감을 느꼈는지 한자리에 뭉치기 시작했다.

마법사들만 모인 게 아니다.

그들이 부리던 기사들까지 한데 뭉쳤다.

곧이어 마법사들이 주문을 외웠다. 음산한 목소리가 공동에 울려 퍼지더니 곧 하나의 마법이 완성되었다.

우드득, 우드득.

마법사들을 호위하고 있던 다수의 기사가 공업용 프레스에 들어간 것처럼 우그러들기 시작했다.

그러더니 곧 하나의 거대한 철제 골렘으로 재탄생되어 진우를 노려보았다.

우우우우—

'장난 아닌데!'

진우는 놈에게서 느껴지는 압박감에 순수하게 감탄을 터트렸다.

하지만 무섭거나 하지는 않았다.

죽을 고비를 몇 번 넘겨서 그런지 긴장보다는 도리어 기대감이 들었다.

쿵, 쿵, 쿵!

놈이 걸을 때마다 땅이 진동했다.

엄청난 위압감이었다.

부웅—!

진우는 놈이 휘두른 주먹을 자세를 낮춰 가볍게 피해 냈다.

콰직!

주먹에 살짝 스쳤다는 이유로 진우 뒤쪽에 있던 기둥 하나가 반파됐다.

'거참, 무시무시하기는 한데…….'

진우는 씩 웃었다.

실체를 몰랐다면 이런 괴물을 어떻게 상대해야 할지 전전긍긍했겠지만 지금은 고민한 필요가 전혀 없었다.

고오오-!

골렘이 깍지 낀 양손으로 바닥을 내려치려 할 때.

진우는 뒤로 빠지는 게 아니라 '질주' 스킬을 사용해 앞으로 돌진했다.

그러고는 슬라이딩-!

눈 깜짝할 사이에 골렘의 가랑이 사이를 빠져나갔다.

골렘이 허둥지둥하는 사이 진우는 무방비로 주문을 외우고 있는 마법사 셋 앞에 도착했다.

'……!'

'……!'

당황한 마법사들의 어깨가 들썩거렸다.

'체크메이트!'

진우가 회심의 미소를 지었다.

뭉치면 살고 흩어지면 죽는다고들 하지만, 이번 경우엔 좀 달랐다. 모여 있으니까 오히려 처리하기가 더 수월했다.

진우는 양손에 쥔 단검을 자유로이 휘둘렀고.

[마법사를 처치했습니다.]

[마법사를 처치했습니다.]

[마법사를 처치했습니다.]

세 마법사는 동료들과 마찬가지로 검은 연기가 되어 사라졌다.
그리고 다급히 진우를 움켜쥐려던 골렘도 모래처럼 산산이 흩어졌다.
하지만 진우는 경계를 늦추지 않았다.
'끝난 건가? 아니면 또 다른?'
혹시나 모를 이변에 대비하고 있는데 기계음이 들려왔다.
띠링.
진우는 침을 꼴깍 삼켰다.
그러나 우려와 달리 시스템은 퀘스트의 종료를 알려 왔다.

[시험의 방 내부의 모든 몬스터를 처치하였으므로 전직 퀘스트를 종료합니다.]
[잠시 후 직업이 결정됩니다.]
[획득한 승급 포인트에 따라 상위 클래스로의 전직이 가능해집니다.]

그제야.
그제야 비로소 진우는 안도의 한숨을 내쉴 수 있었다.
"후-."
어려운 싸움이었다.
끝까지 즉시 귀환석에 시선이 팔려 있었다면 퀘스트 몬스터들과 어떻게 싸워야 하는지 깨닫지 못했을 것이다.
'도망칠 타이밍만 재고 있었겠지.'
운 나쁘게도, 어쩌면 운이 좋게도 즉시 귀환석을 잃어버려서 전투 자체에 집중할 수 있었다.

결과는 대성공.
이제 그 대가를 받을 차례였다.
진우의 시선이 타이머 쪽으로 이동했다.

[04:29:16]

타이머의 숫자가 고정되어 있었다.
무려 4시간 30분을 버텼다.
그게 전부가 아니었다.
버티기만 해도 되는 퀘스트에서 몬스터를 모두 잡아 퀘스트 자체를 끝내 버렸다.
얼마나 많은 점수를 얻을 것이며, 그 점수로 어떤 직업을 택할 수 있을지 가슴이 떨려 오기 시작했다.

[플레이어의 행적을 분석하여 합당한 직업을 부여합니다.]

'그거 좋지.'
여태까지의 행동으로 직업이 결정된다면 어울리지 않는 클래스가 걸려서 고생할 가능성이 없어진다는 거다.
듣던 중 반가운 소리였다.

[플레이어가 머무는 곳에는 항상 사신의 숨결이 깃듭니다. 플레이어가 지나가는 길에는 시체가 쌓이고, 피비린내가 진동합니다.]

'…….'

조금 표현이 과격하지 않나 싶었는데, 생각해 보니 마땅히 반박할 말이 없었다.

'레벨업을 위해서라지만…….'

인던에 들어가면 더 이상 업이 안 될 때까지 몬스터들을 때려잡았고, 던전에서도 숨어 있는 마수 한 마리까지 찾아내 숨통을 끊어 놓았다.

또 의도한 바는 아니었지만 헌터들과 싸운 적도 여러 번 있었다.

사신, 시체, 피비린내.

'어떻게 해석해도…….'

처음에 예상했던 것처럼 암살자 클래스로 굳어지는 듯했다.

[또한 플레이어는 강한 힘을 갈망하고 있으며, 동료에게 의지하지 않고, 자신의 힘만으로 길을 개척해 냅니다.]

끄떡끄떡.

진우도 시스템의 평가에 대체적으로 동의했다.

'애초에 믿을 만한 동료가 있었던 적이 없으니까.'

하지만 그게 왜 전직을 위한 성향 분석에서 언급되고 있는지 바로는 깨닫지 못했다.

시스템의 설명은 이어졌다.

[강한 힘에 대한 그대의 열망은 죽음의 골짜기에서 헤매고 있는 망령들을 불러들일 만큼 강력하며, 그대의 명을 따르는 망자들의 군

대는 누구의 도움도 없이 오직 당신만을 위해 길을 만들 것입니다.]

'……망자들의 군대?'

진우는 그제야 뭔가 잘못 돌아가고 있는 걸 느꼈다.

그러나.

"잠깐!"

뭐라고 항변할 기회도 갖지 못한 채.

시스템이 평소와 같이 담담한 어조로 통보하는 결과를 들어야만 했다.

[당신의 직업은 '네크로맨서'입니다.]

"……뭐?"

이게 웬 날벼락이야.

잘 나가다가 어째서 '암살자'가 아니라 '네크로맨서'가 튀어나오는 거지?

진우는 멍하니 메시지를 응시했다.

눈을 비벼 보기도 했으나 달라지는 건 없었다.

[당신의 직업은 '네크로맨서'입니다.]

메시지는 그대로 떠 있었다.

처음엔 믿기지 않았고, 다음엔 화가 치솟았다.

'지능 스탯은 건드린 적도 없는데 왜!'

왜 수많은 마법 계열 헌터들 중에서도 유례를 찾아보기 힘든 이런 희귀한 직업이 걸린단 말인가.

진우는 E급으로 각성할 때부터 전투 계열이었다.

무기는 처음 강철검을 제외하면 단검만 썼고, 얻는 스킬은 족족 암살자들의 것과 비슷했다.

그래서 설마 다른 계열의 직업이 나올 거라곤 꿈에도 생각 못 했었다.

그런데 마법 계열, 그것도 하필 네크로맨서라니.

비록 게임 내 직업 설정을 기반으로 한 지식이지만, 네크로맨서가 어떤 일을 하는지는 대충 알고 있었다.

음침한 마법사와 그 뒤를 따르는 언데드 군단.

아무리 생각해 봐도 자신과는 연관성을 찾기가 힘들었다.

눈살을 찌푸리던 진우가 이내 고개를 가로저었다.

'……일단은 진정하자.'

머리가 복잡하더라도 대처는 차분하게.

침착함은 진우의 무기였다.

잠깐 흥분을 가라앉히고 나니 곧 평정심을 되찾을 수 있었다.

'그런데 이거 어째…….'

부정, 다음엔 분노.

지금 자신의 상태가 시한부 판정을 받은 환자들에게서 볼 수 있다는 '죽음의 5단계' 반응과 비슷하다는 느낌을 받았다.

'분노…… 그다음이 협상이었던가, 타협이었던가?'

하지만 이 건에 대해서는 그다지 타협할 거리가 없었다.

굳이 네크로맨서라는 직업의 장점을 꼽아 보자면…… 시스템이 말한 대로 자신만의 군대를 만들 수 있다는 것 정도?

'그 군대라는 게 해골과 시체로 만들어진 병사들이라서 문제지.'

그런 걸 데리고 다녔다간 세상이 뒤집힐 거다.

그렇지 않아도 헌터들은 선망의 대상이면서 공포의 대상이기도 한데, 대놓고 '망자들의 군대'를 끌고 다니는 헌터가 되라니.

어울리느냐, 아니냐는 둘째치고 감당할 자신이 없었다.

띠링.

[직업을 받아들이시겠습니까?]

시스템이 대답을 요구했다.

그나마 다행이었다.

'선택권이 있어서…….'

진우는 한숨 돌렸다.

직업을 강제하지 않는다는 건 다른 기회가 있다는 뜻이리라. 아직 전직 기회가 남아 있다면 이렇게 고민할 이유가 없었다.

진우는 흔쾌히(?) 제안을 거절했다.

"아니."

그러자 메시지가 다시 물어 왔다.

[네크로맨서는 '히든 클래스'입니다. 그래도 거절하시겠습니까?]

같은 내용임에도 두 번째 질문에는 쉽게 대답할 수가 없었다.

답하기가 망설여졌다.

'히든…… 클래스?'

게임에서나 나올 법한 단어였지만 실은 현실에서도 희귀한 능력을 가진 헌터들이 있긴 했다.

실드를 만들 수 있는 헌터라든가, 버프를 걸 수 있는 헌터라든가.

'백호 길드의 마스터 백윤호는 마수로 변신이 가능하다는 소문도 있고.'

그런 특이한 힘을 지닌 헌터들은 모두 대형 길드에 영입되어 엄청난 특권을 누리고 있었다.

'히든 클래스라는 건 그런 헌터들이 가진 독특한 능력을 말하는 건가?'

만약 그렇다면…….

'이건 기회일지도 모른다.'

불현듯 그런 생각이 들었다.

시스템은 말했었다.

'내가 강한 힘을 갈구하기 때문에 네크로맨서란 직업을 추천한다고.'

즉 다시 말해서 네크로맨서는 그만큼 강력한 직업이라는 거다.

대부분의 희귀 능력 각성자들이 '보조 계열'에 속한다는 걸 떠올리면 굉장히 고무적인 일이었다.

싸울 수 있는 특수 능력자라.

조금씩 심장의 박동이 빨라지기 시작했다.

'네크로맨서라는 직업을 체험해 볼 수 있다면 이렇게 고민할 필요도 없을 텐데.'

그런데 그게 어디 쉽나?

모든 일이 그렇게 형편에 맞게 돌아갈 리도 없고, 그런 힘을 가진 사람에 대한 소문도 듣지 못했다.

애초에 자신의 군대를 통솔하며 싸우는 마법사 따위가 존재할 리가.

거기까지 생각이 미쳤을 때.

'아…….'

진우는 주위에 널브러져 있는 기사들의 잔해를 빙 둘러보았다.

'그 마법사들!'

전직 퀘스트에 등장했던 마법사들이 네크로맨서와 비슷한 능력을 썼다고 말할 수 있었다.

여기에 있는 기사들은 그들의 군대였던 것이다.

'확실히.'

자신의 목숨을 아끼지 않고 덤벼드는 기사들은 상대하기 까다로웠다.

만약 끝까지 대처법을 알아내지 못했다거나, 마법사들의 전투 능력이 떨어지지 않았다면…….

'여기 누워 있는 건 이 쇳덩이들이 아니라 나였을 수도 있다.'

기사들을 둘러보던 진우가 고개를 들어 올렸다.

진우의 눈에 이채가 흘렀다.

'나는 전투 능력까지 갖추고 있다.'

그 마법사들과 자신은 다르다는 이야기.

뛰어난 개인 전투력을 갖춘 마법사가 자신만의 군대까지 동원할 수 있게 된다?

적의 입장에선 그야말로 악몽과 같은 일이지 않을까?

'어쩌면…….'

생각만 해 왔던 일.

B급 이상의 상급 던전을 혼자서 클리어하는 일이 가능해질지도 모른다.

진우는 침을 꼴깍 삼켰다.

만약 네크로맨서가 된 후에도 지금처럼 계속해서 능력치를 올릴 수 있다면 당연히 휘하에 있는 군대의 힘도 갈수록 막강해지리라.

그 시너지 효과는 가히 상상조차 할 수 없었다.

'나 혼자만의 레벨업이 아니다.'

내 군단 또한 같이 성장하는 거다.

'설마……?'

순간 소름이 돋았다.

진우가 고개를 들어 허공의 메시지를 바라보았다.

메시지는 조용히 선택을 기다리고 있었다.

[네크로맨서는 '히든 클래스'입니다. 그래도 거절하시겠습니까?]

평소와 달리 재촉조차 하지 않고서.

진우는 속으로 물었다.

'네가 원하는 게 이거였나?'

물론 대답은 돌아오지 않았다.

고민 끝에, 진우는 결단을 내렸다.

강한 힘을 주겠다면 기꺼이 받아들이겠다.

선택에 망설임은 없었다.

[직업을 받아들이시겠습니까?]

"그래."

시스템은 기다렸다는 듯 다음 메시지를 띄웠다.

띠링.

[직업이 결정되었습니다.]

[획득한 승급 포인트에 따라 상위 클래스로 전직할 수 있는 기회가 주어집니다.]

[계산을 시작합니다.]

[승급 포인트 계산 중…….]

계산이 진행되는 동안 진우는 오른손에 묶여 있는 붕대를 풀었다.

단검을 어찌나 세게 쥐고 있었는지 손바닥이 벌겋게 부어올라 있었다.

"물집 생기겠네."

가볍게 혀끝을 끌끌 찼다.

힐링 포션 한 방울이면 해결될 상처인데, 회복이 안 된다는 게 여러모로 불편했다.

붕대를 다 벗겨 내고 쥐고 있던 '나이트 킬러'를 창고에 막 넣으려는 순간, 돌연 기계음이 울렸다.

띠링.

진우는 반사적으로 고개를 돌렸다.

[예상 한계 시간을 초과했습니다!]
[가산점이 부여됩니다.]

가산점이라.
당연하다면 당연한 일이었다.
'예상 시간이 얼마였는지는 몰라도 내가 좀 오래 버티기는 했지.'
그렇게 흡족한 기분으로 웃고 있는데, 갑자기 메시지들이 눈앞을 뒤덮었다.

[즉시 귀환석을 사용하지 않았습니다!]
[가산점이 부여됩니다.]
[잔여 체력이 50%를 넘습니다!]
[가산점이 부여됩니다.]
[모든 적들을 처치했습니다!]
[가산점이 부여됩니다.]
[승급 포인트 합계가 업적 한계치를 넘어섰습니다.]
[계약에 따라 특별한 보상이 주어집니다.]

띠링, 띠링, 띠링.
'뭐야?'
아주 귀가 따가울 정도였지만 이미 진우의 신경은 다른 곳에 가 있었다.
소리는 들리지도 않았다.
'특별한 보상?'

눈에 확 들어오는 단어.

보상.

그것도 '특별한'.

진우는 '나이트 킬러'를 창고로 보내려던 손을 멈추고 메시지 창에 주목했다.

시선이 못 박힌 듯 고정됐다.

이윽고 메시지가 이어졌다.

띠링.

['네크로맨서'에서 '그림자 군주'로 전직합니다.]

[직업 전용 스킬을 배웠습니다.]

[보너스 스탯을 획득했습니다.]

[칭호 '역경을 이겨 낸 자'를 획득했습니다.]

'그림자 군주?'

생소한 소리에 급하게 상태 창을 불러왔다.

[이름: 성진우]

[레벨: 51]

[직업: 그림자 군주]

과연 직업명에 새로운 단어가 추가되어 있었다.

'네크로맨서가 아니라?'

분명 승급 포인트에 따라 상위 클래스로 전직이 가능하다고 했었다.

또한 승급 포인트 합계가 업적 한계치를 넘었다고도 했었다.
그렇게 나온 결과가 '그림자 군주'였다.
"그럼 이게……."
시스템이 말한 특별한 보상?
그러나 진우는 다음 말을 이을 수가 없었다.
'……?'
눈앞에서 말로 설명하기 힘든, 신기한 일이 벌어지고 있었다.
홀로그램 메시지 뒤.
잡동사니처럼 널브러져 있는 기사들에게서 검은 연기가 스멀스멀 피어오르고 있었던 것이다.
전직 전까진 없었던 현상이었다.
방금 전까지 주인 잃은 고철들에 불과한 놈들이었다.
그런데.
진우는 상태 창을 접고서 주변을 한 바퀴 둘러보았다.
한두 개가 아니었다.
검은 연기는 기사들 전원에게서 올라오고 있었다.

[그림자 추출이 가능한 대상입니다.]
[그림자 추출이 가능한 대상입니다.]
[그림자 추출이 가능한 대상입니다.]

그리고 검은 연기가 피어오르는 대상을 쳐다볼 때는 어김없이 '추출이 가능하다'라는 의미를 알기 힘든 글귀가 떠올랐다.
'그림자 추출?'

어째서인지는 모르겠다.

진우에게는 스멀대는 검은 연기들이 마치 고통에 몸부림치는 것처럼 보였다.

구해 달라고 자신에게 손을 뻗는 것 같이 느껴졌다.

비명이 들린다…… 고 하면 이상한 일일까?

'하지만.'

확신이 들었다.

그들을 고통에서 해방시켜 줄 수 있다는 확신이.

'그림자 추출.'

[그림자 추출 스킬의 명령어를 지정하십시오.]

'스킬에 명령어를 따로 지정해야 하는 건가?'

잠깐 고민하던 진우는 본능적으로 한마디를 내뱉었다.

"일어나라."

그러자.

우아아아아-

어디선가 묵직한 신음 소리들이 들려옴과 동시에 기사들의 그림자들이 꿈틀거리기 시작했다.

마치 살아 있는 것처럼.

진우는 다시 주위를 돌아보았다.

자신을 둘러싼 그림자들이 전부 움직이고 있었다.

이윽고 그림자에서 검은 손이 뻗어 나왔다. 손은 땅을 강하게 짚더니 스스로를 끌어 올렸다.

'맙소사!'

진우의 눈이 커졌다.

그건 사람이었다.

사람의 형상을 한 병사들!

전신을 칠흑의 갑주로 무장한 병사들이 하나둘 그림자에서 기어 올라왔다.

'이게 스킬이라고?'

진우가 정신을 차렸을 땐 이미 병사들의 숫자가 수십에 달한 뒤였다.

[그림자 추출에 성공했습니다.]

수십의 병사들이 자신을 둘러싸고 있었다.

'이게 대체…….'

진우는 그중 가장 가까운 병사에게 다가갔다.

우선 촉감.

손을 대 보니 금속 재질이 느껴졌다.

보기만 갑옷 같은 게 아니었다.

진짜 흑색 갑옷을 입고, 무기를 찬 병사들이었다.

'언뜻 보면 사람 같지만.'

사람 또한 아니었다.

생명의 기운이 느껴지지 않았다. 숨소리도 들리지 않고, 심장 박동도 느낄 수 없었다.

게다가.

“…….”

진우는 신음을 삼켰다.

눈구멍을 통해 투구 안을 슬쩍 들여다보니 안은 어둠 그 자체였다. 빨려 들어갈 것 같은 느낌에 진우는 천천히 몇 걸음 뒤로 물러났다.

‘그림자에서 이런 걸 만들어 낸다고?’

당장 스킬 창을 확인했다.

시스템이 알려 준 대로 새로운 직업 전용 스킬들이 나열되어 있었다.

[직업 전용 스킬]

액티브 스킬: 그림자 추출 lv.1, 그림자 저장 lv.1

그중 앞선 스킬을 먼저 확인해 보았다.

[스킬 : 그림자 추출 Lv.1]

직업 전용 스킬.

필요 마나 없음.

생명이 다한 신체에서 마나를 뽑아내어 그림자 병사로 만듭니다.

대상이 가진 능력치, 대상의 사망 경과 시간에 비례하여 추출 실패 확률이 올라갑니다.

추출 가능한 그림자 수 : 30 / 30

스킬 설명을 읽고서야 검은 병사들의 정체를 알 수 있었다.

'……언데드들이었군.'

그림자 병사.

죽은 이의 그림자에서 뽑아낸 괴물들이었다.

진우는 침을 꼴깍 삼켰다.

'이 녀석들이 진짜 내 병사들이라면…….'

진우가 손을 오른쪽으로 뻗었다.

그러자 병사들이 일제히 오른쪽으로 몸을 틀었다.

손끝을 천천히 정면으로 옮겼다.

병사들 또한 손의 움직임을 따라 천천히 정면을 향했다.

그 중심에 진우가 서 있었다.

진우는 떨리는 가슴을 진정시키며 손을 아래쪽으로 내렸다.

그와 동시에.

척.

척.

척.

병사들 전원이 자신에게 무릎을 꿇었다.

모든 게 의지대로 움직이고 있었다.

"하……."

가볍게 감탄을 터트린 진우가 슬며시 입꼬리를 올렸다.

'이거 멋진데?'

4. 그림자 군주

4. 그림자 군주

아차!

문득 진우의 뇌리에 뭔가가 스치고 지나갔다.

'이러고 있을 때가 아니지.'

방금 새 스킬의 힘을 보았다.

처치한 몬스터를 언데드 병사로 만들 수 있었다.

그렇다면 가장 시급히 수하로 만들어야 할 몬스터가 가까이에 있지 않던가!

진우는 한때 아이언 골렘이었던 갑옷 더미들을 밟고 꼭대기에 올라섰다.

높이가 높이다 보니 던전 내부가 한눈에 들어왔다.

'…….'

주위를 두리번거리는 진우의 눈빛이 사뭇 예리해졌다.

찾았다!

방향을 확인한 진우는 곧장 그리로 달려갔다.

탁, 탁, 탁, 탁!

기대감 때문인지 질주 스킬을 쓰지 않았는데도 한걸음에 도착했다.

꿀꺽.

진우는 추출 대상이 될 몬스터의 사체를 바라보며 마른침을 삼켰다.

녀석은 죽었던 장소에 죽었던 모습 그대로 남아 있었다.

'……핏빛의 이그리트.'

머리를 잃은 채 몸이 반쯤 벽면에 박혀 있는 붉은 기사의 몰골은 당시의 상황이 얼마나 치열했는지를 잘 보여 주고 있었다.

진우는 이그리트 앞에 섰다.

몇 시간 전만 해도 목숨을 위협했던 무서운 적.

하지만 이제는 최고의 재료였다.

다행히 다른 기사들과 마찬가지로 이그리트에게서도 스멀스멀 피어오르는 검은 연기를 발견할 수 있었다.

[그림자 추출이 가능한 대상입니다.]

진우의 얼굴이 밝아졌다.

'좋아.'

방법은 알고 있었다.

진우는 짧게 심호흡을 내뱉은 후 나직이 명령어를 읊었다.

"일어나라."

그림자 추출 스킬의 시동어.

그러나 스킬은 발동하지 않았다.

'……?'

고개를 갸웃거리던 진우가 다시 지시를 내리기 직전, '띠링' 하는 기계음과 함께 경고 메시지가 떠올랐다.

[추출 가능한 그림자의 수를 초과했습니다.]

[다시 그림자 추출을 사용하려면 '추출 해제'를 통해 그림자 병사들 중 일부 혹은 전부를 무(無)의 세계로 돌려보내야 합니다.]

[무로 돌아간 그림자 병사는 다시 불러낼 수 없습니다.]

아, 그랬었지.

스킬 설명의 마지막 부분에 그런 내용이 있었다.

[추출 가능한 그림자 수 : 30/30]

그림자 추출의 정원은 30명.

그러니까 지금 만들어진 병사의 숫자가 딱 30이라는 건데…….

진우는 뒤를 돌아보았다.

어느새 자신을 따라온 그림자 병사들이 정렬해 있었다.

'언제 다 따라왔데?'

그림자 병사라는 이름에 걸맞게 소리 없는 움직임이었다.

아무튼 이그리트의 그림자를 추출하려면 시스템의 경고대로 이들 중 하나를 없애야 했다.

'그런데…….'

잠깐 봤을 뿐인데도 내 병사라고 생각하니 없애기가 아쉬웠다.

그사이 정이 든 건지, 원.

진우는 안타까운 눈빛으로 그림자 병사들을 하나하나 훑어보았다.

시선이 옮겨 갈 때마다 병사들의 이름과 레벨이 떠올랐다.

[그림자 보병 Lv.1]

일반 등급

[그림자 보병 Lv.1]

일반 등급

전부 같은 이름과 레벨이었다.

'하긴, 원판이 똑같으니까.'

그런데 대부분이 보병인 가운데 뒤쪽에 색다른 녀석들 셋을 발견했다.

'저건……?'

보병들과 달리 로브를 뒤집어쓴 병사들이었다.

[그림자 마법병 Lv.1]

정예 등급

"아."

금방 정체를 추측할 수 있었다.

아이언 골렘을 움직이던 마법사 셋도 '일어나라'라는 명령에 따라 언데드화 된 모양이었다.

'보병 27에 마법사 3이라.'

이래서 희소성이 좋은 거다.

숫자가 적은 마법사는 해제에서 제외하고, 결국엔 가장 가까운 병사 하나를 선택했다.

……미안하다.

"추출 해제."

슈욱―

병사는 검은 연기가 되어 허공으로 흩어졌다.

어떤 흔적도 찾을 수 없었다.

'…….'

녀석이 있었던 곳에 잠깐 애도의 눈빛을 보낸 진우가 다시 이그리트에게로 시선을 옮겼다.

이제 준비는 끝났다.

이그리트를 그림자로 만들기 위해 아까운 병사까지 하나 희생했다. 그만한 결실을 얻어 내야 했다.

쇠뿔도 단김에 빼자.

진우는 곧바로 추출을 시도했다.

"일어나라."

그러자 방금과 달리 이그리트 밑에 늘어져 있던 그림자가 살아 숨 쉬는 것처럼 꿈틀거리기 시작했다.

아까 병사들에게서 그림자를 뽑아낼 때와 같은 반응이었다.

'좋아!'

진우는 주먹을 꽉 쥐었다.

느낌이 좋았다.

[그림자 추출을 시도합니다.]

[추출 시도 중…….]

이그리트가 어떤 모습으로 다시 앞에 나타날까?

진우는 손에 땀을 쥐었다.

그러나.

팅!

금속이 깨지는 것 같은 기계음과 함께 알림이 떴다.

[그림자 추출이 실패했습니다.]

"뭐?"

[2번의 기회가 더 남아 있습니다.]

"휴우-."

기회가 더 있다는 말에 겨우 안도의 한숨을 내쉬었다.

'그러고 보니…….'

스킬 설명에도 분명히 대상의 능력치에 따라 추출 실패 확률이 올라간다고 명시되어 있긴 했었다.

하지만 막상 경험해 보니 황당했다.

처음으로 실패가 뜨니 뒤통수를 한 대 얻어맞은 기분이었다.

거기다 횟수 제한까지 있다니.

'남은 기회가 두 번이라…….'

두 번 모두 실패하면 이그리트의 그림자는 방금 희생당한 병사처럼 무(無)로 돌아가는 건가?

최악의 경우를 떠올리니 그만 아찔해졌다.

진우는 고개를 저었다.

'불길한 생각은 하지 말자.'

긍정적인 생각만.

진심으로 믿으면 우주도 돕는다고 하지 않던가?

진우는 불안과 기대 속에서 두 번째 추출을 시도했다.

"일어나라."

하지만 기대는 가차 없이 빗나갔다.

팅!

[그림자 추출이 실패했습니다.]

[1번의 기회가 더 남아 있습니다.]

'…….'

살아서 그렇게 애를 먹이더니 죽어서도 골치를 썩이는구나.

설마설마했는데.

진짜 두 번째까지 실패하니 눈앞이 깜깜해졌다.

후-

진우는 깊게 숨을 내쉬었다.

이제 더는 기회가 없었다.

주어진 마지막 기회.

진우는 눈을 감고서 생각을 정리했다.

'단순히 확률일 수도 있지만…….'

어쩌면 이그리트의 그림자를 가지겠다는 간절함이 부족했기 때문인지도 모른다.

진우가 감았던 눈을 천천히 떴다.

이그리트에게서 피어오르는 검은 연기가 구원을 호소하며 손을 뻗는 것처럼 느껴졌다.

진우의 눈빛이 진중해졌다.

이어 연기에서 뻗어 나온 손을 마주 잡아 주려는 듯 진우도 오른손을 내밀었다.

"일어나라."

의도적인 것은 아니었다.

그때 진우는 제대로 인지하지 못했지만, 진우의 목소리가 낮게 진동하며 울렸다.

그 순간!

으아아아—

어디선가 묵직한 비명 소리가 들려오며 일대에 스산한 바람이 불었다.

'이건?'

진우의 얼굴이 밝아졌다.

조금 전 병사들의 그림자 추출 때와 같은 현상이었다.

아아아—

예상했던 것처럼 길었던 비명이 끝날 때쯤 그림자에서 길고 검은 손이 튀어나왔다.

그 손이 땅을 짚는 순간, 눈앞에 메시지가 떠올랐다.

[그림자 추출에 성공했습니다.]

진우는 환호성을 터트렸다.
"좋았어!"
주먹을 불끈 쥐었다.
두 번의 실패 끝에 맛본 기쁨이라 더 크게 느껴졌다.
하지만 좋은 소식은 거기서 그치지 않았다.

[군주의 목소리가 망자의 전의를 이끌어 냅니다.]
[그림자 강화에 성공했습니다!]
[그림자의 레벨이 7에서부터 시작됩니다.]

'강화 성공?'
무조건 1레벨에서 시작되는 것이 아니었나?
진우의 눈이 커졌다.
메시지에서 알려 준 대로 그림자에서 걸어 나온 칠흑의 기사는 레벨 7이라는 타이틀을 달고 있었다.
"으음!"
진우는 짧게 신음을 내뱉었다.
기억하고 있는 이그리트의 모습 그대로였다.
투구에 달린 긴 갈기.
전신을 감싸고 있지만 세련돼 보이는 갑주.
그리고 기품 있는 망토까지.
다른 점이라면 색이 핏빛을 닮은 붉은색에서 칠흑 같은 검은색으로 바뀌었다는 것 정도.

그것 말고는 모두 같았다.

이그리트가 다시 살아 돌아왔다고 해도 믿을 수 있을 것 같았다.

하지만.

'…….'

새로 태어난 이그리트에게는 아까와 같은 적의가 없었다.

가만히 서서 자신의 명령을 기다리고 있었다.

쿵쾅쿵쾅.

이그리트를 바라보는 진우의 가슴이 뛰었다.

진우의 입가에 미소가 걸렸다.

그런데 설레는 한편으로 의문스러운 점도 있었다.

흘깃.

진우의 시선이 이그리트의 머리 위로 이동했다.

'얘는 왜 이름이 없지?'

[?? Lv.7]

기사 등급

신기하게도 이름 대신 물음표가 떠 있었다.

'등급도 다르고.'

레벨이야 강화돼서 높다는 걸 알고 있지만, 평범한 병사들과는 많은 차이점을 보였다.

진우의 생각을 읽은 것일까?

그때.

타이밍 좋게 시스템이 메시지를 보내왔다.
띠링.

[기사급 이상의 병사에게는 이름을 부여할 수 있습니다.]
[부여한 이름은 그림자가 소멸될 때까지 계속해서 유지됩니다.]
[병사의 이름을 정해 주십시오.]

'이름?'
처음에는 생각지도 못한 요구에 막막했으나, 곧 '이 녀석'에게 원래 자기 이름이 있었다는 사실을 떠올리고서 미소를 지었다.
그대로 부르면 문제없겠지.

[병사의 이름을 정해 주십시오.]

빨리 이름을 불러 달라는 것처럼 메시지가 깜박거렸다.
진우는 입을 열었다.
"핏빛의 이그……."
아니, 잠깐.
이름을 정하라는 건 그 이름으로 계속 불러야 한다는 거다.
그럼 이름을 불러야 할 필요가 있을 때마다 '핏빛의 어쩌고'를 언급해야 된다는 거 아닌가?
상상만 했는데 닭살이 돋았다.
'……너무 오글거리네.'
결국 진우는 이름을 간소화시키기로 했다.

"이그리트."

['이그리트'로 하시겠습니까?]

"그래."

진우가 말을 끝맺자마자 녀석의 머리 위에 있던 물음표가 지워지고 이그리트라는 이름이 새로이 새겨졌다.

[이그리트 Lv.7]

기사 등급

원래 이름을 갖다 붙인 것뿐인데도 이름이 그대로 새겨지자 왠지 모르게 뿌듯한 기분이 들었다.

내 병사란 생각이 팍팍 들었다.

'내 병사라…….'

진우는 뒤를 돌아보았다.

29기의 그림자 병사들이 자신의 명령을 기다리고 있었다.

아직은 숫자가 적었다.

'겨우 30명…….'

그림자 추출 스킬의 레벨이 낮아서일 수도 있고, 지능 스탯을 충분히 올리지 못해서일 수도 있다.

하지만 분명한 것은 병사들의 숫자가 여기서 점점 더 불어날 것이라는 사실이었다.

'진짜 군대가 생겼네.'

그것도 해골과 시체가 아닌, 그림자로 만들어진 군대가.

이제 남은 문제는 하나.

얘네들을 어떻게 데리고 다니냐 하는 거였다.

그게 참 골치가 아팠다.

'해골이 됐든, 그림자가 됐든.'

이런 녀석들이 거리를 활보하고 다닌다면 눈에 띄지 않을 수가 없었다.

어디 눈에 띄기만 할까?

각성자의 능력이라고 용인될 수 있는 수준을 넘었다.

집중 감시를 받아야 하거나 운이 나쁘면 소환 해제를 요구당할 가능성도 있었다.

'헌터협회 감시과 우진철 과장…….'

그렇게 팍팍하게 생긴 아저씨들이 몰려와 성가시게 만들 걸 생각하면 벌써부터 가슴이 답답해졌다.

그래서 이런 스킬이 있는 거겠지.

'스킬.'

진우는 스킬 창을 불러왔다.

[직업 전용 스킬]

액티브 스킬 : 그림자 추출 lv1, 그림자 저장 lv.1

스쳐 가듯 확인했던 스킬.

그림자 저장.

분명 이런 상황에서 도움이 될 것 같은 스킬명이었다.

* * *

[스킬 : 그림자 저장 lv.1]

직업 전용 스킬.

소모 마나 없음.

그림자 병사들을 시전자의 그림자 속에 흡수하여 저장해 둡니다.

저장한 병사들은 시전자가 원하는 때 언제든지 소환이나 재흡수가 가능합니다.

저장해 둔 그림자 수 : 0 / 20

'역시.'

진우는 고개를 끄덕였다.

스킬명이 '저장'이라 병사들을 보관하는 용도일 거라고 예상은 했었다.

하지만 예상을 벗어난 부분도 있었다.

'정원이 하필…….'

저장할 수 있는 그림자 수가 만들 수 있는 그림자 수보다 적었다.

만들기는 30명을 만들었는데, 20명만을 저장할 수 있단다.

그러니까 10명을 또 버려야 하는 것이다.

'곤란하네.'

열 손가락 중 깨물어 아프지 않은 손가락이 어디 있다고.

하나도 가슴 아팠는데 이제 열을 버리라니.

'흠…….'

진우는 씁쓸한 마음으로 병사들을 둘러보았다.

기사급인 이그리트는 당연히 제외.

보직이 다른 마법병 셋도 뺀다.

만만한 건 역시 보병들.

아까는 가장 앞에 있던 병사 하나를 선택했으니, 이번엔 뒤쪽에 있는 병사 열을 추출 해제시켰다.

'미안.'

잠깐 명복을 빌어 주고.

슈우우욱-

순식간에 병사들이 먼지가 되어 사라졌다.

그래도 처음보단 아쉬움이 덜했다.

이별에 익숙해진다는 말이 이런 걸 두고 하는 뜻일까.

어쨌든.

진우는 남은 병사들을 둘러보며 '그림자 저장'을 시전했다.

그러자 이그리트를 비롯한 그림자 병사들이 고온에 얼음이 녹아내리듯 그림자로 돌아갔다.

그렇게 만들어진 그림자들이 속속들이 발밑으로 모여들었다.

'이게 그림자 흡수……!'

단어 그대로였다.

그림자들은 진우의 그림자에 스며들듯 흡수되었다.

찰나의 시간.

눈 한 번 깜짝할 사이 병사들은 자취를 찾아볼 수 없게 되었다.

'……눈으로 보고도 못 믿겠군.'

진우는 신기하다는 듯 자신의 그림자를 내려다보았다.

그때.

기다렸다는 듯이 기계음이 연이어 터져 나왔다.

띠링.

[직업 전용 스킬들을 전부 사용해 보셨습니다.]

[전직 작업이 완료되었습니다.]

[출구용 게이트가 생성됩니다.]

'드디어 끝난 건가…….'

길고 힘든 과정이었다.

진우는 감회에 찬 시선으로 던전 내부를 둘러보았다.

전투의 증거가 이곳저곳에 남아 있었다.

부서진 기사들.

금이 간 벽면.

반파된 기둥.

기둥을 그렇게 만든 장본인이자 지금은 고철 덩어리가 되어 버린 아이언 골렘까지.

하지만 고생했던 것 이상으로 많은 것을 얻었다.

새로운 직업과 스킬들.

그 밖에 여러 가지 것들과 강력한 아군들.

입가에 미소가 떠올랐다.

진우는 미련 없이 돌아섰다.

바깥으로 연결된 게이트는 무사 귀환을 축하라도 해 주는 것처럼 조용히 기다리고 있었다.

그리로 한 걸음 내딛자 순식간에 배경이 바뀌었다.

동네 야산의 공터였다.

처음 전직 퀘스트를 수락했던 그곳.

벌써 오전 5시.

어느덧 동이 틀 무렵이었다.

아차.

시계를 들여다보던 진우가 속으로 혀끝을 찼다.

'이렇게 늦어질 줄 알았으면 진아한테 미리 연락해 둘걸.'

그래도 다행인 건 협회 일을 할 때도 레이드가 길어져 종종 늦은 적이 있었다는 사실이었다.

진우는 문득 뒤를 돌아보았다.

방금 빠져나왔던 게이트가 이미 흔적도 없이 사라져 있었다.

'허…….'

게이트가 감쪽같이 사라진 장소를 보고 있자니 마치 꿈이라도 꾸고 나온 것 같은 기분이 들었다.

꿈이라고?

아니, 그럴 리가.

진우가 주위를 빙 둘러보았다.

칠흑의 갑주를 걸친 병사들.

속으로 떠올리자마자 그림자 속에서 소환된 병사들이었다.

'…….'

처음엔 이 녀석들을 괴물이라고 생각했다.

그림자 병사.

죽은 이의 그림자에서 부름을 받고 걸어 나오는 괴물들.

하지만 이들이 괴물이라면 이들을 마음대로 만들고 부릴 수 있는 사람은 뭐라고 불러야 할까?

진우는 씩 웃었다.

'뭐, 아무래도 상관은 없지만…….'

진우는 병사들을 다시 그림자 안으로 불러들였다.

비탈길을 내려가는 걸음이 더할 나위 없이 가볍게 느껴졌다.

* * *

진우는 늦은 시간까지 단잠에 빠져 있었다.

그도 그럴 수밖에.

집에 도착해서 침대에 누웠을 때는 이미 날이 훤히 밝아 있었으니.

따라란~ 따라란~

진우의 잠을 방해하는 건 휴대폰 기본음 벨 소리였다.

머리맡을 더듬던 손이 어렵게 폰을 쥐었다.

진우는 눈도 뜨지 않고 전화를 받았다.

"여보세요?"

목소리가 쩍쩍 갈라졌다.

—헐…… 오빠 아직도 자는 거야? 지금이 몇 신데!

수화기 너머에서 진아가 놀란 듯 물었다.

그래서 되물었다.

"지금이 몇 신데?"

—오후 2시!

"뭐?"

실눈으로 휴대폰 액정의 시간을 바라봤다.

진짜였다.

—……오빠 오늘 학교 와야 하는 거 기억하고 있지?

걱정스러운 목소리.

진우는 그제야 느릿하게 상체를 일으켰다.

“언제까지 가면 돼?”

—5시!

“안 늦을 테니까 걱정하지 말고 있어.”

—역시 오라버니! 근처 오면 나한테 전화 줘!

동생이 애교와 함께 전화를 끊었다.

긁적긁적.

부스스한 머리를 긁적거리던 진우가 천천히 일어났다.

지금부터 준비하려면 시간이 빠듯했다.

‘그래도 동생 담임 선생님을 뵈러 가는 건데.’

그것도 인생에서 가장 중요하다는 고3 시기를 담당할 선생님을.

‘아무렇게나 입고 갈 수는 없겠지?’

옷장을 열어서 옷을 뒤적거렸다.

퀴퀴한 옷 냄새.

그리 좋은 향은 아니었다.

진우는 미간을 좁혔다.

뒤적뒤적.

열심히 찾아봤지만 입고 갈 만한 옷이라곤 고등학교 졸업식 때 한 번 입고 놔뒀던 낡은 양복이 다였다.

‘입을 수 있으려나?’

혹시나 해서 입어 봤는데 아니나 다를까, 꽉 조여서 움직일 수가 없었다.

'확실히 체격이 많이 커졌네.'

예전 옷을 입어 보니 분명히 알 수가 있었다.

옷이 터질 것 같았다.

……이제 어떡한다?

입고 나갈 옷을 고민하던 진우의 눈에 마침 유진호에게서 받았던 통장이 들어왔다.

마정석을 처분한 돈이 입금된 통장이었다.

터질 듯이 팽팽한 옷과 도장이 동봉된 통장을 번갈아 보던 진우의 입가에 미소가 떠올랐다.

'간만에 쇼핑이나 할까?'

하지만 그전에 확인할 것이 조금 있었다.

아니, 조금이라기엔 약간 많이.

진우는 터질 것 같은 양복을 벗어 두고 침대에 걸터앉은 상태로 상태 창을 불러왔다.

'상태 창.'

눈앞에 긴 문자열이 떠올랐다.

띠링.

[이름 : 성진우]

[레벨 : 51]

[직업 : 그림자 군주]

[칭호 : 늑대 학살자 (외 1)]

[HP : 11,035]
[MP : 1,022]
[피로도 : 0]

[스탯]
근력 : 132　　체력 : 91　　민첩 : 111
지능 : 70　　감각 : 93
(분배 가능 능력치 포인트 : 10)
물리 데미지 감소 : 46%

[스킬]
패시브 스킬 : (알 수 없음) lv.max, 근성 lv.1, 상급 단검술 lv.1
액티브 스킬 : 질주 lv.2, 살기 lv.1, 급소 찌르기 lv.2, 단검 투척 lv.1, 은신 lv.1

[직업 전용 스킬]
액티브 스킬 : 그림자 추출 lv.1, 그림자 저장 lv.1

[착용한 아이템]
붉은 기사의 투구(S), 파수꾼의 목걸이(A), 상급 기사의 흉갑(B), 상급 기사의 건틀릿(B), 상급 마법사의 반지(B), 중급 자객의 신발(C)

"허어……."
끝도 없이 이어지는 상태 창을 보고 진우는 혀를 내둘렀다.

'불과 얼마 전까지만 해도 여기에 별다른 내용이 없었는데.'

그런 시절도 분명 있었다.

그런데 지금은 스킬과 아이템 목록만으로도 눈이 어지러웠다.

하지만 그럼에도 불구하고 직업란만큼은 확연히 눈에 들어왔다.

[직업 : 그림자 군주]

전날까지 '없음'으로 기록되어 있던 공간이었다.

실은 상태 창을 볼 때마다 이 '없음'이란 단어가 적잖이 신경 쓰였다.

'없음' 앞에 오는 단어가 직업이었기 때문이었다.

그렇지 않아도 헌터는 레이드를 하지 않을 때는 백수와 별반 다를 게 없다.

적어도 남들이 보기엔 그렇다.

그런데 능력치가 기록된 상태 창에서조차 '직업 없음'이라는 글귀를 봐야 했으니 어찌 신경 쓰이지 않을 수가 있을까.

자라 보고 놀란 가슴 솥뚜껑 보고 놀란다더니, 직업 칸을 확인할 때마다 뜨끔한 심정을 숨길 수가 없었다.

그게 진짜 직장이 아닌 걸 알고 있어도 신경 쓰이는 건 마찬가지였다.

하지만 오늘부로 그런 걱정은 깔끔하게 덜게 되었다.

하하!

진우는 저도 모르게 실소를 흘렸다.

'이런 걸 자격지심이라고 하는 거겠지.'

그간에 다른 헌터들처럼 목돈을 뭉텅이로 벌어 왔으면 레이드 외 시간을 어떻게 보내든 남들의 시선을 의식할 필요는 없었을 터.

그러나 자신은 그렇지 못했다.

남들에게 자신 있게 자신이 헌터임을 밝힐 수 없었다.

목숨도 부지하기 힘든 E급이었으니까.

—E급 헌터입니다.

이 말을 했을 때.

헌터에 대해 상식이 있는 사람이라면 누구나 앞에서는 힘든 일을 한다고 추켜세우면서도 뒤로 가서는 조소를 날렸다.

그래서 더 신경이 쓰였다.

그런데 이제는 멋진 직업, 아니 확실한 특성이 생겼다.

직업은 여전히 헌터고.

굳이 표현하자면 '그림자 군주'라는 특성이 생겼다고 말하는 편이 옳으리라.

'비록 내가 원하던 방향은 아니었지만…….'

그래도 후회는 없었다.

아니, 대만족이었다.

여기가 방 안만 아니라면 지금이라도 이그리트와 그림자 병사들을 불러내고 싶었다.

병사들의 전력을 눈으로 직접 확인하고 싶었다.

만약 그들이 생전의 힘을 백 퍼센트 전부 다 발휘할 수 있다면?

'설마 그렇지는 않겠지.'

하나 상상만 해도 가슴이 뛰었다.

두근두근.

진우는 가만히 심장 박동을 느끼며 머릿속으로는 레이드 때의 시뮬레이션을 해 보았다.

문득 유진호의 반응이 궁금해졌다.

피식.

두 눈을 동그랗게 뜨고 입을 다물지 못할 유진호를 떠올리니 웃음이 절로 새어 나왔다.

가만.

'그러고 보니.'

사망한 대상을 전력으로 환원시킬 수 있다면, 그리고 그 대상이 몬스터나 마수로 한정되어 있지 않다면…….

'죽은 헌터의 그림자에서도 병사를 뽑아낼 수 있는 거겠지?'

당연하지만, 사람이기 때문에 하고 싶지 않았던 상상.

죽은 사람의 그림자에서 부름을 받고 걸어 나오는 언데드 병사라니.

떠올리기만 해도 끔찍했다.

그러나.

그럼에도 불구하고.

'만약 A급이나 S급 헌터의 그림자를 얻을 수 있다면?'

그 전력은 상상을 초월할 터.

실력을 생전의 백 퍼센트가 아니라 50퍼센트만 발휘할 수 있어도 그림자들을 데리고 상급 던전을 털어 버리기에 충분했다.

가볍게 뛰던 심장의 박동이 거세졌다.

두근, 두근, 두근!

하지만 진우는 고개를 저었다.

'그래도 사람을 가지고 언데드화시키는 건 좀…….'

몹쓸 짓이었다.

아무리 전력을 강화시킬 수 있다고 해도 그런 짓까진 하고 싶지 않았다.

그런 짓을 당해도 싼 놈이 나타나 준다면 모를까.

'하지만 같은 헌터끼리 싸울 기회가 쉽게 오는 것도 아니고.'

막상 기회가 주어진다고 해도 여러 가지 난관이 많을 수밖에 없었다.

인간은 몬스터나 마수가 아니니까.

그래.

일단은 지금의 병사들로도 만족했다.

'보스몹급이었던 이그리트도 손에 넣었으니.'

레벨 7의 기사 등급 그림자 병사.

대체 어느 정도의 실력일까?

진우는 문득 다음 레이드가 기다려졌다.

그렇게 기쁜 마음으로 시선을 내리는데 유독 눈에 띄는 부분이 있었다.

[칭호 : 늑대 학살자 (외 1)]

'……하나가 더 있다고?'

아.

그러고 보니 전직 퀘스트 보상으로 새로운 칭호도 하나 얻었지.

진우는 숨겨져 있는 칭호를 확인했다.

[칭호 : 역경을 이겨 낸 자]

역경을 훌륭하게 극복한 자에게 주어지는 칭호입니다. 잃은 체력에 비례하여 능력치가 상승합니다(잃은 체력 1%당 능력치 1%).

'좋다!'

체력이 깎일 때마다 퍼센티지로 능력치가 올라가는 훌륭한 버프가 있었다.

짐승형 몬스터 상대로 40퍼센트의 능력치가 오르는 '늑대 학살자'도 좋은 칭호다.

하지만 조건이 까다롭다 보니 버프 혜택을 보기가 힘들었다.

'짐승형 마수가 아니면 칭호 효과가 없는 것과 마찬가지니.'

그런 와중에 효율 좋은 새 칭호를 얻었다.

설명을 읽어 보니 근성 스킬의 패시브 효과와도 아주 잘 어울렸다.

진우는 고민 없이 칭호를 바꾸었다.

[칭호 : 역경을 이겨 낸 자 (외 1)]

쓰지 않는 칭호는 감춰지고, 필요할 때 다시 언제든지 교체할 수 있었다.

'다음은 스탯.'

어제 업적 한계치를 초과한 대가로 받은 보상은 전부 세 개였다.

하나는 상위 클래스 전직.

두 번째는 칭호.

그리고 마지막으로 보너스 스탯.

[스탯]

근력 : 132　　체력 : 91　　민첩 : 111

지능 : 70　　감각 : 93

(분배 가능 능력치 포인트 : 10)

물리 데미지 감소 : 46%

미분배 상태인 포인트가 10개나 있었다.

예전 같았으면 민첩이나 감각에 투자했을 포인트였지만 이번엔 경우가 좀 달랐다.

진우는 10포인트를 전부 다 지능에 부었다.

그래도 지능 수치가 80에 불과했다.

띠링.

[스탯]

근력 : 132　　체력 : 91　　민첩 : 111

지능 : 80　　감각 : 93

(분배 가능 능력치 포인트 : 0)

물리 데미지 감소 : 46%

근력이나 민첩에 비해서 터무니없이 부족했다.

오죽하면 민첩을 올린다고 등한시했었던 체력보다도 더 떨어졌다.

그만큼 지능 스탯을 괄시해 왔다는 증거였다.

'내가 마법을 쓰게 될 줄은 몰랐으니까.'

당분간은 포인트가 생기는 대로 지능 스탯에 몰빵할 계획이었다.

그러나 그렇다고 해서 갑자기 전투 스타일을 바꿀 생각은 없었다.

'새로 얻은 스킬도 암살자 타입이네.'

전투 중에 습득한 새 스킬.

단검 투척.

설명을 볼 것도 없이 단검 전용 스킬이 분명했다.

[스킬 : 단검 투척 lv.1]

액티브 스킬.

필요 마나 30.

단검 전용.

단검을 던져 데미지를 입힙니다. 스킬의 레벨이 올라갈수록 추가 데미지와 명중 확률이 높아집니다.

'역시.'

이제까지 전투 계열답게 싸워 왔다.

새로운 직업과 새로운 스킬을 얻었다고 갑자기 기존의 방식을 확 뒤엎을 수는 없었다.

일단 그림자 스킬은 보조로 쓰고, 단검을 주력으로 사용할 참이었다.

'적어도 지능 스탯을 유용할 만큼 끌어 올리기 전까지는.'

뛰어난 전투력.

그걸 뒷받침하는 보조 병력들.

전직을 받아들이던 당시의 계획은 지금도 마찬가지였다.

'다만 예상과 차이점이 있다면…….'

생각보다 그림자 병사들의 쓸모가 많아 보인다는 것.

보스몹이 수하가 될 줄은 몰랐다.

'……그래도.'

그림자 스킬들을 주력으로 삼기엔 단검 숙련도나 익힌 기술들이 너무 아까웠다.

나이트 킬러를 산 직후기도 하고.

'마법 계열이 될 줄 알았으면 상점에서 지팡이라도 살 걸 그랬나.'

물론 그랬었다간 전직 퀘스트도 못 끝내고 기사들 틈 속에 파묻혔겠지만.

진우는 상태 창을 닫았다.

이 정도면 달라진 건 거의 다 둘러본 셈이었다.

'가만, 시간이?'

여차하는 사이에 20분이 지났다.

진우가 옆머리를 긁적였다.

'좀 서둘러 볼까?'

진우의 입꼬리가 쓱 올라갔다.

스탯의 힘은 마수들과 싸울 때만 도움되는 게 아니다.

정신을 집중하자 시간이 느려지기 시작했다.

아니, 정확히는 진우가 빨라진 거다.

문을 열고 방을 나가.

욕실에서 샤워를 끝낸 다음.

물기를 닦고서.

대충 옷을 골라 입고 다시 거울 앞에 섰다.

여기까지 걸린 시간이 불과 3분.

더 빠르게도 움직일 수 있었지만 그랬다간 이 낡은 아파트가 남아날 것 같지 않아서 최대한 힘을 아꼈다.

'아직 머리가 덜 마르긴 했지만.'

결과적으로는 20분 넘게 아꼈으니 발을 동동 구를 필요는 없어졌다.

가 볼까?

방을 나서려던 진우가 무언가를 발견하고 우뚝 걸음을 멈췄다.

집 열쇠.

열쇠가 책상 위에 있었다.

평소 같았으면 귀찮은 듯 돌아서서 열쇠를 챙겨 나왔겠지만, 오늘은 그리로 걸음을 옮기는 대신 열쇠를 향해 손을 뻗었다.

'이럴 때 아니면 어디다 쓰겠어?'

지배자의 손길!

열쇠가 슬금슬금 움직이기 시작하더니 곧 강력한 자력에 끌리는 것처럼 손안에 쏙 들어왔다.

휙!

열쇠를 낚아챈 진우가 씩 웃었다.

그렇게 순식간에 외출 준비를 끝낸 진우는 휘파람을 불며 방문을 닫았다.

*　*　*

진우는 우선 은행에 들렀다.

그동안 마정석 처분한 돈이 얼마나 쌓였는지 궁금했다.

'바빠서 못 오고 있었지만.'

마정석 관리는 공대장인 유진호가 전부 담당하고 있었다.

듣기론 하루 일정이 끝날 때마다 곧장 마정석을 판매하고 수익금을 통장에 입금해 둔다고는 하던데.

딱히 금액에 대한 언급은 없었다.

'진호 녀석, 다른 건 세세한 거 하나하나 일일이 보고하는데 돈 문제는 별로 말을 안 한단 말이지.'

관심이 없다고 해야 할까?

워낙 풍족하게 자라 와서 그런지 유진호의 관심사는 늘 돈과는 거리가 멀었다.

주로 연예인 이야기, 레이드 이야기, 좋아하는 노래와 영화 이야기가 대화의 단골 소재였다.

대화라고는 해도 늘 유진호 혼자서 신나게 떠들어 대대가, 듣고 있던 진우가 가끔씩 대꾸하는 게 전부인 수준이지만.

'아, 그러고 보니…….'

그렇게 말이 많은 녀석이 의외로 가족 이야기는 한 번도 한 적이 없었다.

신기한 일이었다.

처음 만났을 때부터 기억을 되짚어 봐도 역시 마찬가지였다.

이상하다는 생각이 들기 시작할 무렵, 진우는 은행에 도착했다.

'가는 날이 장날이라더니.'

ATM기들이 하필 점검 중이었다.

어쩔 수 없지.

은행 안으로 들어간 진우는 번호표를 뽑고 기다리고 있다가 순서가 되자 은행원 앞에 앉았다.

"안녕하세요?"

귀밑까지 오는 단발에 싱그러운 미소.

여직원이 친절하게 물었다.

"어떻게 도와드릴까요?"

"통장 정리 부탁합니다."

"알겠습니다."

여직원은 미소를 유지하며 진우가 내민 통장을 건네받았다.

기다리는 동안 진우는 은행을 둘러보았다.

특별할 것 없는 평일 오후인데도 사람이 많았다.

진우가 사람 구경을 하고 있을 때 여직원은 진우의 통장에 뜬 잔액을 보고서 눈을 휘둥그레 떴다.

'헉!'

[잔액 : 14억 8천 292만 원]

단위를 다시 확인해 봤지만 맨 앞자리가 십억이 확실했다.

그것도 평생 모은 게 아니었다.

일주일 동안 매일 억이 넘는 거액이 꾸준히 입금되었다.

'나이도 어려 보이는데 어떻게?'

진우를 엄마 심부름으로 통장 정리 하러 온 대학생쯤으로 여겼던 은행 여직원의 눈빛이 확 달라졌다.

여직원은 약간의 사심을 담아 물었다.

"어머! 혹시 무슨 일 하세요?"

사심이 담긴 질문이 스스로도 부끄러운지 진우의 눈치를 흘깃 살피는 여직원의 뺨이 약간은 상기되어 있었다.

진우는 대수롭지 않게 대답했다.

"헌터입니다."

"아……."

여직원은 자기도 모르게 고개를 끄덕거렸다.

소문이 사실이었다.

'헌터들이 그렇게 돈을 잘 번다더니.'

수입이 이 정도일 줄이야.

갑자기 평범한 월급쟁이인 자신이 초라하게 느껴질 정도였다.

방금 전까지는 흔한 고객이었는데.

지금은 진우가 아예 다른 세계에 사는 사람으로 보였다.

'등급이 꽤 높은 헌터시겠지?'

그저 그런 헌터가 만질 수 있는 돈이 아니니까.

처음 만나 보는 최상급 헌터.

그 생경함이 여직원을 조금씩 설레게 만들었다.

콩닥콩닥.

가볍게 가슴이 뛰었다.

현금으로 10억 이상의 자산을 가진 '젊은 고객'이라면 은행에서도 VIP다.

그 고객의 직업이 헌터라면 그야말로 VVIP.

여직원은 VVIP를 놓치지 않기 위해 업무 방침대로 여러 은행 상품을 홍보했다.

"저희 은행에서 VIP 고객님들을 위한 상품이 이번에 새로 나왔거든요."

접대용 미소가 아니라 진짜 미소를 짓고서.

여직원의 시선은 진우에게 고정됐다.

'어머, 어쩜…….'

급하게 나온다고 대충 챙겨 입은 옷과 약간은 부스스한 헤어스타일마저 바쁜 일정 속에서 겨우 짬을 낸 능력남의 일상을 엿보는 거 같아 가슴이 두근거렸다.

"고객분들의 반응이 몹시 좋은 상품인데 한번 투자해 보실 생각은 없으신가요?"

하지만 진우는 손을 내저었다.

"아뇨, 괜찮습니다."

"아…… 그러세요."

여직원의 목소리에서 아쉬움이 묻어 나왔다.

잘못하면 얘기가 길어질 것 같아 진우는 서둘러 자리에서 일어났다.

"감사합니다. 수고하셨어요."

그렇게 목덜미에 와 닿는 여직원의 시선을 무시하고는 은행을 나갔다.

은행 문이 닫히자마자.

"후-."

진우는 안도의 한숨을 내쉬었다.

직업이 헌터라고 밝히자마자 여직원의 시선이 변하는 걸 눈치챘다.

타인의 시선.

그리고 관심.

대부분의 헌터들에겐 일상이지만 진우에게는 익숙하지 않은 일이었다.

'그래도 익숙해져야겠지.'

등급 재심사에서 높은 등급이 뜨면 이것보다 훨씬 더 심해질 거다.

헌터들을 따라다니는 기자나 팬들도 많다고 들었다.

문득 고개를 들자, 멀리 빌딩 위에 인기 헌터가 음료를 광고하고 있는 전광판이 눈에 들어왔다.

게이트가 생기기 전에는 스포츠 선수나 유명 아이돌들이 있었던 자리였다.

그렇다.

헌터가 연예인보다 많은 관심과 사랑을 받는 시대.

진우에게도 예외일 수 없었다.

요즘 같은 때에 헌터를 싫어하는 사람이라면 보험사 직원 정도뿐이니 말이다.

'그건 그렇고.'

은행을 나오고서야 진우는 간신히 잔고를 확인해 볼 수 있었다.

진우의 눈이 커졌다.

'14억 8천……!'

아홉 번의 레이드로 얻은 수입의 총합이 약 15억.

C급 던전 하나당 1억 6천이 들어온 셈이었다.

황동석 일행과 함께했던 던전에선 1억 8천을 벌었으니 C급 던전에서 얻을 수 있는 평균 수입이 대충 1억 5천에서 2억 사이라는 말이었다.

'이러니 여직원이 놀랄 만도 하지.'

* * *

돈도 확인했고.

큰맘 먹고 백화점에서 정장을 한 벌 맞춘 진우는 그래도 시간이 남자 근처 헤어숍에서 덥수룩한 머리까지 정리하고 나왔다.

"흠."

집을 나설 때와는 아예 다른 사람이 되어 있었다.

'돈이 좋긴 좋구나.'

옷이 날개라더니.

진우는 길가 쇼윈도에 비친 본인의 모습을 감상하다 어깨를 한 번 으쓱거렸다.

이 정도면 준비는 완벽했다.

'적어도 나쁜 인상을 남기진 않겠지.'

간단히 옷매무새를 다듬다가 폰으로 시간을 확인해 봤더니 오후 4시 20분.

'5시까지 오라고 했으니까.'

바로 출발하면 얼추 시간이 맞다.

"택시."

택시를 잡아탄 진우는 동생이 말한 시간에 맞춰 여유 있게 학교

앞에 도착했다.

마중 나와 있는 진아의 모습이 보였다.

"성진아."

뒤늦게 진우를 발견한 진아가 깜짝 놀랐다.

"오빠?"

진아는 토끼 눈을 뜨고는 물었다.

"성…… 성진우 씨 맞으세요?"

"너는 오빠도 못 알아보냐?"

진아가 놀라며 진우를 위아래로 훑어보다 소리를 높였다.

"사람이 완전히 바뀌었으니까 그렇지!"

"그럼 동생 담임 선생님을 뵙는데 추리닝에 슬리퍼 끌고 오랴?"

"와아……."

진아는 여전히 입을 다물지 못했다.

"그러다 턱 떨어지겠다. 먼저 간다."

동생이 안내할 생각이 없어 보이자 진우는 그냥 자기가 앞장을 서 버렸다.

5년 전엔 진우도 이 학교 학생이었다.

내부는 빠삭했다.

어차피 교사가 학부모를 만날 장소라면 교무실 아니면 상담실인데, 오늘은 진학 상담을 해야 한다고 했으니 상담실 쪽으로 가면 되겠지.

성큼성큼.

진우의 걸음이 빨라졌다.

"오, 오빠! 같이 가!"

진아는 급히 진우를 뒤쫓았다.

"안녕하세요, 선생님."

"예? 예, 안녕하세요."

가는 도중 진우는 몇몇 선생들에게 인사를 건넸다. 선생들은 하나같이 멈춰 서서 진우를 돌아봤다.

'누구였지?'

'졸업생? 저렇게 눈에 띄는 학생을 잊을 리가 없는데.'

'신입 교사인가?'

돌아보는 건 선생들뿐만이 아니었다.

"와, 잘생겼다."

"누구지?"

"같이 있는 애, 진아 아니야?"

"진아 오빠가 봐. 멋있다."

훤칠한 체격과 세련된 정장.

평범한 외모로도 여학생들이 돌아보게 만들 만큼 시너지 효과가 대단했다.

정작 진우 본인은 관심이 없었지만.

'…….'

진우는 여학생들의 수군거림을 한 귀로 듣고 한 귀로 흘리며 걸었다.

오히려 신이 난 쪽은 진아였다.

귀를 쫑긋 세우고 히죽히죽 웃으며 주위의 평가를 귀담아듣던 진아는 앞서가던 진우에게 살짝 붙어 서서는 팔꿈치로 옆구리를 쿡쿡 찔렀다.

"이야, 오빠 인기 좋네?"

첫 번째는 무시했다.

"그러고 보니 오빠 아직 여친 없지?"

두 번째도 무시했다.

"이 동생이 귀여운 여고생 하나 소개시켜 줄까?"

세 번째에, 진우는 무표정한 얼굴로 동생의 볼을 꼬집었다.

"까불지 말고."

"죄…… 죄송합니다."

진우가 볼을 놔주자 진아는 빨갛게 된 뺨을 문지르며 볼멘소리를 했다.

"칫, 자기도 좋으면서……."

티격태격하며 걷다 보니 금방이었다.

진우를 앞질러 나간 진아가 상담실 앞에서 빙그르르 돌아섰다.

"오빠, 여기야."

안으로 들어가려던 진우가 진아를 돌아보았다.

진아는 움직일 생각이 없어 보였다.

"너는?"

"선생님과 학부모 일대일 상담. 오빠 들어가는 거 보고 교실로 가려고."

아.

진아 말을 듣고 보니 진우도 고3 때 그 비슷한 걸 했었던 기억이 났다.

당시 아무도 모셔 오지 못했지만.

'그때부터 슬슬 어머니께서 거동이 불편해지셨으니까.'

부쩍 입원하는 일이 잦아지신 어머니.

괜히 무리하실 것 같아 상담이 있다는 걸 알리지 않았고, 덕분에 담임의 성화에 한동안 시달려야 했다.

그때를 떠올리면 진아가 그렇게 초조해 하던 이유도 이해가 갔다.

진우가 씩 웃으며 물었다.

"오늘도 야자하지?"

"응. 오빠 먼저 집에 가."

"오냐."

진우는 기습적으로 진아의 머리를 헝클어뜨리듯 쓰다듬었다.

"공부 열심히 하고 와라."

"아, 하지 말라니까."

"집에서 봐."

씩 웃던 진우가 상담실 안으로 사라졌다.

진아는 머리를 만지며 볼을 부풀렸다.

"맨날 어린애 취급이라니까……."

그래도 내심 싫지만은 않은 기색이었다.

혹시 본 사람은 없었을까?

주위를 두리번거리던 진아는 아무도 없다는 걸 확인하고서야 마음이 놓인 듯 총총걸음으로 교실을 향했다.

* * *

진아 담임 선생님의 첫인상을 한마디로 말하자면.

'음…….'

참 후덕해 보이셨다.

"진아 오빠분?"

인자하게 생긴 중년의 여선생님이었다. 밝은 미소가 보는 사람까지 기분 좋게 만드는 그런 인상.

사정을 알고 있는지 진우가 학부모 자격으로 온 것을 전혀 의아해 하지 않았다.

"안녕하세요, 진아 담임입니다. 진아가 이렇게 멋진 오빠분을 숨겨 두고 있었네요, 호호."

여선생의 넉살 좋은 인사에 진우도 정중하게 고개를 숙였다.

'못 보던 분인데.'

아마 자신이 학교를 졸업하고 나서 전근 온 선생님인 듯했다.

사람의 인상은 첫 만남에서 거의 결정된다고 하던가?

인사를 주고받고 나니 어느 정도 마음이 놓였다.

'한참 어린 내게 꼬박꼬박 존대를 붙여 주는 것도 그렇고.'

동생의 고3 시기가 잘못 만난 선생님 때문에 괴롭지는 않을 듯했다.

"여기 앉으세요."

그녀는 의자를 권했다.

맞은편의 의자를 뺀 진우가 큰 책상 하나를 두고 진아의 담임과 마주 앉았다.

"진아는 걱정하실 필요가 없겠네요."

담임과 학부모 사이에서 오갈 수 있는 평범한 이야기들.

좋은 분위기에서 대화가 오갔다.

진아가 워낙 모범생이라 진우와 여선생이 서로 언성을 높일 이유가 없었다.

“진아가 의대를 목표로 하고 계신 건 아시죠?”

“네.”

여선생은 준비해 뒀던 자료를 읽어 갔다.

“모의고사 성적도 좋고, 내신 성적도 우수한 편이라 충분히 가능할 것 같습니다. 그렇다고 너무 애한테 부담감 주진 마시고요.”

진우는 묵묵히 고개를 끄덕였다.

선생의 들뜬 얼굴에서 진아에 대한 기대감이 물씬 풍겨 나왔다.

사실 고3 담임들도 학생들 성적에 따라 스트레스를 많이 받는다고 한다. 학생들의 인생이 걸린 문제니까 신경 쓰이는 건 당연한 일이다.

‘그래서 보통 고3 담임은 피하려고 한다던데.’

남선생님들이 억지로 떠맡듯이 하게 되는 경우가 많다고 들었다.

그걸 감안하면 지금 진아의 담임은 열정이 넘치는 분이라 할 수 있었다.

보호자 입장에서는 고마운 일이었다.

열정은 곧 관심으로 이어지니까.

15분쯤 됐을까?

상담은 순조롭게 끝나 가고 있었다.

“그럼…….”

진우가 분위기를 봐서 일어서려는데 눈치를 살피던 선생이 조심스럽게 질문해 왔다.

“오빠분은 헌터 일을 하고 계신다고 들었는데.”

갑작스럽게 진지해진 선생의 눈빛.

뭔가 있구나.

진우는 직감했다.

"네."

"만약…… 진아가 각성자 판정을 받는다면 진아에게도 헌터 일을 시키실 건가요?"

"아니요."

절대.

진우는 단호히 말했다.

고민할 필요도 없었다.

진우의 짐작대로 선생의 표정이 확연히 무거워졌다.

"역시나……."

진우가 의아하다는 눈빛을 보내자, 선생은 결심을 굳힌 듯 말을 꺼냈다.

"실례가 아니라면 제가 부탁을 하나 드려도 될까요?"

진우는 고개를 끄덕였다.

"제가 할 수 있는 일이라면……."

일단은 들어나 보자.

그래도 동생의 담임인데, 들어 보지도 않고 단칼에 잘랐다간 나쁜 인상을 남길 수 있으니까.

행여 진우의 마음이 바뀌기라도 할까 봐, 담임 선생은 빠르게 말을 이었다.

"여학생 중 하나가 각성자 판정을 받고서 학교를 그만두려고 해서요. 지금은 등교도 안 하고 있고요."

'아하.'

흔한 일이었다.

헌터가 하는 일을 직접 체험해 보지 못한 각성자들은 자신이 남과 다르다는 생각에 들떠 현실을 직시하지 못하는 경우가 생긴다.

각성하더라도 헌터로서 이름을 날리고 큰돈을 버는 사람은 생각보다 많지 않은데 말이다.

선생은 한숨을 푹 내쉬었다.

“이대로 결석이 계속되면 학교에서도 조치를 취할 수밖에 없거든요. 헌터가 되더라도 졸업장은 있어야 하지 않겠어요?”

진우는 동의한다는 의미로 고개를 끄덕였다.

그 긍정적인 반응에 선생의 얼굴이 조금은 밝아졌다.

“그 애가 졸업이라도 할 수 있게 설득을 좀 해 주시지 않겠어요?”

선생님은 애써 미소를 지었다.

진우가 궁금한 건 하나였다.

“그 학생 각성자 등급이 어떻게 나왔습니까?”

“듣기로는…… 가장 낮은 등급이라고…….”

E급.

‘……얼마 못 가서 죽겠군.’

진우는 속으로 혀끝을 찼다.

원래라면 던전에 들어가는 것조차도 조심해야 되는 랭크였다.

들뜬 마음으로 섣불리 발을 들였다가는 십중팔구 불구가 되거나 죽게 된다.

동생과 또래인 아이가 그런 일을 겪게 될지도 모른다는 사실은 분명 가슴 아픈 일이었다.

하지만 그건 어디까지나 본인의 선택.

누구도 강요하지 않았다.

안타깝긴 해도 부족한 시간을 쪼개 타인의 결정에 간섭하고 싶지는 않았다.

'설득에 성공할 자신도 없고.'

대부분 좋은 소리도 듣지 못하니까.

진우는 그렇게 거절하고 자리에서 일어나려 했다.

그런데.

"……라고 하면 진아도 알 거예요."

선생의 입에서 학생의 이름이 나오자 쉽게 일어설 수가 없었다.

진우는 다시 한번 확인했다.

"선생님, 그 학생 이름이?"

"……요. 혹시 그 애를 아세요?"

"……."

한국이 좁긴 좁구나.

'허…….'

진우는 말문이 막혀 왔다.

* * *

같은 시각.

유진건설 회장 유명한의 자택.

아침부터 쉴 새 없이 번쩍번쩍한 고급 외제차들이 들락거렸다.

이유는 하나.

저녁에 있을 유진그룹의 초대 회장 유병철의 제사 때문이었다.

재계 서열 1위 유명한.

유병철은 그런 유명한의 아버지였다.

장남인 유명한은 아무리 바쁜 일정이 있더라도 아버지 제사는 꼭 챙겼다.

유명한의 입김이 워낙 막강하다 보니 매년 이날만 되면 유씨 가문의 친인척들이 한자리에 모여들었다.

―모 증권사 사장.

―모 제약 회사 회장.

―모 백화점 사장.

하나같이 쟁쟁한 인물들이 얼굴을 들이밀었다. 자식들 또한 엘리트 중에 엘리트들이 대부분이었다.

딱 한 사람만 빼고.

그 예외적 인물은 누가 시키지도 않았는데 한쪽 구석으로 가서 쥐 죽은 듯 조용히 있었다.

바로 유진호였다.

'지겹다.'

빨리 이 시간이 끝났으면.

형님과 던전을 돌아다니는 게 백배 천배는 더 즐거웠다.

지금쯤 형님은 뭐 하고 계실까?

그러고 보니 형님은 쉬는 날을 어떻게 보낼지 감이 오지 않았다.

그렇게 실없는 생각들을 하며 눈에 띄지 않는 곳에서 애꿎은 음료수만 축내고 있는데.

어디선가 듣기 싫은 목소리가 들려왔다.

"어이."

아니나 다를까.

누가 봐도 능력 있다는 걸 한눈에 알아볼 수 있는, 엘리트의 표본 같은 남자가 뒤에 와 서 있었다.

고급스러운 안경.

훤칠한 키.

유진호의 친형, 유진성.

유명한을 대신해서 유진건설을 이어받을 유력한 후계자였다.

코앞까지 다가온 유진성이 유진호를 내려다보았다.

"친척들이 오시면 너도 인사를 좀 해라. 언제까지 아이처럼 굴 거냐?"

"……남이사."

"네가 못나게 굴수록 아버지 이름에 먹칠을 한다는 것만 알고 있어라."

유진성의 말투에 형제애 따위는 조금도 없었다.

노골적인 무시.

물론 유진호도 그런 형이 마음에 들지 않지만 그렇다고 형에게 대들 만한 용기는 없었다.

"……."

그도 그럴 것이.

형 유진성은 손대는 분야마다 1등을 놓쳐 본 적 없는 수재 중의 수재였다.

성적만 뛰어난 게 아니었다.

학교를 졸업하고 나서도 아버지 유명한의 일을 도와 모든 면에서 놀라운 성과를 보이고 있었다.

그에 비하면 유진호는 뭐 하나 내세울 만한 게 없었다.

대학도 턱걸이로 들어간 수준이니.

유진호는 항상 형 앞에만 서면 유독 작아졌다.

"……."

"한심하긴, 쯧쯧."

고개 떨어뜨린 유진호를 보며 미간을 찡그리던 유진성은 곧 표정을 바꾸고서 바삐 걸음을 옮겼다.

"숙부님."

"오, 진성이냐."

유진성이 떠난 뒤에야 유진호는 겨우 고개를 들 수 있었다.

이래서 집에 오기 싫었다.

제사만 아니었어도…….

유진호가 한숨을 푹푹 내쉬고 있는데, 뒤에서 곱지만 날 선 목소리가 들렸다.

"와, 대박. 완전 재수 없어."

유진호가 돌아보았다.

자신보다 한 살 많은 사촌 누나, 유수현이었다.

"방금 하는 말 들었어? 완전 대박."

어느새 근처까지 다가온 유수현이 유진호의 어깨를 톡톡 쳤다.

유수현의 미간이 곱게 구겨졌다.

"이거 봐 봐. 한심하긴, 쯧쯧. 한심하긴, 쯧쯧."

형을 똑같이 흉내 내는 표정에 유진호가 그만 웃음을 터트렸다.

"푸흡, 큭. 하지 마. 지금 농담할 기분 아냐."

"한심하긴, 쯧쯧."

"크흐흐흐, 큭! 아, 좀 그만하라고!"

둘은 나이가 비슷해 친구처럼 지내는 사이였다.

유수현은 유진호 앞에 와 섰다.

"왜 그러고 사냐?"

"내가 뭘?"

"각성자 됐잖아. 설마 각성하고도 일반인을 못 이겨?"

"그래서? 형한테 주먹이라도 날리라고?"

"그건 뭐 아니라도……."

유수현은 예쁜 입술을 앙다물었다.

유진호가 잘난 형한테 주먹이라도 날렸다간 아버지께 어떤 벌을 받게 될지…….

상상만 해도 끔찍했다.

당하고만 있어야 하는 유진호의 심정을 이해 못 하는 건 아니었다. 유수현은 유진성이 사라진 곳을 향해 눈을 흘겼다.

"하여간 재수 없는 건 여전하네, 저 인간."

유진호만큼 유진호의 형을 싫어하는 그녀였다. 스마트한 표정 아래 숨겨진 유진성의 진짜 얼굴을 알고 있는 몇 안 되는 사람 중 하나였다.

그러나 유진호는 동조하지 않았다.

형이라서가 아니다.

이렇게 뒷담화가 아니라 앞에서 정정당당하게 형을 이겨 보고 싶었기 때문이었다.

유진호가 입을 다물고 있자, 유수현이 조심스레 물어봤다.

"저기…… 그 계획 아직 유효해?"

"응?"

"길드 마스터 될 거라며. 저 인간 제치고."

유진호는 대답 대신 미소를 지었다.

말한들 누가 믿어 줄까?

비웃지 않으면 다행이다. 형과 자신의 대결이라니.

그래도 형님이라는 빅 카드를 얻은 덕분에 가능성은 많이 올라갔다.

'무사히 마스터 면허를 딴다면…….'

승부를 걸어 볼 만했다.

아니, 이길 수 있었다.

결의에 찬 유진호의 눈을 본 유수현이 양손을 자기 허리에 얹고 단호히 말했다.

"난 죽어도 저 인간 밑으로는 안 들어갈 거야. 너네 아버지랑 싸우기 싫으니까 네가 알아서 잘해."

"……고마워."

이게 유수현의 응원 방식이었다.

인기 아역 배우 출신에 A랭크라는 높은 등급을 가진 여헌터.

재벌가의 아가씨라는 배경을 빼고도 유수현에게 눈독 들이는 길드는 별처럼 많았다.

하지만 아쉬울 것 없는 유수현은 모든 제의를 거절하고 간간이 모델 활동만 해 왔다.

그런데 이제 거절하기 힘든 제안이 오기 시작한 것이다.

바로 유진 길드의 창립 멤버 제의.

유명한 회장의 지시였다.

큰아버지의 말을 무시할 순 없고, 그렇다고 유진성의 밑으로 들

"여자 친구라도 생긴 모양이지. 다들 기다리겠소. 우리도 들어갑시다."

* * *

서울시 구로구에 위치한 헌터협회 본부.

기기를 점검하던 한 직원이 소형 마력측정기 앞에 멈춰 섰다.

"뭐야? 이거 왜 이래?"

0에 멈춰 있어야 할 숫자가 오르락내리락 반복하고 있었다.

완전히 맛이 간 듯했다.

하지만 이내 대수롭잖다는 듯 넘어갔다. 정밀한 기계인 만큼 고장 나는 일은 그리 드문 편도 아니었다.

"김 군아."

"네."

부하 직원이 쪼르륵 달려왔다.

"이걸로 측정한 게이트가 몇 군데냐?"

"넘버가 어떻게 됩니까?"

"N-1744B."

일지를 검색해 보던 부하 직원이 고개를 끄덕였다.

"엊그제 일곱 군데 돌았습니다."

"엊그제? 어디 봐 봐."

정말이었다.

엊그제 정확하게 일곱 군데를 돌았고, 그중 네 개의 게이트가 헌터들에게 닫힌 상태였다.

"이걸로 측정한 게이트에서 별문제 없었지?"

"네. 별다른 말은 없네요."

"그래?"

직원은 수염이 거뭇거뭇한 턱을 북북 긁었다.

원래 마력측정기에서 오류를 발견하면 그 즉시 해당 측정기로 측정한 게이트들은 전부 공략 허가를 취소시킨다.

당연한 일이었다.

C급인 줄 알고 들어간 게이트가 실은 A급이나 B급이었다면 헌터들은 어떻게 될까?

결코 무사히 빠져나오지 못한다.

상급 던전은 그런 곳이다.

상급 헌터와 하급 헌터의 경계가 뚜렷하듯 던전도 상급과 하급의 차이가 컸다.

오죽하면 상급 던전은 대형 길드들이 전담해서 맡고 있을까.

'지금이라도 공지를 해야 하나?'

뭐 알리는 거야 어렵지 않다.

하지만 허가권을 사 간 팀의 반발도 반발이고, 만약 재측정으로 시간을 끌다가 던전 브레이크라도 터지는 날에는 비난을 피할 수가 없다.

잘못하면 목이 날아갈지도 모른다.

'어떻게 들어온 헌터협회인데.'

헌터협회는 공기업급 대우를 받고 있었다. 입사하려면 고시에 맞먹는 노력을 해야 한다. 이런 직장을 잃는다고 생각하면 눈앞이 깜깜했다.

'안 되지, 안 돼.'

그는 고개를 절레절레 저었다.

부하 직원도 상관의 고민이 뭔지 대충 눈치챘다.

그래서 조심스레 물었다.

"이거…… 어떡하죠?"

"흠."

벌써 이틀이나 지났다.

문제가 터질 거였다면 벌써 터지지 않았을까?

"……내버려 두자."

"그, 그래도 되겠습니까?"

"뭐, 별일이야 있겠냐? 이틀이나 지났는데."

"하긴요."

부하 직원도 고개를 끄떡였다.

"보고서엔 N-1744B 어제까지 말짱하다 오늘부터 이상해졌다고 올려."

"알겠습니다."

* * *

백호 길드의 제2관리과 과장 안상민.

파를 썰던 안상민이 손질을 멈추고 허리를 곧게 펴자 요란한 소리가 났다.

우두둑-

"에고고."

오늘 메뉴는 된장찌개.

자취 생활 8년 차의 독신 남성답게 이미 어지간한 요리는 마스터했다.

계기는 5년 전.

인스턴트 음식으로만 배를 채우다 문득 피폐해져 가는 본인의 모습을 발견하고 반성, 살기 위해 요리를 배우기를 결심, 이제는 잠깐 흘러가듯 TV에 나온 요리도 대충 눈대중으로 만들 수 있을 정도가 됐다.

하지만.

튜닝의 끝은 순정이라고 하던가?

실력이 늘어 갈수록 식탁 위에 올리는 요리는 점점 더 간단한 집반찬 위주가 되어 갔다.

오늘의 된장찌개처럼.

"캬, 이 맛이지."

한 숟갈 맛을 본 안상민이 본인의 실력에 감탄한 듯 고개를 끄덕였다.

이 맛을 볼 수 있는 사람이 하나뿐이라니.

진심으로 안타까운 마음이 들었다.

'식사 초대라도 한번 해 볼까?'

순간 떠오른 부하 직원의 얼굴이 하나 있었으나 곧 고개를 절레절레 저었다.

노총각 소리 듣는 것도 지겨운데 남직원을 초대했다가 무슨 오해를 받으려고.

'시킨 일은 잘하고 있는지 모르겠네.'

말도 잘 듣고 똑똑한 녀석인데 어딘지 모르게 어설픈 구석이 있단 말이지.

'에이, 집에서 무슨 회사 생각이냐.'

밥이나 먹자.

안상민은 된장찌개를 거실에 있는 탁상으로 옮기며 콧노래를 불렀다.

거실에 놓인 TV를 보며 혼자 저녁을 먹는 게 일상이 됐다. 남자 혼자 식사하기에 부엌의 식탁은 너무 크고 쓸쓸했다.

삑.

리모콘으로 TV를 틀며 자리에 앉았다.

마침 뉴스가 나오고 있었다.

[오늘의 속보입니다.]

독신 생활의 얼마 되지 않는 장점 중 하나가 바로 누군가와 채널 싸움을 할 일이 없다는 거다.

TV를 틀면 항상 보던 채널이 나온다.

안상민은 벽에 걸린 대형 TV의 액정 화면을 곁눈질해 가며 밥을 한 숟갈 떴다.

[……워싱턴에 위치한 미국 헌터관리국에서 의문의 폭발 사고가 일어나 미국 전역을 충격에 빠트렸습니다. 일각에서는 S급 헌터들 간의 마찰이 불러일으킨 인재가 아니냐는 소문이 커져 가는 가운데…….]

"어허…… 참 말세다, 말세."

안상민은 안타까운 표정으로 혀를 끌끌 차면서도 식사 개시를 알릴 반찬을 신중하게 탐색했다.

반찬 종류가 그리 많지는 않았지만.

'역시 시작은 김치지.'

[……관리국 인근 CCTV에 촬영된 영상입니다. 갑작스럽게 건물 외벽 일부에 금이 가기 시작하더니…….]

뉴스에서 뭐라고 떠들든 수저로 뜬 따끈따끈한 밥 위에 김치냉장고에서 방금 꺼낸 시원한 김치를 올렸다.

그러고는 입으로 가져가려던 순간, 전화벨이 요란하게 울렸다.

'아! 또 누구야, 또.'

안상민은 투덜거리며 휴대폰을 들었다가 발신자를 보고 급하게 전화를 받았다.

"예, 안상민입니다."

전화를 건 사람은 진우였다.

안상민은 밝은 얼굴로 전화를 받았다.

그런데.

진우의 이야기를 듣던 안상민의 표정이 점점 어리둥절하게 변해 갔다.

"예? 신입 헌터 훈련 현장을 견학할 수 있냐고요?"

5. 당돌한 여고생

5. 당돌한 여고생

'됐다.'

진우는 전화를 끊었다.

처음엔 당황하던 안상민 과장도 사정을 듣더니 흔쾌히 오케이 했다. 덕분에 백호 길드 신입들의 레이드를 구경할 수 있게 되었다.

'차도 빌렸고.'

유진호가 바쁜 와중에도 나와 주었다.

잠시 빠져나온 거라며 깍듯하게 인사하고 급하게 돌아가는 뒷모습을 보니 참 기특하다는 생각이 들었다.

그렇게 준비는 끝났다.

지금 진우는 그 문제의 학생이 산다는 아파트 단지 앞에 서 있었다.

'우리 집이랑 가깝네.'

걸어서 2분.

엎어지면 코 닿을 거리였다.

문득 주변을 둘러보았다.

낡은 아파트들이 오밀조밀 밀집된, 좁은 동네.

그 애의 집안 형편 또한 그리 넉넉하지는 못하다는 뜻이었다.

헌터가 됐다고 들뜨는 심정도 이해는 갔다.

한때는 진우도 그랬으니까.

'하지만 그런 녀석들이 제일 먼저 죽는다.'

본인도 숱하게 다쳤다.

까딱하다 죽을 뻔했던 순간이 한두 번이 아니었다. 어머니가 희귀병에 시달리지 않으셨다면 절대 안 했다.

E급 헌터에게 던전이란 너무 잔혹한 곳이었다.

이대로 놔두면 분명 그 친구는 헌터가 된 걸 후회하게 된다.

어쩌면 후회할 시간도 없이 목숨을 잃을지도 모른다.

'물론 그게 드문 일은 아니지.'

헌터가 죽고 다치는 사고야 하루에도 수십 번은 일어나니까.

그들 모두를 말릴 수도 없고, 그래야 할 이유도 없다.

각자가 선택한 길 아닌가.

'하지만.'

아예 얼굴도 모르는 사이면 모를까 그 문제아의 이름을 듣는 순간 그냥 지나칠 수가 없었다.

진우에게도 낯설지 않은 이름이었다.

인기척을 느끼고 고개를 들어 올리니 마침 그 문제아가 이쪽으로 걸어오고 있었다.

동그랗게 말아 올린 머리, 약간 까칠해 보이는 눈매.

아는 사람이 맞다.

"어?"

여고생이 진우를 발견하고서 고개를 갸웃거렸다.

"아저씨가 왜 여기 있어요?"

진우가 그랬듯이 여고생 또한 한눈에 서로를 알아보았다.

'세상 참 좁다니까.'

진우는 검지로 옆머리를 긁적거렸다.

헌터가 되겠다는 여고생.

유진호 공대팀의 유일한 여성 멤버이자 미성년자로, 나이 때문에 팀에 넣어도 괜찮을까 걱정됐던 애였다.

–애를 데려와도 괜찮냐?

–자문을 받아 봤는데 법적으로는 아무 문제가 없답니다. 그냥 사고가 터지면 문제가 엄청 커져서 잘 안 쓸 뿐이랍니다.

'한송이.'

진아의 담임에게 그 이름을 들었을 땐 만감이 교차했었다.

혹시나 몰라 확인해 봤다.

한송이가 학교를 빠지기 시작한 시기도 유진호 공대팀이 레이드를 시작한 시기와 일치했다.

이쯤 되니 마냥 남의 일로 치부해 버리기도 조금 애매해졌다.

일종의 책임감 같은 거다.

괜히 세상 물정 모르는 학생한테 큰돈을 쥐여 줘서 헛바람이 자리 잡는 데 일조한 게 아닐까 하는 생각이 들었다.

'적어도 하나는 확실하지.'

언제가 됐든 한송이가 던전에서 죽었다는 소식을 듣게 되면 이유를 불문하고 찝찝해질 거란 사실.

잘못한 것도 없는데 잠자리가 뒤숭숭할 필요는 없지 않은가?

그래서 딱 오늘 하루만 시간을 내주기로 했다.

어려운 일도 아니니까.

"어떻게 된 거예요?"

한송이는 눈을 동그랗게 뜨고 진우를 올려다보았다.

그러다 뜨악한 표정을 지었다.

"설마 선생님이 소개해 주고 싶다는 헌터가 아저씨?"

자꾸 아저씨라고 하는 게 좀 신경이긴 했지만 진우는 미소를 지으며 고개를 끄덕거렸다.

그러자.

"선생님이 뭐라고 하셨는지 모르겠는데 전 이제 학교는 관심 없어요. 헌터를 관둘 생각도 없고요."

한송이가 딱 잘라 말했다.

공격대에 있을 땐 조용한 아이였는데 자기 이야기가 나오자 태도가 변했다.

주관이 뚜렷한 요즘 애들답다고 할까?

'그런데 그 주관이 뚜렷한 요즘 애라는 거 우리 집에도 하나 있거든.'

진우가 씩 웃었다.

나름 강하게 나간다고 나갔던 한송이는 예상과 전혀 다른 진우의 반응에 당황한 기색을 보였다.

진우는 담담히 말했다.

"나도 관두라고 말할 생각 없어."

한송이의 눈이 커졌다.

"네?"

이런 애들은 하지 말라고 하면 더 하려 드는 법이다.

처음부터 대화로 어떻게 해 볼 생각은 없었다. 그냥 딱 한 번 현실을 보여 주기만 하면 된다.

'나도 그랬으니까.'

첫 레이드 때 깨달았다.

현실은 생각하는 것보다 훨씬 더 잔인하고 냉정하다는 사실을.

한송이는 최대한 당혹감을 내색하지 않으려고 애쓰며 물었다.

"그, 그럼 여긴 왜 오신 거예요?"

진우가 한 발짝 다가갔다.

한송이는 깜짝 놀라 뒷걸음질 치려다 겁먹은 것처럼 보일까 봐 억지로 참아 냈다.

한송이 앞에 선 진우.

의도하지 않았고 알아보는 사람도 없었지만, 진우는 자기도 모르게 음흉한 미소를 지었다.

"널 훌륭한 헌터로 만들어 주려고."

* * *

던전에 가자고 힘들게 꼬드길 필요도 없었다.

무려 '백호 길드'의 신입 훈련을 바로 옆에서 볼 기회가 있는데 어쩔 거냐고 묻자마자 좋다고 따라왔다.

진우의 말을 의심도 없이 믿는 눈치였다.

아저씨가 어떻게 선생님을 아느냐는 질문에 진아와 함께 투샷으로 찍은 사진을 보여 준 게 컸다.

"아저씨가 진아 오빠였어요?"

"……."

아까부터 단어 하나가 묘하게 거슬리고 있었지만 다 계획대로 잘 돼 가는 터라 참고 넘어가 줬다.

"타."

"감사합니다!"

진우는 한송이를 태우고 백호 길드의 저녁 훈련이 있을 장소로 이동했다.

9시에 훈련을 시작한다고 했으니 아직 시간은 충분했다.

부르릉.

두 사람만 타기에는 너무 큰 검은 승합차가 도로 위를 미끄러지듯 달렸다.

민첩과 감각이 올라서일까?

면허만 따 놓고 차를 굴려 본 적도 없는데 운전이 어렵지 않았다.

조금만 집중해도 차들이 굼벵이처럼 느리게 느껴졌다.

'능력치 스탯이 여러모로 편리하네.'

옆에서 한송이가 물었다.

"진아는 진짜 집에서도 하루 종일 공부만 해요? 소문에는 벽지 대신 사전을 찢어 붙여서 잘 때도 단어 외우면서 잔다던데."

진아한테 그런 소문이 있었나?

집에선 그냥 치킨 좋아하는 잠순이인데.

"진아도 너희랑 같아. 집에 오면 놀고, 먹고, 자."

주로 자지만.

"에이…… 거짓말. 그런데도 성적이 그렇게 나와요?"

"나도 안 믿긴다니까. 중학생 때 나하고 같이 오락실이나 다니던 앤데."

이런저런 이야기를 하다 보니 금방 게이트 근처에 도착했다.

진우는 차를 세웠다.

끼익.

게이트 집중 생성 구역으로 지정된 동네였다. 사람이 거의 살지 않아서 차를 대기는 편했다.

듣기론 주택 8할이 폐가라고.

남은 사람이 다 떠나고 나면 구역 전체를 폐쇄한다는 소문이 있었다.

탁, 탁.

진우와 한송이가 차에서 내렸다.

내려서 주변을 둘러보니 음산한 분위기가 흘러넘쳤다.

~~우우우~~-

어쩐지 발밑 그림자 속에서 환호성이 들린 거 같은데.

기분 탓이겠지?

적막한 분위기에 조금 겁먹은 거 같았던 한송이도 멀리 모여 있는 헌터들을 보고는 금방 기운을 되찾았다.

눈이 반짝거리는 게 꼭 연예인들을 보는 것 같았다.

'하긴 초대형 길드 백호의 헌터들이니.'

헌터를 동경하는 학생에게는 연예인이나 다름없나?

방송에서 보여 주는 헌터들의 모습을 생각하면 이상한 일도 아니었다.

"오, 진짜 오셨네요."

진우를 발견한 현기철이 뛰어왔다.

"저 기억하시죠?"

진우는 가볍게 고개를 끄덕였다.

현기철의 미소가 영업용이 아니라 진짜 반가워서 나온 거라는 게 느껴져 진우도 절로 웃음이 나왔다.

몇 번 안 봤지만 성격은 참 좋은 사람인 듯했다.

"과장님께 이야기는 들었습니다. 아, 이 학생이 그?"

"안녕하세요."

한송이가 고개를 숙였다.

그렇게 가볍게 인사를 나누고 있는데 근육질의 덩치가 와서 신경질적으로 툭 쏘아붙였다.

"잡담은 고만하고 슬슬 시작합시다. 어디 소풍 온 것도 아니고, 벌써 9시 다 됐으니까."

그는 대답을 듣지도 않고 다시 게이트 앞으로 돌아갔다.

예사롭지 않은 기운.

진우는 현기철에게 물었다.

"누굽니까?"

"아, 요번에 새로 들어온 A급 신인인데, 양해를 부탁드렸더니 기분이 좀 상한 모양이에요. 던전에 놀러 가는 거냐고."

"A급?"

현기철은 고개를 끄덕였다. 콧대 높은 A급이라면 그럴 만했다.

진우는 다시 물었다.

"이번 공격대 멤버들의 수준이 어떻게 되죠?"

"A급 한 명, B급 일곱 명, C급 네 명으로 전부 12명입니다."

"C급 게이트를 공략하는데 A급, B급을……?"

"등급이 높긴 해도 신인은 신인이니까요. 일단 던전 경험을 쌓게 만드는 겁니다."

현기철이 가슴을 펴고 말했다.

딱 하루, 오늘 훈련을 마치면 바로 상급 던전으로 투입하게 될 즉시 전력감이라는 말도 덧붙였다.

'그래도 A급 하나에 B급이 일곱이라니.'

진우의 눈빛이 달라졌다.

사실 안상민 과장이 오케이 한 이유가 바로 이거였다.

백호 길드의 뛰어난 신인들을 보여 줘서 진우의 마음을 백호 쪽으로 한번 돌려 보려고.

하지만 안상민이나 현기철의 기대와 달리 진우는 실망스러운 눈빛으로 게이트를 바라보았다.

게이트 판정은 C급.

그에 비하면 멤버가 너무 화려하다 못해 눈이 부신다.

'레이드가 너무 쉬우면 효과가 떨어질 텐데.'

그게 걱정이었다.

하지만 곧 고개를 저었다.

'아니, 그래도 직접 보면 느낄 수 있겠지.'

E급 헌터가 던전에 들어가면 얼마나 무력해지는지.

그 정도만으로도 충분했다.

"저희는 언제 들어가요?"

진우의 진짜 의도를 전혀 모르는 한송이는 어서 들어가자고 보채왔다.

옆을 돌아봤더니 잔뜩 상기된 얼굴이었다.

'언제까지 들뜰 수 있나 보자.'

진우는 속으로 웃음을 삼키고서 현기철에게 말했다.

"저희도 가 보겠습니다."

"아, 네."

현기철이 주변을 둘러보더니 진우에게 살짝 귓속말했다.

속닥속닥.

"저기, 성진우 헌터님이 나서면 너무 레이드가 쉬워지니까 오늘은 구경만 해 주세요."

견학이 목적이었으니 당연한 이야기였다.

"그렇게 하겠습니다."

내일부터는 또 유진호와 함께 C급 인던을 신나게 돌게 될 텐데 백호 길드의 훈련을 방해해서야 쓰나.

유진호와 있을 때는 그림자 병사들을 써서 던전들을 공략할 계획이어서 한송이를 이리로 데려왔을 뿐이다.

'굳이 이런 일에 그림자 병사들을 공개하고 싶지도 않고.'

그림자들로 쉽게 마수들을 때려잡는 걸 보이면 오히려 한송이의 환상이 더 심해질지도 모르니까.

진우와 한송이.

두 사람은 게이트 앞으로 갔다.

아까 본 A급 헌터와 달리 의외로 반기는 사람도 있었다.

"안녕하세요."

"반갑습니다."

어차피 수익을 목적으로 한 레이드가 아니어서, 사람 수가 많으면 많을수록 좋은 일이었다.

관례대로 서로 소개를 나누었다.

A급 헌터의 차례가 돌아오자.

"나는 됐어."

그러고 그는 먼저 게이트로 들어가 버렸다.

"우리도 들어가죠."

백호 길드 신입들이 하나둘 게이트로 들어갔다.

한송이가 들어가기 직전 진우를 돌아보았다.

"아저씨는요?"

진우는 팔짱을 끼고 대답했다.

"너 들어가는 거 보고."

한송이는 잔뜩 긴장한 얼굴로 고개를 끄덕이고는 안으로 뛰어들었다.

'흠.'

진우는 짧게 한숨을 내쉬고는 게이트 앞에 섰다.

시선이 느껴져서 돌아보니 현기철이 손을 흔들며 응원을 보내고 있었다.

'…….'

시선을 다시 게이트로 옮겼다.

그런데.

'……?'

게이트 표면의 울렁임이 멈추지 않고 있었다.

'사람이 들어가고 나면 다시 검은 막처럼 고정돼야 하는데?'

지금은 물결처럼 요동치고 있었다.

뭔가 다르다.

진우는 손끝으로 표면을 찍어 보았다.

쭈욱.

표면이 마치 끈끈한 액체처럼 손가락 끝에 붙어 딸려 올라왔다.

'설마……?'

진우가 고개를 돌렸다.

진우와 현기철의 시선이 마주쳤다.

현기철도 그제야 뭔가 이상하다는 걸 느꼈다.

진우가 소리를 질렀다.

"메인 공격대에 전화해요, 당장!"

그 말이 채 끝나기도 전에 진우는 게이트에 빨려 들어갔다.

"뭐, 뭐야 저거?"

"혀, 현 대리님!"

현기철이 게이트 앞으로 달려갔다.

백호 길드의 직원들 셋도 다급히 그 뒤를 따랐다.

게이트 앞에 선 현기철이 경악했다.

"마…… 말도 안 돼!"

헌터들만 신인이 아니다.

직원들도 교육을 위해 신입들로 데려온 것이다.

당연히 이런 일은 생소했다.

직원들이 토끼 눈을 뜨고 현기철을 돌아보았다.

"대, 대리님! 게이트 표면이 빨간색으로 변하고 있어요!"

핏방울을 떨어뜨린 것처럼, 게이트 표면에 붉은색이 번지고 있었다.

현기철은 직원들을 무시하고 어디론가 다급히 전화를 걸었다.

딸깍.

–어, 기철아.

"과장님! 레드 게이트입니다! 지금 애들이 들어간 게이트가 레드 게이트로 변했어요!"

–뭐?

안상민의 목소리가 과격해졌다.

–무슨 소리야? C급에서 어떻게 레드 게이트가 나와!

현기철은 고개를 들어 완전하게 붉게 변한 게이트를 바라보았다.

이미 표면의 파동은 멈춰 있었다.

현기철은 마른침을 꼴깍 삼켰다.

"저도 모르겠습니다……. 하지만 분명 레드 게이트입니다."

–뭐?!

6. 레드 게이트

6. 레드 게이트

"레드 게이트라니, 그게 무슨 소립니까?"

백호 길드의 사장 백윤호는 연락을 받은 즉시 현장으로 달려왔다.

훈련 담당자 현기철의 얼굴은 흙빛이었다.

"그게……."

"일단 한번 봐야겠습니다."

백윤호는 초상집 분위기의 직원들을 지나쳐 게이트 앞에 섰다.

'진짜 레드 게이트다!'

백윤호의 얼굴이 굳어졌다.

레드 게이트가 무엇인가?

들어가면 다른 세계로 연결되어 그곳의 보스를 잡거나 던전 브레이크가 일어날 때까지 돌아올 수 없는 무서운 곳이었다.

일단 한번 발을 들이면 끝.

붉은색으로 변한 게이트는 외부로부터의 영향이 완벽히 차단된다.

안에서 나오는 것도, 안으로 들어가는 것도 불가능했다.
백윤호가 게이트 표면을 짚어 보았다.
역시나 단단히 막혀 있었다.
'야단났군.'
이제는 무슨 수를 써도 안의 사람들에게 도움을 줄 수가 없었다.
백윤호는 현기철에게 물었다.
"C급 게이트 아니었습니까?"
"C급 게이트였습니다."
"협회에 연락은 해 봤고요?"
"네. 그런데…… 협회 쪽에서는 분명 C급 게이트였다고 자꾸 발뺌을……."
"이 개자식들이!"
백윤호가 욕지기를 내뱉었다.
레드 게이트는 상급 던전에서만 일어나는 현상이었다.
게이트 너머에 다른 세계가 있는데 거기서 흘러나오는 마력이 겨우 C급 던전 수준밖에 안 된다고?
애초에 말도 되지 않는 억지였다.
눈앞의 게이트는 최소한 B급.
운 나쁘면 A급, 혹은 그 이상일 수도 있었다.
그런데도 협회에서 이렇게 배짱을 부릴 수 있는 이유는.
"저희가 가진 마력 측정기로 다시 측정해 볼까요?"
현기철의 질문에 백윤호가 고개를 저었다.
"레드 게이트에선 마력이 전혀 새어 나오지 않아서 측정이 안 됩니다."

재측정이 어렵기 때문이었다.

문제가 일어난 게이트가 정확히 어떤 등급인지 현재로선 알 방법이 없었다.

그리고 지금 중요한 건 게이트의 등급이 아니었다.

"안에 우리 애들 몇이나 들어갔습니까?"

"12명 들어갔습니다."

"그중에서 상급 헌터는 몇 정도 되지요?"

"A급 김철 헌터님이 리더를 맡고 있고, B급 헌터님들이 일곱 분이십니다."

"A급 하나에 B급 일곱이라……."

"신입분들…… 괜찮을까요?"

백윤호는 고개를 가로저었다.

"다 죽었다고 봐야 합니다. 운이 좋다면 A, B급 두셋쯤은 살아나오겠죠."

말 그대로 운이 아주 좋다면 말이다.

그만큼 아슬아슬한 숫자였다.

지금 들어간 멤버들이라면 B급 던전 중에서도 최하급 레벨을 간신히 클리어할 수 있을 수준.

그 이상은 절대 무리다.

기적이 있지 않은 이상 신입들이 무사히 돌아올 가능성은 거의 없었다.

백윤호의 얼굴이 어두워졌다.

사장의 눈치를 살피던 현기철이 조심스럽게 말했다.

"저…… 실은 우리 신입들 말고 안에 들어간 사람이 또 있습니다."

백윤호가 고개를 들었다.

혹시 우연히 근처를 지나가던 상급 헌터가 직원 교육에 호기심이라도 생겨 같이 들어갔나?

기적이 다른 게 아니다.

바로 이런 게 기적!

백윤호의 목소리가 커졌다.

"그게 누굽니까?"

"최근에 제가 가장 눈여겨보고 있는 헌터입니다."

대답은 옆에서 들려왔다.

백윤호와 현기철이 동시에 돌아보니 땀으로 범벅된 안상민이 가쁘게 숨을 몰아쉬고 있었다.

"늦어서 죄송합니다. 차가 막히는 바람에."

집이 멀었던 탓에 안상민이 가장 늦게 도착했다.

힐끔.

안상민은 게이트를 곁눈질했다.

붉게 물든 게이트가 철옹성의 입구처럼 느껴졌다.

보는 것만으로도 숨이 막혔다.

'하지만 성진우 헌터라면…….'

숱한 사고를 헤쳐 나왔던 그 남자라면 모두의 예상과 다른 결과를 만들 수 있을지도 모른다.

막연히 그런 생각이 들었다.

백윤호가 급히 안상민에게 다가왔다.

"안 과장이 눈여겨보고 있던 헌터라고요?"

"그렇습니다."

아.

백윤호에게 언뜻 스쳐 가는 기억들이 있었다.

'그러고 보니…….'

어쩐지 요즘 안 과장이 바쁘게 돌아다닌다 했었다. 아니나 다를까 노리고 있는 헌터가 있었던 거였다.

안 과장의 눈은 틀림이 없다.

'혹시…….'

백윤호의 가슴속에 희망의 불씨가 타올랐다.

"그 헌터 랭크가 어떻게 됩니까? A? 아니면 B?"

S라면 자신이 모를 리 없으니까.

한국에 있는 S급이라고 해 봐야 고작 10명 남짓이 전부였다.

그런데 안상민이 고개를 젓는 게 아닌가?

'맙소사!'

내내 굳어 있던 백윤호의 얼굴이 한순간에 풀어졌다.

"그럼 S급 헌터가 같이 들어갔단 말입니까?"

안상민은 차분하게 대답했다.

"아니요. E급입니다."

백윤호의 얼굴이 벌레 씹은 듯 변했다.

* * *

진우는 당황했다.

'설마 이게 이세계로 이동하는 게이트인가?'

실제로 보는 건 처음이었지만 인터넷에서 경험담은 읽어 본 적 있었다. 모두들 '빨려 들어간다'라는 표현을 썼다.

진우도 동의했다.

게이트가 덮치고 나자 깊은 어둠이 찾아왔고, 어디론가 미끄러지듯 이동하는 기분이 들었다.

'헉!'

눈을 떴을 때는 하얗게 눈이 덮인 숲에 서 있었다.

"여긴 어디야?"

"던전 안이 아닌 거 같은데?"

"게이트도 사라졌어!"

헌터들은 주위를 두리번거리며 당혹감을 감추지 못했다.

모두가 당황하는 사이, 진우는 눈을 가늘게 뜨고서 주변을 살폈다.

'수상한 기척은 없다.'

시스템에 단련된 덕분에 외딴곳에 떨어져도 금방 침착해질 수 있었다.

일단 눈에 들어오는 건 나무.

한국에서 보기 힘든 커다란 침엽수들이 빽빽하게 군집을 이뤄 하늘을 향해 뻗어 있었다.

나무 위에 가득 얹혀 있는 눈들이 위태로워 보인다고 생각하며 시선을 아래로 내린 순간.

누군가와 눈이 마주쳤다.

진우와 마찬가지로 사주를 경계하던 A급 헌터 김철이었다.

'……'

'……'

잠시 서로를 노려보던 두 사람이 이내 고개를 돌렸다.

어느새 다가온 한송이가 옷깃을 가볍게 잡아당겼다.

"저기…… 지금 우리들 뭔가 잘못된 거죠?"

겁먹은 눈동자.

당당한 척하던 태도는 이제 온데간데없었다.

진우가 갑자기 한송이의 얼굴을 향해 손을 훅 뻗었다.

'……?'

한송이의 눈이 커졌다.

텁!

진우의 손에 붙들린 화살이 표적을 맞히지 못해 원통하다는 듯 부르르 몸을 떨었다.

한송이의 미간을 노리고 날아든 화살이었다.

"아, 아……."

겨우 상황을 파악한 한송이의 얼굴이 파랗게 질려 갔다.

그런데 비명은 다른 곳에서 들렸다.

"꺄아아아악!"

"으, 으악!"

털썩.

관자놀이에 화살이 박힌 남자 헌터가 피거품을 물고 쓰러졌다.

눈 위로 피가 번져 나갔다.

"으, 으으……."

헌터들은 신음을 흘렸다.

한송이를 노린 것과 동시에 날아온 화살이었다.

덕분에 진우가 화살을 낚아채는 장면을 아무도 보지 못했다.

"저기다!"

"저놈들이야!"

B급 헌터 하나가 까마득히 멀리 떨어져 있는 나무 위를 가리켰다.

그의 손가락이 가리키기 훨씬 전부터 진우와 김철의 시선은 이미 그리로 향해 있었다.

거기에는 두 명이 서 있었다.

'두 명? 아니, 두 마리라고 해야 하나.'

백발과 흰 피부에 은색 눈.

그리고 종족의 특징이라 할 수 있는 뾰족한 귀.

특유의 아름다운 외모와 상급 던전에서만 볼 수 있다는 희귀성 때문에 꽤 유명한 마수들이었다.

'아이스 엘프.'

혹은 백귀.

놈들을 만나 보지 못한 이들은 주로 아이스 엘프라는 단어를 썼고, 놈들을 상대해 본 경험이 있는 헌터들은 하나같이 백귀라 불렀다.

엘프같이 아름다운 이름은 녀석들과 어울리지 않는다면서.

진우는 선배 헌터들이 왜 백귀들에게 이를 부득부득 갈았는지 짐작할 수 있었다.

'……웃고 있다.'

두 놈은 활을 내리고서 헌터들을 향해 징그러운 웃음을 보내 왔다.

마치 먹음직스러운 음식을 눈앞에 두고 어느 걸 먼저 먹어야 할지 고민하는 것처럼.

'그 고민의 결과가 이거냐?'

진우의 눈매가 날카로워졌다.

가장 좌측에 한 발.

그리고 가장 우측에 또 한 발.

우연이 아니었다.

화살에 맞은 헌터는 얼마 전 C급으로 각성했다는 30대 남자.

한송이를 제외하면 일행들 중 가장 약했던 이였다.

그리고 다른 한 발은.

'한송이를 노렸지.'

제일 약한 두 사람을 노리고 쐈던 거다.

'시스템이 아니었다면 내 머리에 가장 먼저 화살이 꽂혔겠지.'

백귀들의 얕은 계산이 진우의 심기를 불쾌하게 만들었다.

진우는 백귀들이 볼 수 있게 손을 내밀고서 화살을 아작 냈다.

콰직!

그걸 도전으로 받아들였는지 화살을 쏜 백귀가 진우를 향해 목을 긋는 시늉을 했다.

피식.

진우는 웃었다.

그러나 눈은 웃고 있지 않았다.

'……너는 내 손으로 죽인다.'

마수의 같잖은 도발에 진우는 대답 대신 싸늘한 시선을 보냈다.

곧 백귀들이 나무 아래로 사라졌다.

"아무래도 우릴 반기는 건 아닌 거 같군."

드디어 김철이 입을 열었다.

유일하게 A급인 그가 입을 열자 다들 약속이라도 한 듯 그에게로 시선을 집중했다.

사실 그는 이번 공격대의 리더이기도 했다.

"지금쯤 알아차린 사람이 있을지도 모르겠군. 여긴 레드 게이트 안이다."

김철은 당연하다는 듯이 말을 놓았다.

물론 불평하는 사람은 없었다.

"그 말은 우리 모두가 죽거나 던전 브레이크로 게이트가 열릴 때까지는 아무도 여기 들어올 수 없다는 거지."

모두가 나직한 신음을 터트렸다.

"으음."

"으……."

혹시나 모를 구조의 손길을 기대할 수 없다는 사실이 큰 충격으로 다가왔다.

김철은 말을 이었다.

"여기 있다간 얼어 죽거나 놈들의 습격에 당한다. 난 혼자서라도 여길 클리어하고 밖으로 나가겠다. 같이할 사람 있나?"

김철의 강한 눈빛과 넓은 어깨가 유난히 더 믿음직스러웠다.

잠시 서로의 눈치를 보던 헌터들이 이구동성으로 함께할 의사를 밝혔다.

"같이 가죠."

"저도 끼겠습니다."

"살아서 돌아갑시다."

"저도 돕겠습니다!"

하지만 김철은 돕겠다고 다가오는 남자 헌터의 가슴을 밀쳐 냈다.

"컥!"

힘 조절을 한다고 하긴 했지만 A급의 완력이었다.

남자 헌터는 뒷걸음질 치며 가슴에서 올라오는 통증에 미간을 찡그렸다.

"너는 빼고."

"예?"

"그리고 너, 너, 너, 너도."

김철은 남자 말고도 몇 사람을 더 가리켰다. 그중에는 진우와 한송이도 포함되어 있었다.

순간 진우의 미간이 꿈틀거렸다.

모두 다섯 명.

C급 이하 헌터들이었다.

"안됐지만 너희들까지 데려갈 수는 없다."

"뭐라고요?"

"레드 게이트에 대해서 아는 게 있나?"

남자는 고개를 저었다.

"여기서 하루는 바깥의 1시간이다. 최악의 경우 던전 브레이크나 보스를 잡기까지 수개월이 걸릴 수도 있다. 그런 상황에서 혹까지 붙이고 다닐 수는 없어."

"우리가 혹이라고요?"

김철에게 호명된 헌터들이 일제히 발끈했으나 김철이 눈을 부릅뜨자 모두 입을 다물었다.

김철은 선심 쓰듯 말했다.

"너무 섭섭해 하지 말도록. 우리가 보스를 처치할 때까지 살아남으면 너희도 무사히 돌아갈 수 있는 거니까."

"아무리 그래도……."

호명된 헌터들은 김철 곁으로 간 헌터들에게 도와 달라는 눈빛을 보냈으나 아무도 나서는 이가 없었다.

다들 시선을 피하기 바빴다.

그때.

"저기요."

김철 팀에 있는 B급 여자 헌터 하나가 손을 들었다.

'……?'

김철이 돌아보자 여자가 진우를 가리켰다.

"이쪽에서 저쪽으로 가는 건 되죠?"

"……맘대로."

여자는 뒤도 돌아보지 않고 진우 옆으로 왔다.

김철은 여자와 진우를 번갈아 보며 코웃음 치더니 큰 소리로 말했다.

"여기 한 자리 남으니 그쪽에서 딱 한 명만 더 받아 주겠어."

"저, 저요!"

아까 김철에게 밀려났던 남자 헌터가 행여 김철의 마음이 바뀌기라도 할까 봐 후다닥 뛰어갔다.

저게 정상이었다.

진우도 그렇게 생각했다.

'이 여자가 이상한 거지.'

진우는 자기 옆에 선 여자를 의아하다는 눈빛으로 쳐다보았다.

진우와 눈이 마주친 여자는 남들이 못 듣게 자그마한 소리로 말했다.

"김철 저 사람, 화살이 날아오는 거 보지도 못했어요."

상급 헌터라고 모든 스탯이 다 높을 수는 없다. A급이지만 민첩 스탯이 낮을 수도 있다. 스탯 개념을 아는 진우는 대수롭지 않게 생각했다.

"그래서요?"

그러자 여자가 싱긋 웃었다.

"당신, E급 아니죠?"

* * *

레드 게이트 앞.

백윤호의 표정은 어두웠다.

안상민이 성진우에 대해 간략하게 설명해 줬지만 불안감은 조금도 줄어들지 않았다.

"결국 추측뿐이지 않습니까?"

"그렇긴 합니다."

안상민은 순순히 인정했다. 아직 성진우에 대해 증명된 건 아무것도 없는 게 사실이니까.

'사장님도 성진우 헌터를 직접 보셨으면 이해하셨을 텐데.'

성진우는 분명 뭔가가 달랐다.

그 점을 시원스럽게 말로 설명할 수 없다는 사실이 안상민 본인도 답답했다.

백윤호의 시선이 슬쩍 게이트 쪽으로 향했다.

"그럼 역시 믿을 사람은 김철뿐……."

그때였다.

"김철은 문제없을 겁니다."

백윤호, 안상민, 현기철이 있는 자리에 한 사람이 더 끼어들었다.

세 사람의 고개가 동시에 그에게로 향했다.

제1관리과 과장 주성찬.

그는 세 사람을 둘러보더니 자신만만하게 말했다.

"어떤 사고에도 대비할 수 있도록 김철 헌터에게 강도 높은 교육을 시켜 놨습니다."

원래 신입 헌터들의 교육은 제2관리과가 전담하지만, A급 이상의 각성자는 제1관리과가 직접 교육을 맡았다.

정예 공격대에 들어가는 인재는 출발점부터 다른 것이다.

주성찬의 강한 자신감에 백윤호의 표정이 약간 풀어졌다.

"김철 헌터의 성적은 어땠습니까?"

"아주 훌륭합니다. 전투력 자체는 현재 백호 길드의 정예 공격대 멤버들과 비교해도 전혀 뒤처지지 않습니다."

"그래요?"

백윤호는 겨우 미소를 되찾았다.

김철은 A급.

상급 헌터들 중에서도 놓쳐서는 안 될 재목.

이번 공격대의 리더인 그가 B급 헌터들을 잘 통솔해서 던전을 클리어할 수만 있다면!

C급 헌터들의 피해야 좀 있겠지만 백호 길드 입장에서는 무엇보다 상급 헌터들의 생환이 중요했다.

'다행히 김철 헌터의 능력이 출중하다고 하니…….'

사그라졌던 희망의 불씨가 다시 살아났다.

사장을 안심시킨 주성찬은 옆의 안상민을 흘겨보았다.

“방금 듣자 하니 뭐, 재각성 가능성을 보이는 E급 헌터? 그런 얘기를 하시던데…….”

주성찬이 한심하다는 눈빛으로 콧방귀를 꼈다.

“그따위 근본도 없는 헌터보다는 우리 김철 헌터가 훨씬 더 쓸만할 겁니다.”

안상민의 표정이 굳어졌다.

노골적인 무시.

하지만 굳이 언성을 높이며 얼굴을 붉히지는 않았다.

‘누구 말이 맞는지는 결과가 나와 보면 알겠지…….’

네 사람은 약속이라도 한 듯이 동시에 헌터들이 갇혀 있는 레드 게이트를 올려다보았다.

우우우-

레드 게이트의 붉은빛이 오늘따라 더 불길하게 보였다.

* * *

“당신, E급 아니죠?”

여자의 당돌한 질문.

진우는 말했다.

“그럼 나도 하나 물어봅시다.”

“얼마든지요.”

진우의 시선이 김철과 그의 주변에 모인 헌터들을 향했다. 출발 전인 그들은 계획을 짜고 있었다.

"당신들, 신입들이면서 어떻게 이렇게 침착한 겁니까?"

"우리가 제일 먼저 교육받는 게 '던전 안에선 무슨 일이든 일어날 수 있다'라서요."

던전 안에선 무슨 일이든 일어날 수 있다.

여기 있는 누구보다도 그 말을 잘 알고 있는 사람이 진우였다.

"우리 모두 교육을 받았어요. 특히 저기 있는 김철 저 사람은 아예 특수 교육을 받았죠. 백호 정예 공격대에 들어갈 예정이어서요."

교육을 받았기에 던전을 두려워하지 않는다.

진우는 황당했다. 그리고 이들도 한송이와 전혀 다를 바 없다는 것을 깨달았다.

말로는 교육받았다, 어쩐다 하지만 그게 무슨 소용이 있을까? 던전의 무서움을 하나도 모르고 우쭐대는 것이다.

'아는 것과 겪은 것은 전혀 다르다.'

특히 던전을 알고 있다는 자신감에 조금이라도 금이 가는 순간, 구멍 뚫린 둑이 터지며 물이 쏟아져 들어오듯 와르르 무너지리라.

쌓는 건 어렵지만 무너지는 건 한순간이다. 어쩐지 김철 팀의 앞날이 보이는 듯했다.

겉은 멀쩡해 보여도 이들 역시 어쩔 수 없는 초짜들이었다.

"아직 대답 안 하셨어요."

"네?"

진우의 시선이 다시 이상한 여자에게로 옮겨 갔다.

"제 질문의 대답요."

E급이 맞냐 아니냐는 질문.

생각보다 집요한 여자였다.

"그걸 왜 말해 줘야 합니까?"

퉁명스러운 말이 나왔지만 여자, 박희진은 속으로 주먹을 움켜쥐며 쾌재를 불렀다.

나름 많은 사람을 만나 본 박희진은 저 반응이 뜻하는 게 무엇인지를 안다.

그건 자신감이었다.

'역시 내가 본 게 맞았어!'

거기다 확신하는 이유는 또 있었다.

백호 길드에서 교육받을 때 상급 헌터들의 움직임을 꽤 봤다.

하지만 아까 진우의 손.

화살을 잡을 때의 진우의 손처럼 빠른 동작은 어디서도 본 적이 없었다.

'내 눈으로도 무슨 일이 일어났는지 간신히 확인만 가능했을 정도였어.'

운동선수 출신에 전투 계열로 각성해서 동체 시력에는 자신 있는 편이었는데도 말이다.

박희진은 눈을 반짝였다.

'이 남자는 적어도 A급 이상.'

아니, 어쩌면…….

박희진이 원하는 답을 이끌어 내기 위해 다시 물었다.

"그러지 말고 말해 주시면 안 돼요?"

"일없습니다."

잡담은 여기까지.

진우는 고개를 돌렸다.

괜히 이리저리 문답에 휘둘리고 싶지 않았고, 무엇보다 김철이 다가오고 있었기 때문이었다.

김철과 진우의 시선이 마주쳤다.

"우리는."

김철의 목소리는 너무 굵고 낮아서 실제 의도가 어떻든 간에 매우 위협적으로 들렸다.

"길 쪽으로 간다."

단순히 자기네들의 이동 경로를 보고하러 온 것은 아니었다.

김철의 눈이 너희는 어떻게 할 생각이냐고 묻고 있었다. 우리를 따라오지 말라는 숨겨진 뜻과 함께.

'…….'

진우는 주변을 둘러보다가 다시 김철에게 시선을 주었다.

"우리는 숲 쪽으로 간다."

"……행운을 빌지."

진짜 행운이 필요한 쪽은 너희들 같지만.

진우는 말을 아꼈다.

"너희도."

진우 팀은 숲 쪽으로 이동했다.

그들의 모습이 수풀 속으로 사라지는 걸 확인하자마자 김철은 참았던 웃음을 터트렸다.

"멍청이들."

"네?"

"저길 봐."

김철은 팔짱 끼고 있던 손을 풀어 숲의 나무들을 가리켰다.

한두 군데가 아니다.

손가락이 가리키는 곳마다 거대한 짐승이 할퀴어서 만든 것 같은 자국이 있었다.

"저…… 저건!"

"곰이다."

"아이스 베어(Ice bear)!"

맹수형 마수들 중에서도 특히나 위험하다는 곰과의 마수들!

놈들의 영역 표시였다.

김철 팀의 헌터들이 그걸 보고서 혀끝을 찼다.

"쯧쯧."

"차라리 여기서 가만히 기다리고 있었으면 될 것을."

"앞장서서 나선 E급 하나 때문에 애꿎은 사람들 다 죽게 생겼군."

"E급이 제대로 된 교육이나 받았겠습니까?"

김철은 숲을 향해 조소를 날렸다.

'그럼 그렇지. E급 따위가.'

……가만.

갑자기 김철의 미소가 사라졌다.

'저쪽 팀에는 C급이 대부분이고, 심지어 B급까지 있었는데…….'

그런데 어째서 자신은 진우를 대장으로 생각하고 있었을까?

지금 막 이상하다는 생각이 들 때까지 전혀 위화감이 없었다.

김철은 고개를 가로저었다.

'……뭐 어때.'

곧 죽을 놈인데.

얼마 버티지도 못할 약자들 일보단 자신들의 일을 생각하는 게 더 급했다.

죽을 사람은 어쩔 수 없지만 살 사람은 살아야 할 것 아닌가?

김철이 길 쪽으로 돌아서며 목에 힘을 주었다.

“출발.”

* * *

진우가 앞장서 걸었다.

그런데 얼마 못 가 박희진이 진우의 앞을 가로막았다.

“뭡니까?”

“당신 미쳤어요?”

진우는 불쾌한 기색을 숨기지 않으며 팔짱을 꼈다.

다음 단어는 신중히 고르라는 경고였다.

진우의 의도가 전해졌는지 박희진은 목소리를 낮췄다.

“미안해요. 하지만 이 말은 꼭 해야겠어요.”

박희진의 손끝이 주변의 나무 하나를 가리켰다.

“저거 보여요?”

나무에 남은 거대한 손톱자국.

“저기도! 또 저기도!”

멀쩡한 나무를 찾기 힘들 정도로 주변의 나무들은 죄다 껍질들이 심하게 훼손되어 있었다.

“온통 곰의 영역 표시로 도배되어 있잖아요! 이 숲 전체가 곰 마수의 서식지란 말이에요!”

개나 원숭이는 호랑이나 사자보다 약하다.

진우와 시선이 마주친 한송이가 어렵게 말을 꺼냈다.

"아, 아저씨 뭐예요? 아까 화살 잡아챈 것도 그렇고, 이상한 마법으로 옷도 막 꺼내고."

진우의 미간에 주름이 생겼다.

이대로 가면 계속해서 질문들이 쏟아지고 그만큼 귀찮아질 것이 불 보듯 뻔했다.

'그래, 이 기회에 확실히 말해 두자.'

진우가 단호히 말했다.

"너는 내가 데려왔으니 내가 책임지고 지켜 준다. 대신."

진우의 목소리가 낮아졌다.

"아무것도 묻지 마."

진우는 고개를 들어 박희진을 비롯한 다른 헌터들을 돌아보았다.

"여러분들도 마찬가집니다. 저한테 아무것도 묻지 말고, 아무것도 요구하지 마세요."

그리고 말을 이었다.

"제가 마음에 안 들면 그냥 떠나시면 됩니다. 붙잡지 않을 거니까."

진우가 아니라 B급 헌터인 박희진을 보고 따라왔던 남자 헌터 두 사람은 자신이 입으려던 털옷과 진우를 번갈아 보더니 이내 격렬하게 고개를 저었다.

* * *

그리고 하나 더.

진우가 숲을 선택한 이유가 있었다.

'상태 창.'

[이름 : 성진우]
[레벨 : 51]
[직업 : 그림자 군주]
[칭호 : 역경을 이겨 낸 자 (외 1)]

티 나지 않게 상태 창을 불러낸 진우가 칭호를 '역경을 이겨 낸 자'에서 '늑대 학살자'로 바꾸었다.

[칭호 : 늑대 학살자 (외 1)]
늑대를 잡는 데 능숙한 사냥꾼에게 주어지는 칭호입니다. 짐승형 몬스터를 상대할 때 모든 능력치가 40% 증가합니다.

이런 사기적인 버프를 써먹을 수 있는 기회가 왔는데 마다할 이유가 무엇인가?
띠링.

[짐승형 몬스터가 등장하였습니다.]
[칭호 효과가 적용됩니다.]

추가된 능력치를 확인한 진우의 얼굴에 미소가 떠올랐다.
'좋아.'
그때였다.

헌터들이 비명을 질렀다.
“고, 곰이다!”
“아이스 베어!”
인간 냄새를 맡은 아이스 베어가 어슬렁어슬렁 다가왔다.
영역을 침범한 적.
아이스 베어의 눈에 곱게 보일 리 없다.
그르르르-
아이스 베어가 얼음처럼 투명한 이빨을 드러내며 육중한 몸을 느릿하게 일으켰다.
시야를 가려 버리는 몸집!
“아…….”
북극곰과 생김새가 비슷하지만 크기는 두 배에 가깝고, 가슴에는 마수의 상징인 마정석이 장식처럼 붙어 있었다.
크어어엉!
일대를 울리는 묵직한 포효!
아이스 베어가 울부짖는 소리를 듣고서 진우를 제외한 헌터들이 일순간 얼어붙었다.
박희진의 미간이 구겨졌다.
‘뭐가 아이스 베어만 걱정하면 된다는 거야!’
저 괴물을 두고 할 소린가, 그게!
성진우의 유창한 언변에 그만 넘어갈 뻔했다.
아이스 베어를 실제로 보자마자 확신이 섰다.
‘역시 숲으로 들어와서는 안 되는 거였어!’
위기감을 느낀 박희진이 일행들 앞으로 나서며 소리를 질렀다.

“제가 시선을 끌 테니 여러분들이 틈을 봐, 꺅!”

강한 악력에 목덜미 옷깃이 당겨진 박희진은 넘어지지 않기 위해 몇 걸음이나 뒷걸음질 쳐야 했다.

간신히 균형을 잡고 보니 어느새 진우가 눈앞에 서 있었다.

“뭐예요, 당신!”

진우는 손가락으로 박희진을 가리켰다.

“분명히 말해 두는데 앞으로 마수는 나 혼자서 잡습니다.”

경험치를 뺏길 순 없으니까.

진우에게 이 곰탱이들은 진짜 적인 백귀들을 상대하기 위해 섭취해 둬야 할 좋은 영양제들이었다.

“하?”

박희진은 당혹감을 감추지 못했다.

‘지금 마수를 혼자 잡겠다고 날 잡아당겼단 말이야?’

마법 계열인 다른 헌터 두 사람도 캐스팅을 중단하고서 어이없는 표정을 지었다.

“아무리 당신이 강하다고 해도 저놈은 상급 던전의 마수예요!”

등 뒤에서 들리는 박희진의 뿔난 목소리를 무시하고 진우는 아이스 베어 앞으로 저벅저벅 걸어갔다.

‘단검을 쓰자니.’

피가 튀어 엉망이 될 것 같고.

진우는 습관적으로 소환한 단검 두 개를 다시 창고로 돌려보냈다.

대신 주먹을 불끈 쥐었다.

‘원래는 견학만 하기로 약속했지만 지금은 위급 상황이니 이해해 주겠지?’

진우와 아이스 베어의 시선이 마주쳤다.
크어!
아이스 베어가 전봇대 굵기만 한 팔을 번개처럼 휘둘렀다.
쉬익—!
하지만 허공을 갈랐다.
'덩치도 큰 게 속도도 빠르네.'
아이스 베어의 머리 위로 점프한 진우는 왜 놈의 악명이 자자한지 충분히 이해했다.
'그래도…….'
지금까지의 레벨업이 헛되지 않았음을 느낄 수 있었다.
아이스 베어가 고개를 들기 직전, 진우는 전력을 다해 놈의 이마를 주먹으로 내려쳤다.
투쾅!
아이스 베어의 대가리가 바닥에 처박혔다.
두개골이 박살 나 버린 아이스 베어는 혀를 밖으로 길게 빼고서 다시는 움직이지 않았다.

[레벨이 올랐습니다!]

그렇지!
안 그래도 레벨이 오를 때라고 예상했는데, 박희진을 말리기 잘했다는 생각이 들었다.
"다…… 당신, 정체가 뭐예요?"
떨리는 목소리를 듣고 뒤돌아서니 할 말을 잃은 네 사람의 얼굴이 시야에 들어왔다.
진우가 옆머리를 긁적거렸다.
'이런 상황이 싫어서 미리 못 박아 놨던 건데.'
아무래도 사람의 기억이라는 게 충격적인 장면을 보게 되면 그리 오래 유지되지 않나 보다.
어쩔 수 없이 진우는 한 번 더 강조했다.
"질문은 안 받는다고 했습니다. 내 방식이 싫으면 저리로."
진우의 손가락이 김철 팀이 있던 방향을 가리켰다.
"다시 가시면 됩니다."
그제야 정신을 차린 듯, 박희진의 표정이 돌아왔다.
"방금 아이스 베어를 어떻게 잡는지 봤는데 제가 당신 주변을 떠날 거 같나요?"
박희진은 가슴이 벅차올랐다.
김철보다 나아 보여서 직감적으로 선택한 길이었는데, 그게 생각지도 못한 대박이라는 사실을 금방 알았다.
계산이 빠른 그녀는 바로 결론을 내렸다.
여기서 무사히 나가려면 성진우를 따라야 한다고.
혹시나 진우 입에서 그냥 각자 갈 길을 가자는 말이 나오기 전에 간절한 심정으로 선수를 쳤다.
"진우 씨가 리더를 맡아 주세요. 무조건 시키는 대로 따를 테니까."
'요구는 안 받는다고 했지만…….'
잠깐 고민해 보던 진우가 고개를 끄덕였다.
앞일을 생각하면 그게 여러모로 편할 듯했다.
박희진은 뒤를 돌아보았다.

한송이라는 학생은 어차피 진우가 데려왔으니 물어볼 필요도 없었다.

그러면 남은 사람은 두 명.

"다른 두 분도 동의하시죠?"

갑자기 시선을 받게 된 헌터 두 사람은 아이스 베어의 사체와 진우를 번갈아 보다가 곧 격렬히 고개를 끄덕거렸다.

* * *

다시 레드 게이트 앞.

현기철이 이마에 맺힌 식은땀을 손수건으로 훔치며 시계를 확인했다.

백윤호가 물어 왔다.

"얼마나 지났습니까?"

"3시간 정도 지났습니다."

"3시간……. 안에서는 벌써 3일이 흘러갔다는 얘깁니다."

백윤호의 목소리는 무거웠다.

여기 모인 네 사람 중에 오직 백윤호만이 레드 게이트에 들어가 본 경험이 있었다.

대한민국을 대표하는 S급의 헌터 중 한 명, 백윤호.

그런 그에게도 레드 게이트는 그리 만만한 곳이 아니었다.

백윤호가 착잡한 심정으로 당시의 기억을 떠올렸다.

"레드 게이트가 진짜 무서운 점은 거기가 완전히 다른 세계라는 데에 있습니다."

흔히 들을 수 없는 S급 헌터의 레드 게이트 경험담이었다. 당연히 안상민, 주성찬, 현기철 세 사람의 이목이 집중됐다.

백윤호가 말을 이었다.

"게이트를 넘어 도착한 곳이 60도가 넘는 사막 위일 수도 있고, 독사와 독충이 들끓는 정글 속일 수도 있고, 발끝에 동상이 걸릴 정도로 추운 설원 위일 수도 있습니다."

꿀꺽.

세 사람은 동시에 마른침을 삼켰다.

"일단 게이트 안으로 들어가기 전까지 거기가 레드 게이트인지 아닌지 아무도 모릅니다. 그러니 무슨 준비를 할 수가 있겠습니까?"

오늘도 그랬다.

평범하게 보였던 게이트가 헌터들이 들어가고 나자 순식간에 붉게 물들기 시작했다.

"태양 빛에 살갗이 타들어 가고, 밤낮 없이 독충에 시달리고, 살을 에는 추위에 피부가 썩고…… 그렇게 약한 사람들부터 죽어 나갑니다."

"맙소사……."

현기철이 믿을 수 없다는 듯 신음을 흘렸다.

"그런 열악한 환경에서 마수들과 싸워야 하는 겁니다."

이야기를 듣는 것만으로도 암담한 분위기가 전해졌다.

그런데 그게 끝이 아니란다.

"간신히 도착한 곳의 환경에 적응했다고 칩시다. 그럼 이제부터는 식량을 구해야 합니다."

최소 몇 주, 길게는 몇 달 동안 먹을거리를 직접 구해야 한다.

보통 일이 아니었다.

"혹독한 환경과 잦은 굶주림 속에서 믿을 건 마력나침반 하나뿐."

강한 마력이 있는 곳을 가리키는 마력나침반.

마력나침반을 보고 보스를 찾아가 처치하는 게 던전 브레이크 외에 레드 게이트를 빠져나올 수 있는 유일한 방법이었다.

"그 바늘 하나만 보고 며칠, 몇 주, 몇 달을 버틴다고 생각해 보세요. 사람이 안 미치고 배기겠습니까?"

세 사람이 고개를 끄덕거렸다.

헌터가 아닌 자기들 같은 일반인이 그런 곳에 떨어진다면 마수가 아니더라도 단 하루를 버티지 못하리라.

"아까 3일이 지났다고 했지요?"

"네."

현기철의 대답에 백윤호가 참담한 표정을 지었다.

"아마 지금쯤이면 C급 이하 헌터들은 다 죽었을 겁니다."

김철은 A급.

실력이 좋다고 해도 A급 헌터로는 팀원 전부를 지키기가 불가능하다.

최소한 S급 정도 되는 헌터가 그들 옆에 있다면 모를까.

그러니.

"이제는 상급 헌터들이나 무사히 돌아올 수 있도록 기도해야 합니다."

경험에서 우러나온 결론.

백윤호의 머릿속에서 C급 이하 헌터들은 벌써 죽은 사람들이었다.

*　*　*

저녁 시간.

모닥불 위에 큼지막한 고깃덩어리가 노릇노릇하게 익어 갔다.

"곰 고기요, 좀 질기지만 먹을 만한데요?"

"조금 더 드릴까요?"

"아이고, 감사합니다."

고명환은 윤기중이 내민 접시 위에 잘 익은 아이스 베어 고기를 쓱쓱 썰어서 얹어 주었다.

진우 팀의 C급 헌터 두 사람이었다.

박희진과 한송이도 남자들만큼은 아니지만 오물오물 식사를 이어 나갔다.

"언니, 저 후추 좀 주세요."

"소금은?"

"간은 괜찮아요."

다들 어느 정도 던전에 익숙해진 모습이었다.

모닥불에 모포에 천막까지.

딱히 불편한 점은 없었다.

아니, 어떤 점에서는 아늑해 보이기까지 했다.

고명환이 주위를 둘러보더니 말했다.

"요즘 아이스 베어 습격이 좀 줄어든 거 같지 않아요?"

박희진이 답했다.

"그거야 공대장님이 씨를 말리셨으니까 그렇죠."

“그분은 무슨 전생에 곰이랑 원수를 졌는지 아이스 베어만 보면 눈이 이글이글한다니까요. 그럴 때 공대장님을 보면 무서워요, 무서워.”

어느새 진우의 호칭은 공대장님이 되어 있었다.

문득 진우의 공백을 느낀 박희진이 고개를 빼고 주변을 두리번거렸다.

“그러고 보니 공대장님은 어디 가셨어요?”

접시에 얼굴을 파묻을 기세로 식사에 집중하고 있던 윤기중이 그제야 고개를 들었다.

“아까 이 주위를 좀 돌아보겠다고 나가시던데요?”

허.

박희진이 못 말리겠다는 얼굴을 했다.

“혼자서 그렇게 상급 던전을 마음대로……. 진짜 무섭지도 않나?”

윤기중이 씩 웃었다.

“그분은 괜찮지 않을까요?”

“하긴, 상급 마수인 아이스 베어를 맨손으로 때려잡는데.”

윤기중의 말을 고명환이 받았다.

그리고 말을 이었다.

“근데요…… 말이 나와서 말인데……. 그렇게 무지막지하게 큰 마수를 그렇게 무식하게 때려잡으려면 대체 랭크가 어느 정도는 돼야 하는 걸까요?”

뚝.

갑자기 모두들 말이 없어졌다.

다들 궁금하긴 마찬가지였다.

다만 쫓겨나는 게 무서워서 입 밖으로 함부로 꺼내지 못할 뿐.

"……밥이나 마저 먹죠."

박희진이 꺼낸 말에 모두가 고개를 끄덕거렸다.

* * *

숲을 뒤지던 진우가 수풀을 헤치고 나왔다.

'이 근처 어딘가인데…….'

어디에선가 다수의 아이스 베어 기척이 느껴졌다.

아이스 베어를 역으로 추적하기 시작한 건 어젯밤부터.

아이스 베어가 계속 같은 방향에서 오고 있다는 사실을 깨달았기 때문이다.

주변을 서성이던 진우의 눈빛이 반짝였다

'찾았다!'

수풀 너머로 수십 개의 암석 동굴이 보였다. 그리고 그 동굴 하나마다 한 마리 이상의 기척이 감지됐다.

감각을 활용할 필요도 없었다.

지금도 눈앞에서 아이스 베어들이 동굴에 들어가거나 동굴에서 나오고 있었다.

대략 잡아 그 숫자만 30 이상.

그야말로 곰밭이었다.

진우의 입꼬리가 슥 올라갔다.

일부러 혼자 와서 주변에 보는 눈도 없었다.

그림자 병사들을 써 보기 딱 좋은 상황.

이때를 기다리고 있었다.

'나와.'

속으로 그림자들을 호출하자 검은 갑옷을 입은 병사들이 소리 없이 주위를 에워쌌다.

"너희 첫 출동인 거 알지?"

대부분의 인상이 첫 대면에서 결정되듯, 첫 출동에서 너희들의 인상이 결정될 거라 이거다.

'……'

'……'

그림자 병사들은 한 치의 흐트러짐 없이 꼿꼿이 서 있었다.

좋아.

진우가 씩 웃었다.

킁킁.

진우의 냄새를 맡은 아이스 베어들이 하나씩 동굴에서 기어 나오기 시작했다.

'저쪽도 준비가 된 것 같으니.'

진우는 아이스 베어들을 가리켰다.

"가라."

말이 끝나기가 무섭게 그림자 병사들이 미끄러지듯 달려 나갔다.

그림자 병사들의 빠른 접근!

하지만 아이스 베어의 성난 손짓은 그림자 병사들의 움직임보다 훨씬 더 빨랐다.

부웅!

콰직!

후려치기 한 방에 그림자 병사 하나가 완파됐다.

칠흑의 갑옷 안에 들어 있는 게 그림자가 아니라 사람이었다면 사지가 분리되었을 만한 끔찍한 공격이었다.

'흠…….'

진우가 눈살을 찌푸렸다.

'역시 무리였나?'

힘으로 보나 덩치로 보나 그림자 병사들이 상대하기에 아이스 베어는 조금 과한 적이기는 했다.

그런데.

놀라운 일이 일어났다.

'헉!'

진우의 눈이 커졌다.

아이스 베어의 앞발에 맞아 가슴이 찢긴 병사가 쓰러지기 직전 검은 연기로 변한 것이다.

슈와악—

검은 연기는 한 걸음 떨어진 곳에서 다시 뭉쳐지며 원래의 모습을 되찾았다.

'좋아!'

진우의 얼굴이 밝아졌다.

언데드.

잠깐 잊고 있었던 그림자들의 본질을 다시금 깨닫는 순간이었다.

자신의 공격이 무위로 돌아간 걸 보고 흥분한 아이스 베어가 크게 울부짖었다.

"크어어어!"

그렇게 보병들이 시간을 끌어 주는 동안 후열에 배치된 마법병들이 주문을 완성시켰다.

쾅!

콰광!

마법병들의 손끝에서 떨어져 나간 불덩이가 여기저기 폭발을 일으켰다.

폭발에 휩쓸린 그림자 병사들은 바로바로 재생되는 반면에, 불이 붙은 아이스 베어들은 고통에 몸부림치며 괴성을 질러 댔다.

"그어어어!"

"크워!"

그림자 병사들은 빈사 상태가 된 곰들에게 다가가 지체 없이 검을 쑤셔 박았다.

푹!

푹!

기세등등하던 아이스 베어들이 보병과 마법병의 협공에 쓰러져 가기 시작했다.

'이야…….'

진우는 흥미진진한 눈빛으로 상황을 관망했다.

보병의 빠른 재생력.

마법병의 강한 화력.

그림자 병사들의 전력은 기대 이상이었다.

아이스 베어들은 병사들의 기세에 쫓겨 동굴 입구 쪽까지 밀려났다.

그렇게 전투가 끝나나 했는데.

"크어어어억!"

고막을 뒤흔드는 포효와 함께 입구 쪽에서 거대한 무언가가 모습을 드러냈다.

"저건……."

지켜보고 있던 진우의 눈도 휘둥그레졌다.

근처에 있는 아이스 베어들보다 머리 하나가 더 높고 어깨도 배로 넓은 녀석이었다.

"크어!"

놈의 한 방에 그림자 병사들을 휩쓸려 나갔다.

붕-!

콰지직!

병사들의 재생 속도가 파괴되는 속도를 따라잡지 못했다.

콰직!

퍼걱!

진우가 신음성을 흘렸다.

"우두머리의 등장인가……."

무리가 있으니 개중에 대장 격인 놈이 있을 것이라고 예상은 했었다.

그런데 놈은 예상보다 더 크고, 더 강했다.

"크워어어!"

거대한 아이스 베어는 그림자 병사들을 닥치는 대로 분쇄하며 무서운 속도로 접근해 왔다.

그때 메시지가 떴다.

띠링.

[마나를 모두 소모하여 그림자 병사의 재생이 불가능해집니다.]
[마나를 모두 소모하여 그림자 병사의 재생이 불가능해집니다.]

뭐?

황급히 마나 양을 확인했더니 시스템의 경고처럼 마나가 고갈되어 있었다.

[MP: 0 / 1,860]

마나가 소진된 이후 파괴된 그림자 병사들은 재생되지 않고 그림자로 변해 진우의 그림자 속으로 돌아왔다.

병사들을 재생시키기 위해선 시전자의 마나가 필요했던 것이다.

'그놈의 마나…….'

이걸로 지능을 찍어야 할 이유가 하나 더 늘었다.

진우가 옆머리를 긁적거렸다.

우두머리 아이스 베어의 등장으로 전세가 한 번에 역전되어 버렸다.

하지만 진우에겐 아직 여유가 있었다.

'저쪽에서 대장이 나왔으면 이쪽도 대장이 나가야지.'

팔짱을 끼고 있던 진우가 그림자 병사들의 대장 격을 불러냈다.

"이그리트!"

진우의 그림자에서 떨어져 나간 그림자 하나.

그 그림자 위로 갈기 달린 투구를 쓴 기사가 스르륵 올라왔다.

진우가 턱짓했다.

이그리트는 진우에게 고개를 숙이더니 우두머리를 향해 뛰쳐나갔다.

탁, 탁, 탁, 탁!

우두머리가 휘두르는 앞발을 피해 가랑이 사이로 슬라이딩. 다리 옆을 지나치며 허리춤의 단검을 빼내 힘줄까지 베었다.

"크어어!"

그게 시작이었다.

장검을 뽑아 든 이그리트는 쏟아지는 공격을 요리조리 피해 가며 우두머리의 몸뚱이를 깎아 나갔다.

힘줄, 발톱, 앞발, 다리, 우두머리의 신체가 살아 있는 고깃덩이처럼 하나씩 썰렸다.

"허……."

이그리트의 현란한 동작에 진우가 감탄을 터트렸다.

마지막은 머리였다.

스걱!

목에서 분리된 거대한 아이스 베어의 머리.

땅에 닿기 전에 머리를 낚아챈 이그리트가 성큼성큼 걸어오더니 진우 앞에서 무릎을 꿇었다.

턱.

머리는 진우 발아래 놓였다.

마치 군주에게 바치는 진상품처럼.

진우는 머리를 조아리고 있는 이그리트를 바라보며 마른침을 꿀꺽 삼켰다.

'이그리트가 처음부터 검을 썼으면 내가 이길 수 있었을까?'

우두머리를 잃은 아이스 베어들은 우왕좌왕하다 병사들에게 썰렸고, 전투는 곧 마무리되었다.
결과는 대만족이었다.

[그림자 보병 Lv.2]
[그림자 보병 Lv.3]
[그림자 보병 Lv.2]
[그림자 마법병 Lv.2]

병사들의 레벨이 착착 올라가 있었다.
그림자 병사들 자체가 스킬인 덕분에 진우도 레벨이 3계단이나 올라 있었다.
그리고 무엇보다 마음에 드는 점은.
"일어나라."

[그림자 추출에 성공했습니다.]
[그림자 추출에 성공했습니다.]
[그림자 추출에 성공했습니다.]

새로운 친구들을 얻을 수 있다는 점이다.
크어어어-
우두머리 아이스 베어를 포함해, 진우가 선택한 아이스 베어 몇 마리의 그림자에서 검은 덩어리들이 기어 올라왔다.
'갑옷을 입은 곰이 나올 거라고 생각했는데…….'

예상과는 달랐다.

'그림자 마수병'이라는 이름이 달린 녀석들은 언뜻 곰의 형상을 하고 있긴 하지만 고체인지 기체인지 모를 괴물들이었다.

숨을 헐떡이는 녀석들의 어깨 위로 계속해서 검은 수증기 같은 것이 피어올랐다.

'비주얼이 좀 안타깝긴 해도 아이스 베어의 그림자들이다.'

그 힘, 그 파괴력.

분명 쓰임새가 있을 터.

그때였다.

그워어어-

어디선가 들리는 곰 울음소리에 진우의 귀가 움찔했다.

그것도 한두 마리가 아니다.

'곰밭이 여기가 끝이 아니라 이 말이지?'

오늘은 너무 늦었으니 내일은 저쪽으로 한번 가 볼까.

진우의 얼굴에 환한 미소가 떠올랐다.

* * *

"으아아악!"

"커헉!"

동료들의 비명.

김철은 눈을 부릅떴다.

'이럴 리 없다!'

내가.

이 김철이 실패를 하다니!

백호 길드의 엘리트가 될 몸이었다.

정예가 되기 위해 특수 교육까지 받았다.

그런데 실패라니?

인정할 수 없었다.

추위와 허기를 견디며 설인 떼와 싸웠다. 다음은 눈거인들이었다. 팀원 2명을 잃긴 했지만 눈거인들도 잡았다.

던전 공략은 순조로워 보였다.

하지만.

하지만!

눈거인들과의 혈투가 끝나자마자 기다렸다는 듯 백귀들이 후방에서 들이닥쳤다.

이 요망한 것들은 공격대의 체력이 다하기를 어디선가 숨어서 지켜보고 있었던 것이다.

이어진 것은 학살.

순식간에 헌터들은 궤멸당했다.

"대, 대장!"

쓰러진 헌터가 피 묻은 손을 김철에게 뻗었다.

김철은 주춤주춤 뒷걸음질 쳤다.

어느새 나타난 백귀가 헌터의 등 위에 올라타 단검으로 목을 그었다.

"커, 커걱!"

웃으며 목을 긋던 백귀가 김철을 올려다보았다.

김철은 비명을 질렀다.

"으, 으아아아아!"

그리고 뒤도 돌아보지 않고 숲 쪽으로 뛰었다.

숲에 아이스 베어가 있다고?

보이지 않는 곰들은 눈앞에 있는 설인들과 눈거인, 백귀들에 비하면 우스운 존재였다.

김철은 젖 먹던 힘까지 다해 달리고 또 달렸다.

멀어지던 김철의 등을 노려보던 백귀들이 활을 들었다.

조준하고, 쏘려는 순간.

머리카락이 허리까지 오는 긴 머리의 백귀 하나가 팔을 들어 저지했다.

백귀들은 활을 내렸다.

'…….'

장발이 손가락으로 김철을 따라가라는 사인을 보내자, 백귀들의 신형이 하나둘 스르륵 시야에서 사라져 갔다.

* * *

김철이 수풀 속에서 튀어나왔다.

"헉, 헉, 헉."

숨이 턱 끝까지 차올랐다.

헌터들을 도륙하며 조소를 보내던 백귀들을 떠올리면 아직도 오금이 저려 왔다.

문득 손을 내려다보았다.

얼어붙은 손에 감각이 희미해졌다. 발끝은 감각을 잃은 지 오래였다.

지금 상태로는 제대로 싸울 수 없었다.

'이 추위 때문에…… 아니, 며칠째 굶지만 않았어도 그렇게 당하지는 않았을 거다.'

김철은 끝내 공격대의, 아니 자신의 실패를 인정할 수 없었다.

중얼거리던 김철이 고개를 들었다.

'그런데, 어디까지 들어온 거지?'

김철은 주위를 두리번거렸다.

어디선가 희미하게 피 냄새가 났다.

김철은 그 냄새를 따라갔다.

멀지 않은 곳이었다.

나무 사이를 지나 시야가 탁 트인 장소로 나오니 믿기 힘든 광경이 펼쳐져 있었다.

'이럴 수가!'

동굴 주변에 스무 마리가 넘는 아이스 베어들의 사체가 있었다.

어쩐지 영역 표시가 없는 나무를 찾아보기가 힘들었는데도 아이스 베어가 안 보이더라니!

"뭐지?"

김철은 사체들을 살폈다.

모든 사체에 칼자국이 낭자했다. 군데군데 불탄 자국도 있었다.

김철의 머릿속에 성진우와 성진우를 따라간 헌터들이 떠올랐다.

"설마…… 그 녀석들이 아이스 베어를?"

아니.

김철은 고개를 저었다.

검상을 입은 아이스 베어들은 모두 장검에 베여 있었다.

그가 아는 한, 숲으로 간 멤버 중에 장검을 쓰는 헌터는 없었다.

'E급 헌터 둘은 아예 무기도 안 들고 있었고.'

냉정히 말하자면 그들이 이곳에서 살아남았을 가능성 자체가 없었다.

그렇다면 남은 결론은 하나.

'이 근처에 백귀들이 있는 건가!'

가슴이 철렁 내려앉았다.

간신히 백귀들을 따돌렸다고 생각했는데, 이렇게 가까운 곳에 머물고 있을 줄이야.

잔뜩 겁먹은 김철은 숨을 죽이고 숲 쪽으로 돌아갔다.

좀 더 멀리, 좀 더 빠르게.

어서 백귀들의 영역에서 벗어나고 싶었다.

* * *

그 무렵.

"우어어엉!"

아이스 베어가 비명을 지르며 쓰러졌다.

그러자 그림자 병사들이 달라붙어 숨통을 확실하게 끊어 놓았다.

[레벨이 올랐습니다!]

"좋아."

진우는 또 다른 곰밭에 있었다.

게이트 안으로 들어온 지 5일째.

곰밭만 세 곳을 돌았다.

'이제 숲에 있는 곰들은 다 처리한 거 같네.'

그동안 레벨도 많이 올랐다.

병사들의 레벨도 마찬가지.

곰 하나에 둘이 붙어야 간신히 제압이 가능했던 병사들이 이제 혼자서도 곰과 일대일 승부가 가능했다.

만족스러웠다.

병사들의 능력치가 올라감에 따라 아예 역할도 분리했다.

저장할 수 있는 그림자는 30개.

28명은 싸우고 1명은 마정석을 줍고 1명은 고기를 챙겼다.

손가락 하나 까딱하지 않고 사냥과 전리품을 획득할 수 있으니 무척이나 편했다.

'더 이상 마수들의 기운이 느껴지지 않는다.'

숲의 마수들은 얼추 다 정리한 것 같았다.

그렇다면.

'슬슬 보스를 잡으러 가야 하나?'

던전 브레이크까지 아무리 못해도 1개월. 최악의 경우에는 수개월이 걸릴 수도 있다.

언제 열릴지 모르는 게이트를 마냥 기다리고 있을 수만은 없었다.

'그 건방진 엘프 놈도 잡아야 되고.'

감히 마수 주제에 헌터를 도발했던 놈. 그놈의 건방진 미소가 아직도 아른거렸다.

* * *

어디선가 나는 고기 냄새.

킁킁.

김철은 허기로 예민해진 코를 씰룩거렸다.

레드 게이트에 갇힌 뒤로 먹은 거라곤 토끼 한 마리가 전부. 음식 냄새에 절로 침이 넘어갔다.

'꿀꺽.'

어쩌면 백귀들이 식사를 하고 있을지도 모른다.

'그래도 놈들이 소수라면…….'

충분히 제압하고 음식을 뺏을 수 있다. 그런 결론을 내릴 정도로 배가 고팠다.

'가 보자.'

김철은 최대한 발소리를 줄이고 조심스럽게 냄새가 나는 쪽으로 다가갔다.

그리고 마침내.

수풀 속에 숨어 진우와 함께 떠났던 다른 헌터들을 발견했다.

김철의 눈이 커졌다.

'아니?'

고기 냄새는 그들이 피운 모닥불에서 나오고 있었다.

'저치들이 어떻게 아직 살아 있지?'

김철이 눈을 번득였다.

E급 헌터 하나가 보이지 않았다.

'자신 있게 앞장서 걷더니 제일 먼저 죽었나 보군.'

그건 당연한 일이었다.

하지만 당연하지 않은 장면이 눈앞에 펼쳐져 있었다.

이걸 어떻게 해석해야 하는가?

뭔가 이상했다.

'가만, 저 녀석들 복장이……?'

방한용 옷과 담요, 천막, 그리고 여러 장비들이 눈에 들어왔다.

철저히 준비된 상태였다.

'대체 이게 어떻게?'

당황하던 김철의 시선이 한곳에 멈추었다.

고기 옆에 놓인 빵.

그들은 식량까지 완벽히 갖추고 있었다.

당혹감이 분노로 바뀌어 갔다.

'이놈들이…….'

뿌득.

김철은 이를 갈았다.

저렇게 많은 물품들을 준비해 놓고 자기네들끼리만 가져갔단 말인가.

'내 손이 얼지만 않았어도, 아니 배만 든든히 채웠어도 아이스 엘프들쯤은 충분히 상대할 수 있었다.'

레이드팀에게 고루 지원했어야 할 물자를 자기들끼리만 가로챘다고 생각하자 더 이상 참을 수가 없어졌다.

김철은 수풀을 뛰쳐나갔다.

"너희들!"

박희진이 깜짝 놀라 일어섰다.

"김철? 당신이 어떻게 여기에?"

하지만 거짓말로도 반갑다고 말하기는 힘들었다.

김철의 시선이 너무 살기등등했기 때문이다.

김철은 적의를 숨기지 않았다.

"우리 공격대는 식량과 장비가 모자라서 던전 공략에 실패했다. 그런데 너희는 어떻게 그만한 식량과 장비를 갖추고 있는 거냐?"

"그건……."

박희진은 말을 잇지 못했다.

여기서 진우 이야기를 꺼냈다간 김철의 분노가 진우에게 향하게 된다.

진우는 은인이나 마찬가지였다.

'처음부터 저 인간이 성진우를 바라보는 눈빛이 예사롭지 않았어.'

박희진은 입을 다물었다.

그러자 김철이 눈을 부라렸다.

"나도 너희 전부가 공범이라고 생각하진 않는다. 누가 이것들을 숨겼지? 누구 짓인지만 밝히면 나머지는 눈감아 주겠다."

김철의 목에 힘줄이 돋아났다.

"누가 장비를 독차지하고 동료를 사지로 몰았느냐 이 말이다!"

고함 소리가 숲속에 메아리쳤다.

김철은 피를 보더라도 기어코 동료를 배신한 죄를 물을 생각이었다.

"셋을 세겠다. 그때까지 누구 짓인지 불지 않으면 너희 모두 공범이라고 생각하겠다."

한송이가 박희진의 소매를 잡아당겼다.

"어, 언니……."

박희진이 한송이를 안아 주었다.

고명환과 윤기중도 식은땀을 흘리며 침을 꿀꺽 삼켰다.

김철은 A급.

여기 있는 모두가 힘을 합쳐도 이길 것이라 장담할 수 없는 상대였다. 하지만 어느 누구도 진우의 이름을 꺼내려 하지 않았다.

"하나."

김철은 허리에 차고 있던 검을 뽑아냈다.

스르릉.

"둘."

여전히 하급 헌터들은 입을 열 기미가 보이지 않았다.

하급 헌터 따위가 말을 안 들어?

그 점이 김철을 더 화나게 만들었다.

'이것들이 나를 뭐로 보고…….'

김철의 눈이 살기로 번들거렸다.

가장 먼저 이 여자.

공격대를 배신하고 하급 헌터들과 떠난 박희진을 먼저 죽인다.

'그래, 뭔가 꿍꿍이가 있으니까 공격대를 떠났던 거지.'

그렇게 생각할 수밖에 없었다.

박희진 앞에 선 김철이 마지막 카운트를 내뱉었다.

"셋."

박희진이 눈을 꼭 감았다.

그때.

"넷."

빡!

뭔가에 뒤통수를 세차게 얻어맞은 김철이 얼굴을 바닥에 처박은 채로 몇 미터를 미끄러졌다.

헌터들의 눈이 커졌다.

"공대장!"

어찌나 세게 때렸는지 진우의 손바닥에선 아직도 김이 모락모락 피어오르고 있었다.

진우가 어이없다는 듯 말했다.

"동료들을 진짜 사지로 내몬 게 누군데 헛소리를 하고 있어?"

7. 백귀 사냥

7. 백귀 사냥

"진우 오빠!"

한송이가 눈물까지 글썽거리며 반가움을 내비쳤다.

"공대장님!"

한송이만큼은 아니지만 남자 헌터 두 사람도 얼굴이 환해졌고, 박희진은 진우의 얼굴을 확인하고서야 안도의 한숨을 내쉬었다.

하지만 진우에겐 팀원들의 환대에 응해 줄 여유가 없었다.

"쉿."

진우가 입술에 검지를 붙였다.

금방이라도 진우에게 안겨 들 것 같았던 네 사람이 일제히 얼음으로 변했다.

박희진이 물었다.

"왜, 왜요?"

패 죽여도 시원찮을 자식.

진우는 기절한 김철을 노려보다 뒤돌아섰다.

"김철이 혹을 달고 왔어."

숲속에서 무수한 기척이 느껴졌다. 지금은 김철인지 고철인지를 신경 쓸 때가 아니었다.

진짜 문제는 저쪽이니까.

스르르-

진우의 시선을 감지한 백귀들이 '은신'을 풀고 모습을 드러냈다.

대략 20여 마리 정도.

그중 하나.

말을 탄 긴 머리의 백귀에게 진우의 시선이 고정되었다.

'……저놈이 보스다.'

아이스 베어, 아니 주변의 백귀들과 비교해도 압도적인 기운이 놈에게서 흘러나왔다.

저런 놈이 던전의 보스가 아니라면 누가 보스가 될 수 있을까?

오랜만에 살이 떨려 왔다.

진우가 놈의 강함에 전율하는 동안, 보스도 진우를 한눈에 알아보았다.

"정말로 있구나. 쓰레기들 중에서도 쓸 만한 녀석이."

"뭐라고?"

"……?"

진우가 무심코 내뱉은 말에 보스가 놀랍다는 반응을 보였다.

"너, 우리의 언어를 아는가?"

진우도 놀라기는 마찬가지였다.

'어떻게 대화가 가능한 거지?'

진우의 상대가 되지 못했다.

방금 단검에 맞고 죽은 놈처럼.

'보스를 어떻게 처치한다?'

진우가 머리를 굴리는 동안 보스가 말을 이어 갔다.

"내가 제안을 하나 하지."

"제안?"

"그래. 너에게도 나쁜 조건은 아닐 것이다."

"……."

진우는 내심 놀랐다.

인간형 마수에게 지능이 있다는 사실은 익히 알려져 있었지만, 인간을 상대로 거래를 제시할 정도라고는 생각해 본 적이 없었다.

그래서 일단 한번 들어는 보고 싶어졌다.

"……들어 보고."

보스가 그럴 줄 알았다는 듯 웃으며 말문을 열었다.

"그전에 하나만 묻지."

"……?"

"너는 왜 인간도 아니면서 인간들 틈에 있는가?"

진우의 미간이 구겨졌다.

"무슨 헛소리야?"

"하하, 본인도 모르고 있었던 건가?"

보스는 실소를 터트리며 자신의 관자놀이를 가리켰다.

"우리의 머릿속엔 끊임없이 목소리가 들려온다. 인간을 죽이라고. 그런데 네 앞에서는 그 목소리가 들리지 않는군."

아.

그런 이야기였나?

그거라면 진우에게 짐작 가는 구석이 하나 있었다.

'인간이라는 말은 아마 헌터를 뜻하는 거겠지.'

자신은 지하 신전을 나온 뒤 시스템에 의해 '플레이어'라는 특이 체질로 변했다.

엄밀히 분류하면 헌터, 즉 각성자들과는 조금 달랐다.

'그래서 내가 인간이 아니라고 착각하는 거다.'

그렇게 생각하면 앞뒤가 딱딱 맞아떨어졌다.

진우가 납득했다는 얼굴을 하자 보스가 고개를 끄덕였다.

"우리는 싸울 필요가 없다. 이쪽도 쓸데없이 피해를 보고 싶지는 않으니."

보스가 결론을 말했다.

"네 뒤의 인간들만 넘겨라. 그러면 네 목숨은 보장하지. 어떤가, 우리의 제안이?"

대답에 앞서 진우가 되물었다.

"나도 하나 묻자."

"좋다."

"너희들은 누구냐? 어디에서 왔으며 왜 인간들을 죽이려는 거지?"

"우리는."

그때였다.

줄곧 미소를 띠던 보스의 얼굴이 한순간 굳어졌다.

하나 그것도 잠시.

원래의 표정을 되찾은 놈은 자연스럽게 말을 이었다.

"우리는 싸울 필요가 없다. 이쪽도 쓸데없이 피해를 보고 싶지는 않으니."

'뭐지?'

진우가 눈살을 찌푸렸다.

보스는 마치 허락되지 않은 질문을 받은 게임 NPC처럼 같은 말을 반복했다.

"네 뒤의 인간들만 넘겨라. 그러면 네 목숨은 보장하지. 어떤가, 우리의 제안이?"

여유 있는 얼굴.

자신의 행동이 이상하다는 걸 전혀 눈치채지 못한 표정이었다.

뒤의 백귀들도 보스의 이상 행동에 아무런 반응이 없었다.

'…….'

진우가 상황을 지켜보고 있자, 보스가 독촉해 왔다.

"제안을 받아들이겠는가?"

진우는 마수들의 정체와 의도를 알아내려고 했었지만 헛수고로 돌아갔다.

'그렇다면…….'

남은 건 선택뿐.

대답은 한참 전부터 정해져 있었다.

"거절한다."

진우의 입꼬리가 올라갔다.

'그냥 보내 주기에는 너무 탐스러운 그림자를 가지고 있거든.'

놈을 처치하고 그림자를 가진다.

처음 보스를 본 순간부터 마음먹었던 계획을 이제 와서 철회할 생각은 없었다.

"나와 내 병사들을 상대로 싸울 작정인가? 이 정도의 수적 열세를 혼자서 극복할 수 있다고 생각하나?"

진우가 씩 웃었다.

병사들?

'너만 있냐? 나도 있다.'

그림자 소환.

시전자의 의지에 따라 진우의 그림자 안에 갇혀 있던 병사들이 진우의 등 뒤에서 모습을 드러냈다.

"으, 으악!"

이번에도 또 비명은 헌터들 쪽에서 나왔다.

윤기중은 자기 옆에 소환된 아이스 베어의 그림자, 그림자 마수병을 보고 질겁하여 엉덩방아를 찧었다.

"아, 아……."

창백하게 변한 멤버들의 얼굴을 보고 있자니 안타깝기도 했지만 지금은 위기 상황.

일일이 설명하고 있을 시간 따윈 없었다.

'뭐, 위기가 아니더라도 설명은 안 했겠지만.'

29명의 그림자 병사들.

병사들 앞에 선 진우가 보스를 노려보았다.

"이제 누가 더 열세지?"

드디어 보스가 적의를 보였다.

"……잔재주를 부리는구나. 좋다, 원이라면 죽여 주지."

보스가 양쪽 허리춤에 차고 있던 단도 두 개를 빼 들었다.

바라던 바였다.

진우도 오른손엔 '나이트 킬러'를, 왼손에는 '카사카의 독니'를 쥐고서 전투를 대비했다.

'잔재주라.'

맞는 말이다.

수적으로는 앞설지 몰라도 보스를 잡기엔 화력이 조금 부족했다.

진우도 알고 있었다.

아마도 보스의 자신감은 거기에서 나오고 있는 것.

강력한 원군이 필요했다.

'강력한 원군이라면…….'

하나 있긴 했다.

진우의 시선이 힐끔 옆쪽을 향했다. 거기엔 쓰러져 있는 김철이 있었다.

"공격!"

보스가 외치자 백귀들이 활시위를 당겼다.

"곰탱이들!"

진우는 마수병들을 앞에 세웠다.

푹! 푹! 푹! 푹!

크아악!

화살 세례를 받은 마수병들이 울부짖었다.

백귀들이 다음 화살을 쏘기 전에 병사들이 달리기 시작했다. 마법병도 캐스팅에 들어갔다.

진우의 눈이 번뜩였다.

'내 타깃은 너다!'

진우는 발뒤꿈치로 바닥에 떨어져 있던 김철의 장검을 김철 쪽으로 밀어 주고서 튀어 나갔다.

시선이 고정된 곳은 백귀들의 보스. 보스도 진우가 오기를 기다리고 있었다.

두 사람이 가진 네 개의 단검들에서 끊임없이 불꽃이 튀었다.

캉! 캉! 카강!

잇달아 그림자 병사들과 백귀들 간의 백병전도 개시되었다.

고명환이 박희진을 돌아보았다.

"저…… 우리도 도와야 하는 거 아닐까요?"

박희진이 고개를 저었다.

"이건 우리가 낄 수 있는 싸움이 아니에요."

거대한 검은 괴물이 손톱을 휘둘러 대고, 부서진 검은 병사들이 금방 원상태로 돌아오고, 상급 마수 백귀들의 검과 화살이 난무하는 전장.

'여기서 B, C급인 우리가 뭘 할 수 있겠어?'

허락된 것은 기도뿐.

박희진은 긴 머리의 백귀와 아슬아슬하게 싸우고 있는 진우를 가슴 졸이며 바라보았다.

"크윽!"

진우의 입에서 신음이 나왔다.

과연 상급 던전의 보스!

비등해 보이는 싸움이었지만 진우만 몸 곳곳이 찢기고 베이는 중이었다.

이대로 3분이나 더 버틸 수 있을까?

병사들의 재생이 계속되면서 마나도 급격하게 떨어지고 있었다.

이윽고 마법병의 주문이 완성됐다.

백귀들의 한복판에 배구공보다 훨씬 큰 불덩어리가 떨어졌다.

쿠아앙-!

레벨업 된 마법병의 힘이었다.

고막을 뒤흔드는 강렬한 폭음에 김철의 정신이 돌아왔다.

"으음……."

김철이 고개를 들었다.

캉! 캉! 퍼엉-!

흐릿한 시야에 무시무시한 백귀들의 모습과, 백귀들에 맞서 싸우는 검은 병사들이 보였다.

'뭐지…… 이건?'

어떻게 된 일인지는 잘 모르겠지만 자신이 왜 여기 누워 있는지는 잘 알고 있었다.

뒤통수를 내려쳤던 손!

뒤에서 들리던 목소리!

'그 목소리는 성진우였다!'

정신을 차리고 나니 수치심과 증오심에 손끝이 부들부들 떨려 왔다.

마침 손끝에 장검의 손잡이가 잡혔다.

어차피 백귀들에게 포위당했다면 살아 나갈 방법은 없었다.

그렇다면 적어도.

'성진우 그 새끼 숨통은 내가 끊어 놓고 만다.'

비열한 눈빛에 진우의 뒷모습이 담겼다.

……찾았다!

놈은 백귀 하나와 싸우느라 뒤쪽을 전혀 신경 쓰지 않고 있었다.

이건 기회였다.
김철이 벌떡 일어섰다.
그리고 달려 나갔다.
"으아아아-!"
다가오는 김철의 기척에 진우는 속으로 쾌재를 불렀다.
'그래, 너라면.'
진우는 김철을 믿었다.
전력을 다해 달리던 김철이 진우의 목을 노리고서 있는 힘껏 장검을 휘둘렀다.
"뒈져라!"
앞에는 보스가, 뒤에는 김철이.
꼼짝하지 못할 상황에서 진우가 외쳤다.
"이그리트!"
기다리고 있었다는 듯 그림자에서 튀어나온 이그리트가 김철의 검을 쳐 냈다.
채앵!
"아니!"
김철의 눈이 커졌다.
핏발 선 눈!
하지만 그가 무슨 말을 채 하기도 전에 이그리트의 검이 가슴 깊숙이 박혔다.
푸욱!
검은 가슴으로 들어가 등을 뚫고 나왔다.
"커억!"

진우는 급히 뒤로 빠졌다.

'김철이라면 이렇게 나올 거라고 믿었다.'

자기감정에 따라 앞뒤 생각하지 않고 움직이는 사람. 짧은 시간이었지만 김철을 파악하는 데는 충분했었다.

진우를 노려보는 김철.

"너…… 너……."

김철은 그 말을 끝으로 숨을 거두었다.

이그리트가 보스를 막아서는 사이, 물러선 진우가 쓰러진 김철의 그림자에게 명령했다.

"일어나라!"

그러자.

으아아아아-

묵직한 비명 소리와 함께 그림자에서 커다란 손이 튀어나왔다.

* * *

[그림자 추출에 성공했습니다.]

'그렇지!'

진우는 주먹을 불끈 쥐었다.

보스 레이드의 마지막 퍼즐 조각이 맞춰졌다.

김철의 그림자에서 튀어나온 검은 기사는 김철의 원판보다 훨씬 크고 두꺼웠다.

거기다 한 손에 들린 거대한 망치.

다른 손에는 성인의 키만 한 방패를 들고 있어 위압감이 엄청났다.
'김철도 근육질의 덩치였는데 이 그림자는 정말…….'
긴박한 와중에도 진우의 입에서 감탄성이 흘렀다.

[병사의 이름을 정해 주십시오.]

'아, 이름.'
진우가 슬쩍 곁눈질했다.
감당하기 벅찬지 이그리트는 보스에게 밀리고 있었다. 재생력을 이용해 간신히 시간만 벌고 있는 상황이었다.
스걱!
방금 이그리트의 한쪽 팔이 잘려 나갔다.
'이러고 있을 시간이 없다.'
이름.
아무거나, 그냥 김철로 할까?
진우는 고개를 저었다.
아니, 그래도 살아 있었던 사람의 이름으로 언데드를 부리기에는 언짢은 부분이 있었다.
'그래, 김철. 철이니까 아이언!'
이름을 정했다.
진우가 결정을 내리자마자 새로 태어난 그림자에게 이름이 하사되었다.

[아이언 Lv.1]

기사 등급.

기사 등급!

이그리트와 같은 등급이었지만 기뻐하고 있을 틈은 없었다.

'꾸물거릴 시간이 없어!'

진우가 보스를 향해 턱짓했다.

"아이언!"

아이언이 육중한 몸을 뒤흔들며 앞으로 걸어 나갔다.

쿵, 쿵, 쿵!

덩치 하나는 마음에 들지만 저 속도로 민첩한 보스를 건드릴 수나 있을까 하는 걱정도 잠시.

아이언이 가슴을 펴고서 함성을 내질렀다.

우워어어어-!

'뭐지?'

당황하는 진우의 눈앞에 메시지가 연달아 떴다.

띠링.

[아이언이 '스킬 : 도발의 함성'을 사용합니다.]

[던전의 주인이 도발 상태가 됩니다.]

"도발 스킬!"

김철은 A급 탱커였다.

당연히 높은 수준의 어그로 스킬을 보유하고 있었고, 그의 그림자인 아이언은 그 스킬을 완벽히 재현해 냈다.

보스의 고개가 휙 돌아갔다.

눈앞에 당장 끝장낼 수 있는 이그리트를 두고 귀신에 홀린 것처럼 아이언을 향해 달려들었다.

아이언은 '강화' 스킬을 사용해 매섭게 꽂히는 보스의 단검 공격들을 버텨 냈다.

'좋아!'

진우가 고개를 끄덕였다.

그사이 이그리트의 잘렸던 팔이 복구되었다.

스르르르-

절단면에서 스멀스멀 흘러나오기 시작한 검은 연기가 뭉쳐지더니 곧 온전한 팔이 됐다.

보스는 아직 아이언에게 정신이 팔려 있는 상태.

이제 진우와 이그리트의 협공이 시작됐다.

'…….'

박희진은 눈앞의 광경에 할 말을 잃었다.

너무도 비현실적인 장면이었다.

더 이상 물어보고 싶은 맘조차 생기지 않았다.

옆에서 한송이가 자그마한 목소리로 물어 왔다.

"언니……."

박희진이 뒤늦게 반응했다.

"어, 응?"

"헌터들의 싸움이란 게 다 저런 식이에요?"

겁을 먹었는지 한송이의 음성은 떨리고 있었다.

박희진이 먹먹한 심정으로 대답했다.

"……그랬으면 내가 자격증을 땄겠니."

고명환이 멍한 눈으로 말했다.

"우리가…… 지금 꿈을 꾸고 있는 건 아닐까요?"

이게 꿈이라면 분명 악몽이겠지.

박희진은 마수들과 새까만 '무언가'들이 뒤엉켜 싸우고 있는 현장을 보면서 침음성을 흘렸다.

동시에 다른 걱정 하나가 떠올랐다.

"여기서 나가면 분명…… 생존자들도 조사를 받게 될 텐데 그땐……."

그땐 뭐라고 설명해야 할까?

박희진은 레드 게이트 안에서 일어난 일들과 성진우란 사람에 대해 설명할 엄두가 나지 않았다.

그렇게 말했더니.

"저기, 하지만요."

바닥에 주저앉아 덜덜 떨고 있던 윤기중이 힘겹게 입을 열었다.

"나가서의 일을 걱정한다는 건 엄청 대단한 일 아니에요?"

멤버들은 일제히 고개를 끄덕였다.

상급 던전.

그것도 레드 게이트.

절대 살아 돌아갈 수 없을 것 같았던 이곳에서, 이제 밖에 나가서의 일을 걱정하고 있었다.

전부 한 사람의 힘 덕분이었다.

박희진의 시선이 진우에게로 향했다.

'성진우 씨, 당신…….'

감사함과 놀라움을 넘어 경외감에 가까운 마음이 생겨났다.

푹!
보스의 어깨에 '카사카의 독니'가 꽂혔다.

['효과 : 마비'가 발동합니다.]
[대상의 저항력이 높아 효과가 취소되었습니다.]
['효과 : 출혈'이 발동합니다.]
[대상의 저항력이 높아 효과가 취소되었습니다.]

적들의 레벨이 높아지면서 요즘 '카사카의 독니' 추가 효과는 거의 먹히지 않게 되었다.
하지만 상처를 남긴 것만 해도 충분히 이득이었다.
'좋아!'
상처가 점점 늘어나면서 보스의 빠른 움직임에 조금씩 제동이 걸리기 시작했다.
"크아악!"
이미 보스의 얼굴에서는 미소가 지워진 지 오래였다.
진우, 이그리트, 아이언 3인의 공격을 자유롭게 피해 내던 보스가 숨을 헐떡이고 있었다.
'조금만 더 밀어붙이면!'
아이언이 보스를 끌어안았다.
"지금!"
진우가 신호하자 이그리트가 뒤로 빠졌다. 진우도 같이 뒤로 물러났다.
보스의 눈이 커졌다.

"무슨……?"

시전이 끝난 마법병의 폭발 주문이 아이언에게 쏟아졌다.

콰과광—!

퍼엉!

"커헉!"

보스가 처음으로 신음을 흘렸다. 놈이 몸을 비틀자 아이언의 팔이 떨어져 나갔다.

콰드득!

보스의 독기 어린 시선이 진우를 향했다.

"크아아아악—!"

진우는 다시 한번 감탄했다.

'저런 상처를 입고서도 아직 저 정도의 힘이!'

과연 상급 던전의 보스였다.

그러나 승부의 추는 이미 기울어져 있었다.

'단검 투척!'

아까 그 백귀에게 던졌던 것처럼 단검 투척으로 '나이트 킬러'를 날리고 지배자의 손길로 추진력을 더했다.

슉—!

단검이 눈 깜짝할 사이에 쇄도해 왔다.

'큭!'

피하기 어렵겠다고 직감한 보스가 자신의 단도로 날아오는 단검을 쳐 냈다.

콰직!

'나이트 킬러'가 어찌나 빠른 속도로 날아왔는지 막아 내는 단도에 쩌억 금이 갔다.
동시에.
'은신' 스킬과 '질주' 스킬로 보스에게 접근한 진우가 '카사카의 독니'를 놈의 옆구리에 박아 넣었다.
푹!
보스의 눈이 커졌다.
"커헉!"
하지만 그 와중에도 놈은 진우의 손목을 붙들었다.
곱게 죽어 주진 않겠다는 의지가 엿보였다.
"크아악!"
보스가 다른 한 손으로 단도를 머리 위로 들어 올리는 순간.
진우가 씩 웃었다.
거대한 망치가 보스의 머리를 내려찍었다.
투쾅!
보스는 그대로 눈 위에 머리를 처박았다.
보스의 뒤에는 어느새 두 팔이 재생된 아이언이 망치를 들어 올리고 있었다.
또다시 망치가 아래를 향했다.
부웅—
콰직!
다음 공격을 준비하던 이그리트가 검을 허리에 달린 검집에 밀어 넣었다.
진우도 단검들을 창고로 돌려보냈다.
예상대로 메시지가 떠올랐다.

띠링.

[던전의 주인을 처치하였습니다.]
[레벨이 올랐습니다!]
[레벨이 올랐습니다!]

'휴, 겨우 끝났다.'
진우가 안도의 한숨을 내쉬었다.
힘든 승리였다.
이제 숨 좀 돌리려는데 아이언을 보는 진우의 눈이 휘둥그레졌다.
"야, 야, 그만 좀."
진우가 황급히 만류했다.
또 망치를 내려치려던 아이언이 그제야 손을 멈췄다. 원본을 닮아서 그런지 끝까지 무식한 놈이었다.
이미 보스의 사체는 심하게 훼손된 상태였다.
'하지만 그림자는 상관없지.'
진우가 피식 웃었다.
어려운 싸움 끝에 값진 보상. 원하던 것이 발아래 있었다.
진우가 나직이 명령했다.
"일어나라."

* * *

벌써 새벽 3시.

레드 게이트 근처를 지키는 네 사람의 표정은 좋지 못했다.

보다 못한 현기철이 말을 꺼냈다.

"여기는 저희가 지키고 있을 테니 사장님은 먼저 들어가시는 게 어떠십니까?"

"길드원들이 저 안에 갇혀 있는데 제가 집에서 쉴 수 있겠습니까?"

백윤호는 단호했다. 한 길드의 수장이자 현역 S급 헌터로서 안 될 말이었다.

그때 안상민의 눈이 커졌다.

"어? 레드 게이트가!"

현기철, 주성찬도 레드 게이트의 이상을 발견했다.

"레드 게이트가 열립니다!"

"던전이 클리어됐어요!"

"사람들이…… 사람들이 나오고 있습니다!"

백윤호가 주먹을 불끈 쥐었다.

'김철이! 김철이 해낸 건가!'

우르르-

전원이 게이트 앞으로 몰려갔다.

흥분을 감추지 못하는 백윤호의 시선이 리더인 김철을 찾아 헤맸다.

하지만 모든 인원이 다 빠져나올 때까지 김철은 보이지 않았다.

'어? 어? 이상한데?'

김철만 믿고 있으라던 주성찬도 자신만만한 태도는 어디 가고 점점 표정이 이상해졌다.

"박희진 헌터님! 고명환, 윤기중 헌터님!"

"성진우 헌터님!"

한송이와 뒤따라 나오는 진우를 발견한 안상민의 얼굴에 웃음꽃이 피었다.

'그럼 그렇지!'

주성찬의 굳은 얼굴과 대비됐다.

하지만 미소는 금방 사라졌다. 성진우를 포함한 다섯 명이 나오자 게이트가 스르르 사라져 버렸기 때문이다.

"설마…… 여기 계신 분들이 전부입니까?"

지친 표정의 진우가 고개를 끄덕였다.

질문했던 현기철의 얼굴이 굳어 갔다.

'이럴 수가…….'

현기철은 눈물을 글썽거리며 들고 있던 명단에서 사망자들의 이름에 줄을 그었다.

슬프지만 해야 할 일이었다.

그 모습을 지켜보던 백윤호가 기함을 내질렀다.

'하급 헌터들만 돌아왔다고? A급은커녕 B급도 한 명뿐?'

있을 수 없는 일이었다.

대체 안에서 무슨 일이 있었단 말인가?

"가자. 데려다줄게."

한송이를 데리고 현장을 빠져나가려는 진우의 손목을 백윤호가 붙잡았다.

"이봐요, 잠깐만."

탁!

진우가 손을 뿌리쳤다.

그러자 백윤호의 눈빛이 날카롭게 변했다.

"잠깐 이야기 좀 합시다."

진우가 돌아보았다.

"지금은 피곤합니다. 물어볼 게 있으면 댁의 길드원들에게 물어보시죠."

참다못한 백윤호가 신원을 밝혔다.

"나 백호 길드의 마스터인 헌터 백윤호입니다."

하지만 진우의 눈빛은 여전히 싸늘했다.

"그래서요?"

진우의 냉담한 반응에 백윤호의 눈동자가 마수처럼 변해 갔다.

완전히 짐승의 두 눈이었다.

"우리는 이번 일로 아홉 명의 길드원을 잃었습니다. 사장인 내가 몇 가지 물어볼 권리 정도는 있을 텐데요?"

이건 부탁이 아니다.

명령.

혹은 협박.

뭐라고 불러도 진우를 순순히 보내 줄 생각은 없었다.

그런데 진우가 눈을 부릅떴다.

S급인 백윤호가 진심으로 내뿜는 적의에도 전혀 밀리지 않았다.

"내가 그 나머지 세 사람을 구했어. 당신이 사장이라면 먼저 감사부터 하는 게 도리가 아닌가?"

숨 막히는 압박감에 백윤호가 적의를 거둬들였다.

구구절절 맞는 말.

반박할 구석 따윈 없었다.

"……미안합니다."

백윤호가 고개를 숙이자, 진우가 다시 돌아섰다.
"한송이, 가자."
"네."
한송이가 눈치를 살피며 조심스럽게 진우를 따랐다.
이윽고 두 사람은 승합차를 타고 유유히 현장을 빠져나갔다.
'말도 안 되는…….'
머릿속이 헝클어진 백윤호가 생존자들 중 유일하게 상급 헌터인 박희진에게 뛰어갔다.
"저기, 박희진 씨."
현기철이 내준 따뜻한 차를 마시며 몸을 녹이던 박희진이 고개를 들었다.
"저 사람 뭡니까? 왜 저렇게 저기압인 겁니까?"
천신만고 끝에 레드 게이트에서 돌아왔을 텐데 분위기가 너무 살벌하지 않은가?
박희진이 자기도 의문이라는 듯 고개를 저었다.
"모르겠어요. 보스를 잡고 나서 그 앞에서 뭐라고 세 번 외치더니 그다음부터는 계속……."
"그전까진 괜찮았습니까?"
박희진이 고명환과 윤기중을 돌아보았다. 둘은 동시에 고개를 끄덕거렸다.
"참 별난 사람이네……."
백윤호는 진우가 사라진 골목을 보면서 중얼거렸다.
그러자 안상민이 자기가 잘못한 것처럼 몸 둘 바를 몰라 했다.
"죄송합니다, 사장님. 오늘은 아마 피곤해서 그런 걸 겁니다. 제가 보기에 나쁜 사람은 아닙니다."

"아니, 그게 문제가 아니에요."

"예?"

백윤호가 안상민을 돌아보았다.

"왜 아직 저 사람을 영입 못 한 겁니까?"

"예에?"

안상민은 당혹감을 감추지 못했다. 하지만 백윤호가 느꼈던 당혹감만큼은 못하리라.

'나를 상대로…….'

백윤호는 방금 마주쳤던 진우의 눈빛을 떠올리며 마른침을 삼켰다.

꿀꺽.

순간 눈앞의 사내와 싸우려면 자신도 팔 하나는 잃을 각오를 해야겠다는 생각이 들었다.

'어쩌면 그 이상일지도…….'

백윤호의 의도를 알아챈 안상민이 급하게 답했다.

"최선을 다하고 있습니다."

"그런 말로는 부족합니다."

백윤호의 눈이 빛났다.

성진우.

역시 안 과장의 눈은 틀리지 않았다.

"앞으로 모든 걸 지원해 드리겠습니다. 저 남자를 꼭 우리 길드로 데려오세요."

*　*　*

돌아가는 길.

부르릉—

달리는 차 속에서 진우는 아쉬움에 입맛을 다셨다.

'쩝…….'

추출 대상과 자신의 능력치 격차가 너무 커서일까?

안타깝게도 백귀 보스의 그림자 추출 스킬은 실패하고 말았다.

'아깝지만 어쩔 수 없지.'

상급 던전의 보스는 언제라도 잡을 수 있다.

중요한 건 다시 기회가 왔을 때 놓치지 않도록 능력치 차이를 줄여 놓는 것이었다.

레벨업.

그건 진우가 가장 잘하는 일 중 하나였다.

그리고.

잠시 운전대에서 떨어진 진우의 왼손에 유려한 곡선의 단검 하나가 나타났다.

[아이템 : 바루카의 단도]

입수 난이도 : A

종류 : 단검

대전사 '바루카'가 사용했던 단도입니다. 경량화 마법이 걸려 있어 사용자의 움직임을 보다 민첩하게 만들어 줍니다.

공격력 +110

민첩 +10

아예 빈손으로 나오지는 않았다.

보스가 쓰던 단검.

부서진 하나는 버리고, 나머지 하나를 챙겼다.

'바루카의 단도.'

높은 자체 공격력에 추가 민첩 스탯까지.

C급인 '카사카의 독니'는 말할 것도 없고, 거금을 주고 마련한 B급 '나이트 킬러'와도 비교가 되지 않는 단검이었다.

무려 입수 난이도 A급!

점점 힘이 빠져 가는 '카사카의 독니'를 대체할 최고의 무기였다.

'그립감도 좋고.'

레드 게이트에서의 일을 되짚어 보는 사이 금방 한송이의 집 근처까지 도착했다.

끼익.

있는 듯 없는 듯 조용하게 앉아 있던 한송이가 보조석에서 내려서 꾸벅 고개를 숙였다.

"조심히 가세요."

"그래."

돌아서는 한송이.

축 처진 어깨와 힘없는 걸음걸이를 보고 있으니 소기의 목적은 달성한 듯싶었다.

'일이 좀 꼬여서 그렇지 애초에 한송이를 설득하려고 시작한 일

이었으니까.'

앞으로 한송이가 헌터가 된다고 나설 일은 없어 보였다.

처음 들어가 본 던전이 하필 레드 게이트라면 누구라도 마찬가지.

일단은 거기에 만족하고 차를 출발시키려는데, 갑자기 보조석 문이 벌컥 열렸다.

'……?'

진우가 돌아보았다.

되돌아온 한송이가 문을 잡고 서 있었다.

'얘가 왜 이러지?'

궁금증도 잠시.

한송이가 다시 깍듯하게 고개를 숙였다.

"오늘 감사했습니다, 오빠."

그러고 보니 언제쯤인가부터 호칭이 '아저씨'에서 '오빠'로 바뀌어 있었다.

"어, 그래."

"저……."

"음?"

"내일, 아니 이따 봬요."

이따?

뜻을 묻기도 전에 한송이는 후다닥 뛰어 올라가 버렸다.

한송이의 뒷모습이 사라지고 나서야 뒤늦게 생각이 났다.

'아하.'

오늘부터는 또 유진호와 남은 레이드를 마무리 지어야 했다. 팀원인 한송이와는 다시 볼 수밖에 없었다.

'그 얘기였군.'

그래도 다행이었다.

이번 일로 한송이가 아예 집에 틀어박혀 버렸으면 일정에 차질이 빚어질 수 있었는데.

'잘됐다.'

이제 그림자 병사들을 이용해서 한층 더 빠르게 C급 던전들을 클리어할 수 있었다.

남은 레이드를 최단기간에 끝낼 자신이 있었다.

거기에 더해 곧 병사들과 첫 대면을 하게 될 유진호의 반응 또한 기대됐다.

'윤기중이라는 사람의 리액션은 정말 일품이었지.'

진우는 피식 웃으며 천천히 핸들을 움직였다.

* * *

다음 날 아침.

"하암-."

진우는 늘어지게 하품을 하며 아파트 공동 현관으로 내려왔다.

눈을 붙이자마자 어느덧 약속 시간이 되어 있었다.

"형님, 좋은 아침입니다!"

활기찬 목소리.

유진호가 먼저 와 기다리고 있었다.

"차도 없는 녀석이, 뭐 타고 왔어?"

레이드팀의 애마 '봉고'는 진우가 전날 끌고 갔다 근처의 주차장에 얌전히 주차해 두었다.

"택시 타고 왔습니다, 형님."

"아, 택시."

오늘은 입장을 바꿔 이쪽에서 한번 데리러 갈까 했더니.

"괜찮습니다, 형님. 제가 도움받는 입장인데요. 당연히 제가 모셔야죠."

유진호가 실실 웃으며 마다했다.

평소와 다름없는 아침이었다.

그러던 중.

"엇?"

유진호가 무언가를 발견했다. 진우 손에 들린 긴 원통형의 무언가.

유진호의 호기심을 자극했다.

"형님, 그게 뭡니까?"

"아, 이거?"

진우가 씩 웃었다.

"오늘 던전에서 쓸 거."

헉.

순간 유진호의 간담이 서늘해졌다.

'던전에서 쓰실 무기인가?'

보통 때도 남다른 모습만을 보여 주는 형님이신데, 이번엔 또 얼마나 흉악한 무기를 들고 오신 걸까.

벌써부터 긴장되기 시작했다.

꿀꺽.

마른침을 삼킨 유진호가 겨우 결심이 선 듯 고개를 들었다.

"형님, 가시죠."

"잠깐만."

진우가 손을 들더니 이내 다이얼을 눌렀다.

"한 명 같이 데려가자."

"네? 누구를?"

"어, 송이야. 나와, 게이트까지 태워 줄게."

송이…… 송이라면?

진우가 전화를 끊자마자 유진호가 물었다.

"형님, 설마 데려가자는 사람이 우리 팀의 그 고딩입니까?"

진우는 고개를 끄덕였다.

어차피 한송이 집도 요 근처고 목적지도 같은데 따로 가야 할 이유가 없었다.

하지만 유진호에겐 전혀 다른 의미로 다가왔다.

한송이.

머리를 동그랗게 말아 올리고 다니는 귀염상의 여고생.

'그 애 번호도 알고 계시고 친근하게 대화까지……. 형님과 그 여자애는 벌써 깊은 관계이신 걸까?'

확실히 형님은 같은 남자가 봐도 멋있다.

'특히 단검 하나 들고 거대한 마수들을 요리하실 때는 정말…….'

형님이야 관심 없으시겠지만 그 여학생이 형님께 반하는 것도 결코 이상한 일이 아니었다.

유진호는 고개를 끄덕였다.

만약 그렇게 된 거라면 정해 놔야 할 문제가 있었다.

"형님, 이제부터 한송이 양을 형수님이라고 부르면 되는 겁니까?"

이 자식이 아침부터 뭘 잘못 먹었나.

진우의 눈빛이 딱 그랬다.

아무리 눈치 없는 유진호라도 그 정도는 알아챌 수 있었다.

"어…… 두 분 사귀시는 거 아니셨습니까?"

"그냥 동생 친구."

"아, 아아."

그렇게 된 거였구나.

유진호는 겨우 상황을 이해했다.

그것도 모르고 뜬금없이 형수님이라고 불렀으니.

낯이 다 화끈거렸다.

곧 한송이가 나왔다.

평소 레이드 할 때보다 한껏 차려입고서.

유진호가 씩 웃었다.

'친구 오빠에게 잘 보이고 싶어 하는 10대 소녀답구나.'

공대장답게 모처럼 신경 써서 나온 공대원의 복장을 칭찬해 주려는데, 진우가 먼저 인사를 건넸다.

"잠은 좀 잤어?"

일순간 유진호의 표정이 굳어졌다.

'…….'

한송이는 웃으며 고개를 저었다.

"한숨도 못 잤어요."

"피곤할 텐데 차에서라도 좀 쉬어."

두 사람의 대화에 유진호의 머릿속이 점점 혼란스러워졌다.

'어, 어어?'

이번엔 한송이가 진우에게 물었다.

"오빠는 좀 주무셨어요?"

"눈만 붙이고 나왔지, 뭐. 집에 들어가니까 4시가 넘었던걸."

"하긴……."

밤? 한숨도? 피곤? 집에 들어가니 4시?

유진호가 당황을 넘어 경악을 느끼고 있을 때, 봉고로 향하던 진우가 유진호를 뒤돌아보았다.

"유진호, 뭐 해?"

"저…… 그, 형님?"

"……?"

"저기, 한송이 양은 미성년자입니다, 형님."

"그런데?"

"……아닙니다, 형님."

역시 형님은 상남자시다.

유진호는 세간의 이목 따위에는 전혀 신경 쓰지 않는 진우의 거침없음에 감탄했다.

'역시 보통이 아니셔.'

일반인의 기준으로 형님에게 잣대를 들이댄 자신을 깊이 반성했다.

* * *

같은 시각.

백호 길드의 소회의실.

"제가 본 건 거기까지입니다."

박희진이 말을 맺었다.

그녀는 쉬어야 하지 않겠느냐는 백윤호의 만류에도 불구하고 기어이 조사에 응했다.

자신은 거기서 비교적 편하게(?) 있었다면서.

"……."

"……."

조사를 진행한 상급자 두 사람, 사장 백윤호와 과장 안상민은 할 말을 잃었다.

담당자인 현기철은 대처를 논의하기 위해 협회에 간 상태였다.

그래서 회의장에는 세 사람이 전부였다.

안상민이 정적을 깼다.

"그게 전부 사실입니까?"

"고명환, 윤기중 두 사람에게 연락해 보세요. 아마 똑같이 말해 줄 거예요."

가족이 보고 싶다며 집으로 돌아간 두 사람.

박희진은 그 두 사람의 증언과 자신의 증언이 다르지 않으리라 장담할 수 있었다.

'내가 직접 겪은 일들만 설명했으니까.'

그 남자가 없을 때 먼 숲에서 간간이 아이스 베어들의 비명이 들려왔다거나, 남들은 다 자는 사이에 일어난 그 남자가 혼자 팔 굽혀 펴기를 하고 있었다거나.

자신 외의 멤버들이 보고 들은 일은 아예 입에 담지도 않았다.

"허……."

안상민은 신음인지 침음인지 모를 소리를 냈다.

A급 헌터를 한 방에 기절시키고, 아공간을 자유자재로 이용하고, 수십의 소환수를 다룰 수 있다.

온통 믿기 힘든 이야기들뿐이었다.

무엇보다 놀라운 점은.

"상급 던전을 거의 혼자서 클리어했다는 것."

침묵을 지키고 있던 백윤호의 한마디.

S급이기에 말할 수 있었다.

"그거 참 대단한 일입니다."

소환수들과 같이 싸웠다지만 소환수들은 동료가 아니라 성진우 헌터의 스킬.

결국 성진우 혼자 던전을 클리어한 것이나 다름없었다.

"아무리 높은 랭크의 헌터라도 상급 던전을 혼자 힘으로 공략하기는 힘듭니다."

그것도 무려 레드 게이트를.

자신이 나선다면?

B급 레드 게이트 정도나 간신히 클리어할 수 있을까?

하나가 아닌 다수의 소환수를 다룰 수 있는 성진우 헌터이기에 가능했던 일이었다.

안상민이 놀랍다는 듯 말했다.

"그가 희귀 능력 각성자임은 틀림없군요."

백윤호도 동의했다.

"소환수를 부리는 헌터 자체도 드물지만, 다수의 소환수를 부릴 수 있는 헌터라니……."

S급 헌터로 활동하며 수많은 헌터를 만나고, 그들과 대화를 나눠

성진우는 자신이 가진 능력의 가치를 잘 알고 있는 사람이었다.
'레드 게이트에서도 늘 자신감이 넘쳤으니까.'
그를 움직이게 만드는 건 분명 만만치 않을 거다.
'그래도…….'
다시 만날 수 있는 가능성이 생겼다. 박희진은 보이지 않게 미소를 지었다.
무언가를 고민하던 백윤호가 어렵게 말을 꺼냈다.
"안 과장님."
"네."
"성진우 씨 연락처를 알고 싶습니다."
"사장님, 그게……."
안상민은 털어놓았다.
왜 자신이 진우 이야기를 숨겨 왔었는지.
백윤호가 곰곰이 생각해 보더니 고개를 주억거렸다.
"그만한 능력들을 가지고 있으면 숨기고 싶을 만도 하죠. 세상엔 남들 눈에 띄는 걸 싫어하는 사람도 있는 법이니까."
그런 남자가 많은 사람들 앞에서 자기 능력을 보였다.
위급한 상황인 것도 있겠지만 슬슬 세상에 자신을 드러내도 괜찮으리라는 자신감의 발로이기도 할 거다.
"일을 크게 만들지만 않으면 성진우 씨도 안 과장님을 탓하지는 않을 겁니다."
안상민은 고개를 끄덕였다.
물론 이 이야기를 밖으로 새어 나가게 할 생각은 없었다.
성진우도 성진우지만, 협회나 백호 입장에서도 알려져서 좋을 게 없었다.

"그건 그렇습니다만……."

안상민이 걱정하는 것은 따로 있었다.

성진우 헌터의 단호한 성격을 모르는 사장님이 서두르다 일을 그르치는 것.

그것만은 막고 싶었다.

"사장님이 직접 연락을 취하시는 건 아무래도……."

백윤호도 안상민이 뭘 걱정하는지 눈치챘다.

"아, 영입 문제 때문에 연락을 하려는 게 아닙니다."

"예? 그럼 왜……?"

"성진우 씨가 어제 했던 말 그대롭니다."

백윤호는 박희진이 해 주는 얘기를 듣고 깨달았다.

성진우는 백호 길드의 은인이었다.

백호 소속의 신입 세 명을 구했다.

거기다 레드 게이트를 없애 백호 길드의 명성에 금이 가는 일도 막았다.

실수는 협회가 했다고 해도, 이 일이 공론화되고 백호 길드가 신입들을 모두 잃었다는 사실이 대외에 알려지면 길드 이미지가 얼마나 추락했을까?

상상만 해도 끔찍한 일이었다.

몸서리쳐질 만큼.

'그런 사람을 다짜고짜 붙들고 조사하려고 했으니.'

그가 기분 나빠 했던 이유를 이해할 수 있었다.

그 사실을 몰랐다면 모를까.

알았다면 사람으로서 마땅히 해야 할 일이 있었다.

"백호 길드의 대표로서 성진우 씨에게 감사를 표하고 싶습니다. 어제 일도 확실하게 사과해 둘 겸."

'아, 그런 얘기라면…….'

안상민도 충분히 납득했다.

맞으면 맞고, 아니면 아닌 백윤호의 성격에 감사한답시고 영입 문제를 들먹이며 성진우를 귀찮게 하는 일은 없을 터.

그리고 개인적으로도 고맙단 말을 전하고 싶었다.

"알겠습니다."

안상민은 폰을 꺼내 성진우의 번호를 찾았다.

"번호가 어떻게 됩니까?"

백윤호도 연락처를 받아 적기 위해 폰을 꺼내 들었다.

그때.

"번호가……."

막 번호를 읊으려던 안상민이 뭔가 이상함을 느끼고 고개를 돌렸다.

"저기, 박희진 헌터님은 왜?"

"아, 네……."

박희진은 왠지 어색한 미소를 지으며 연락처 추가 화면이 떠 있던 폰을 슬그머니 감추었다.

* * *

대한민국 최고의 길드 헌터스.

헌터스의 사장이자 현역 S급 헌터인 최종인에게 흥미로운 정보가 하나 흘러 들어왔다.

"이거…… 확실한 겁니까?"

확실하지도 않은 이야기로 사장실의 문을 두드렸을까?

영입담당부 부장 조명기는 고개를 끄덕였다.

"예. 오늘 협회에서 얻어 낸 정보입니다."

대형 길드들은 협회에 정보원을 하나씩 두고 있었다.

떳떳한 일은 아니지만 그래야 상급 각성자가 나타났을 때 한발 앞서 연락할 수 있으니까.

그런데 오늘은 정보원이 묘한 이야기를 흘렸다.

조명기는 고민 끝에 사장실로 올라왔다.

'최근 상승세인 백호 길드는 헌터스의 자리를 넘보고 있는 초대형 길드니까.'

보고할 만한 가치가 있겠다고 생각했다.

조명기의 예상대로 최종인은 깊은 관심을 보였다.

"A급 하나, B급 여섯이 죽은 레드 게이트에서 C급 둘이 살아 나왔다? 그것도 던전을 클리어하고? 말도 안 되는 얘깁니다, 이건."

B급 하나가 껴 있는 건 그렇다 쳐도.

메모를 읽어 내려가던 그가 고개를 절레절레 저었다.

"분명 여기 나와 있지 않은 다른 조력자가 있었던 겁니다."

최종인은 확신했다.

오랜 레이드 경험이 그리 말하고 있었다.

조명기가 대답했다.

"협회에서도 그쪽을 의심해 봤나 봅니다. 그런데……."

"그런데요?"

"백호가 입을 다물었답니다."

"그래서 그냥 넘어간답니까?"

"아무래도 이번에는 협회 쪽 잘못이 커서 크게 문제 삼고 싶지 않아 한다더군요."

"흐음……."

최종인이 턱 끝에 손을 가져다 댔다. 그가 생각에 잠길 때의 버릇이었다.

협회는 그렇다 쳐도, 백호는 왜 쉬쉬할까?

결론은 하나다.

"백호 쪽에서 밖으로 알리고 싶지 않은 누군가의 도움을 받은 거구먼."

"저도 그렇게 생각합니다."

두 사람의 의견이 일치했다.

최종인의 머리가 빠르게 회전하기 시작했다.

'상급 헌터 다수가 죽은 높은 난이도의 던전에서 하급 헌터들을 구해 낸 이름 없는 조력자라…….'

정체가 궁금해서 참을 수가 없었다.

'아직 각성자 판정을 받지 않은 신인? 아니면 신분을 드러낼 수 없는 범죄자?'

어느 쪽이라도 좋다.

신인이라면 헌터스로 데려와야 할 것이고, 범죄자라면 백호의 이름에 먹칠할 수 있다.

최종인의 눈이 반짝였다.

"거기 누가 있었는지 알아야겠습니다."

"좋은 방법이라도 있으십니까?"

"숨어 있는 너구리를 잡으려면 너구리 굴에 불을 질러야지요."

조명기가 눈을 뎅그렇게 떴다.

"백호 길드에 불이라도 지르실 생각이십니까?"

"내가 미쳤어요? 멀쩡한 남의 회사에 불을 지르게."

"아, 죄송합니다. 사장님께서 워낙 훌륭하신 마법 계열 헌터시다 보니……."

오죽하면 별명이 최종 병기일까?

최종인이 마음먹고 스킬을 쓰면 빌딩 하나 날리는 건 식은 죽 먹기긴 했다.

아무튼 최종인이 말을 이었다.

"그게 아니라, 화제를 만드는 겁니다."

"그러니까 불을……."

최종인의 눈매가 매서워지자 조명기가 입을 다물었다.

"언론에 제보합시다."

'그런!'

조명기의 눈이 커졌다.

"헌터협회의 실수, 대형 길드의 참사, 그 뒤에 감춰진 미스터리. 이거 언론이 딱 좋아할 소재 아닙니까?"

절로 고개가 끄덕여졌다.

최종인은 후후 웃었다.

"언론의 집중포화를 맞으면 백호 길드도 제풀에 지쳐서 조력자의 정체를 공개하게 될 겁니다."

"그런 방법이 있었군요!"

조명기도 따라 웃었다.

헌터스의 뒤를 바짝 추격해 오는 백호에게 한 방 먹여 줄 기회.

최종인의 입꼬리가 자연스럽게 올라갔다.

"기자들에게 당장 연락하세요."

* * *

[던전에 입장하였습니다.]

진우는 던전에 들어가자마자 숨을 깊게 들이마셨다.

'흠.'

며칠 필드형 던전 안에 갇혀 있었더니, 동굴형 던전의 공기가 새롭게 느껴졌다.

곧 유진호가 따라 들어왔다.

"이번 던전에선 어떤 마수가 나올까요?"

"글쎄……."

'분명 기척은 가까이 있는데.'

기척은 가까운데 보이지가 않았다.

한 걸음 앞으로 내딛자.

여기저기서 동굴 바닥이 몸을 일으키기 시작했다.

우두두두.

우두두.

사람의 형태를 하고 있지만 피부가 암석으로 이뤄진 마수들.

유진호가 녀석들의 이름을 기억해 냈다.

"형님, 스톤맨들입니다."

진우는 고개를 끄덕였다.

하급 던전에서 볼 수 있는 마수들 중 가장 표피가 단단하다고 알려진 놈들.

대개 스톤맨을 잡을 때는 마법을 써야 한다는 게 상식이지만.

"잠깐 들고 있어."

진우는 원통형의 비닐 팩을 유진호에게 맡기고 마수들에게 걸어갔다.

'헉!'

안에 든 게 무기인 줄 알고 있던 유진호가 잠깐 움찔했으나 별일은 일어나지 않았다.

'무기가 아닌가?'

그사이 스톤맨들 앞에 선 진우가 '바루카의 단도'와 '나이트 킬러'를 불러냈다.

스걱!

순식간에 맨 앞에 있던 스톤맨의 머리가 굴러떨어졌다.

진우는 '바루카의 단도'를 바라보며 만족스러운 미소를 지었다.

'쓸 만하네?'

씩 웃던 진우의 신형이 순간 사라졌다.

착.

진우가 스톤맨들 뒤에 나타난 것과 동시에 10여 마리가 넘었던 놈들이 일제히 쓰러졌다.

후두두두둑.

'레드 게이트에서 나온 뒤로 몸이 한층 더 가벼워졌다.'

당연하다면 당연한 일이었다.

현재 레벨은 60.

곰들과 백귀를 잡았더니 51이었던 레벨이 아홉 계단이나 올라갔다.

C급 마수들이 예전 E급 던전에서나 볼 수 있었던 고블린처럼 느껴졌다.

'이 정도면 무기를 꺼낼 필요도 없겠다.'

몸풀기는 이 정도면 됐고.

'사냥 속도를 좀 더 올려 볼까?'

병사들을 쓸 때가 됐다.

마침 동굴 안 저편에서 또 한 무더기의 스톤맨들이 어슬렁어슬렁 접근해 왔다.

'소환.'

지시를 내리자 진우의 그림자에 갇혀 있던 그림자 병사들이 진우의 뒤편에서 스르르 모습을 드러냈다.

그러자 비명이 터져 나왔다.

"으아악!"

아차.

진우가 이마를 짚고서 돌아보았다.

'저 녀석이 있었지.'

너무 신을 내다 보니 유진호의 존재를 깜박하고 말았다.

"혀, 혀, 형님."

유진호가 엉덩방아를 찧은 채 손가락으로 자기 옆에 나타난 그림자 병사들을 가리켰다.

"이, 이것들이 다 뭡니까?"

"설명하면 복잡한데…… 일단은 내 스킬."

"스, 스킬로 이런 것들을 불러내실 수 있다고요?"

진우가 고개를 끄덕였다.

유진호는 벌린 입이 다물어지지가 않았다.

"아……."

진우와 함께 던전에 들어온 것도 벌써 11번째.

더 이상 놀라는 일은 없을 거라고 생각했었는데, 오산이었다.

역시 진우는 자신의 예상을 뛰어넘는 존재였다.

꿀꺽.

살벌한 기운을 풍기는 검은 갑옷의 병사들을 바라보며 유진호는 힘들게 침을 삼켰다.

진우가 다시 시선을 옮겼다.

느리게만 보였던 스톤맨들이 어느새 근처까지 도착해 있었다.

진우가 놈들을 향해 턱짓했다.

"출동."

그러자 기다렸다는 듯 병사들이 달려 나갔다.

두두두두.

사십 가까이 되는 병사들이 한꺼번에 움직이자 동굴 바닥이 흔들렸다.

확실히 아이언과 마수병들 같은 덩치들이 느니 병사들의 무게감이 늘었다.

'꼭 전차 부대를 보는 거 같네.'

진우가 흡족한 표정을 지었다.

병사들이 휩쓸고 지나가자 그야말로 눈 깜짝할 사이에 던전이 깔끔하게 정리됐다.

주변엔 온통 진흙 쿠키처럼 부서진 스톤맨들의 잔해뿐.

C급 던전 하나가 한순간에 박살 났다.

호-

진우가 감탄했다.

'이 정도면 남은 레이드도 금방 끝낼 수 있겠는데?'

남아 있는 여덟 번의 레이드가 그렇게 오래 걸릴 거 같지 않았다.

척, 척, 척.

전투가 끝나자 마정석을 수거한 그림자 병사들이 진우 앞으로 반듯하게 정렬해 섰다.

맨 앞에는 이그리트와 아이언.

두 기사가 나왔다.

병사들이 모든 움직임을 멈추자 그제야 유진호가 살며시 진우 옆으로 다가왔다.

"형님, 여기……."

진우에게서 넘겨받았던 비닐 팩을 돌려주었다.

진우는 비닐 팩에 쌓여 있던 텀블러를 꺼내 빨대를 물었다.

"형님, 그게 뭡니까?"

"채소 주스."

"아……."

"마셔 보니 괜찮더라고."

쿠르륵 쿠륵.

텀블러가 거의 다 비었을 때쯤 유진호에게 물었다.

"진호야, 오늘 게이트 몇 개 잡았지?"

조심스럽게 마수병의 털끝을 만져 보려던 유진호가 동작을 멈추고 돌아보았다.

"네 개입니다, 형님."

오늘 네 개를 끝내면 남은 게이트는 다섯 개.

질질 끌 이유가 없었다.

"그럼 내일 끝내 버리자. 좀 멀리까지 가도 상관없으니까."

"내일 말씀이십니까?"

문득 유진호가 주위를 둘러보았다. 사방에 널브러져 있는 스톤맨들의 잔해를 돌아보던 유진호는 고개를 끄덕였다.

'확실히 이 속도라면…….'

"알겠습니다, 형님. 그런데."

머뭇거리던 유진호가 어렵게 말을 이었다.

"마정석은 제가 주우면 안 되겠습니까?"

"왜?"

"제 자리를 뺏긴 거 같아 분합니다, 형님."

진우가 피식 웃음을 터트렸다.

'하여간 별난 녀석이라니까.'

그로부터 하루 뒤.

진우는 유진호와 약속했던 19번의 레이드를 모두 채웠다.

8. 인간인가, 마수인가?

8. 인간인가, 마수인가?

"형님! 레이드도 끝났는데 회식 어떠십니까?"

돌아가는 차 안에서 유진호가 조심스럽게 물어 왔다.

"회식? 아무도 없는데?"

공격대는 마지막 레이드가 끝나고 바로 해산시켰다. 한송이도 따로 갈 데가 있다고 해서 차에는 진우와 유진호 두 사람뿐이었다.

유진호가 쑥스러운 듯 말했다.

"형님께 계속 도움만 받았으니 오늘은 제가 한 끼 대접해 드리고 싶어서요."

밥 한 끼 먹자는 말을 왜 이렇게 어렵게 할까?

진우는 피식 웃었다.

그냥 같이 먹자는 것도 아니고 한턱내고 싶다는데 마다할 이유가 없었다.

"좋지."

진우가 흔쾌히 수락하자 유진호의 얼굴이 이내 밝아졌다.

"형님! 제가 잘 아는 호텔 레스토랑이 있는데 그리로 모실까요? 거기 스테이크가 아주 끝내줍니다."

"그런 거 말고."

꼭 참석해야 할 자리에서 그런 메뉴가 나왔다면 모를까, 유진호와는 편한 장소로 가서 마음 편하게 먹고 싶었다.

마침 적당한 곳이 눈에 들어왔다.

톡.

진우의 손가락 끝이 차 유리를 찍었다.

"저긴 어때?"

"아, 한우 드시고 싶으셨습니까?"

"아니, 그 옆에."

유진호의 눈이 가늘어졌다.

옆에 있는 식당이라면…… 한 곳밖에 보이지 않았다.

[삼겹살 꽃피는 날에 - 대패 삼겹 전문]

"혹시 대패 삼겹살집 말씀이십니까, 형님?"

"삼겹살 싫어하냐?"

그러자 유진호가 싱긋 웃었다.

"아닙니다. 저도 좋아합니다, 형님."

근처 주차장에 차를 대 놓고 가게 안으로 들어섰더니 바쁘게 움직이는 알바생들과 손님으로 가득 찬 내부가 한눈에 들어왔다.

지금은 오후 7시.

음식점이 붐빌 시간이긴 했다.

"어서 오세요."

알바생이 미소를 짓고 다가왔다.

"몇 분이세요?"

"두 사람요."

"이리로 오세요."

유진호의 대답에 알바생이 두 사람을 구석진 자리로 안내하려 했다.

그런데.

"잠깐만요."

가게 내를 둘러보던 유진호가 창가 쪽의 빈자리를 가리켰다.

"저기는 안 될까요?"

"아, 저기는 지금 예약이 있어서……."

단체 예약 손님이 있는지 식탁 여러 개를 붙여 놓은 자리가 전부 비어 있었다.

유진호는 널찍한 빈자리들을 안타까운 시선으로 바라보다가 고개를 저었다.

결국 두 사람이 앉게 된 곳은 가게의 가장 안쪽, 후미진 자리였다.

유진호가 고개를 푹 숙였다.

"죄송합니다, 형님."

"네가 죄송할 일이 뭐 있냐. 여기 오자고 한 것도 난데."

"그래도 제가 좀 더 좋은 곳으로 모셨어야 하는데."

진우가 씩 웃으며 유진호의 어깨를 툭 쳤다.

"그런 걱정 말고 잘 먹기나 해, 인마."

오히려 진우는 이런 싸구려 고기가 도련님 입맛에 맞을까가 걱정이었다.

'그리고 말을 아꼈지만…….'

진우가 주변을 둘러보았다.

사람들, 그리고 또 사람들.

대부분 항상 조용한 집에서 시간을 보냈기 때문인지 이런 복작복작한 분위기도 싫지 않았다.

"삼겹살 3인분, 소주 2병 나왔습니다."

곧 주문한 삼겹살과 소주가 나왔다.

치이이익-

불판 위에 올린 고기가 먹음직스럽게 익어 갔다. 한 점, 두 점, 고기가 줄어들기 시작했다.

다행히 유진호 입맛에도 맞는 모양이었다.

"저 친구들하고 삼겹살집 자주 갑니다, 형님."

"그래? 대학 친구들?"

"네, 형님. 비싼 사립 초중고 나온 친구들보다 평범한 대학 친구들이 저랑 더 잘 맞더라고요."

진우는 씩 웃으며 고개를 끄덕였다.

유진호라면 그럴 만도 했다.

"한 잔 받으세요, 형님."

"너도."

꼴꼴꼴.

서로 잔을 채우고, 살짝 건배 후 원샷.

"캬하."

그러나 소주를 음미하는 유진호와 달리 진우는 눈살을 찌푸려야

했다.

“엇? 형님, 입맛에 안 맞으십니까?”

“아니. 그런 건 아닌데…….”

진우는 빈 술잔을 허탈하게 내려다보았다.

그동안 정신없이 바쁘게 보내서 그만 깜박하고 있던 것이 있었다.

띠링.

[해로운 성분이 감지되었습니다.]

[‘버프 : 해독’의 효과로 치료를 시작합니다.]

[3, 2, 1…… 해독이 완료되었습니다.]

‘이제 취할 수 없게 됐었지, 참.’

몇 잔을 마셔도 마찬가지.

띠링, 띠링, 띠링.

모든 해로운 효과를 차단해 버리는 ‘무병장수’ 버프가 있는 한 소주는 그냥 맛이 좀 씁쓸한 맹물이나 다름없었다.

진우는 속으로 욕지기를 내뱉었다.

‘젠장.’

쓸데없이 쓰기만 한 물을 마시느니 차라리 음료를 마시고 말지.

“저기요.”

알바가 쪼르르 달려왔다.

“삼겹살 2인분 추가에 사이다 1병 주세요.”

“네.”

알바가 가고 나서 유진호가 고개를 갸웃거렸다.

"형님, 왜 술을 더 시키지 않으시고요?"
"내가 술을 잘 못 마셔."
진우가 얼굴빛 하나 바뀌지 않고 대답했지만, 유진호는 역시 평소답게 전혀 눈치채지 못했다.
그러고는 취기가 올라 벌겋게 달아오른 얼굴로 헤벌쭉 웃었다.
'형님께도 이렇게 인간적인 면모가…….'
유진호가 색다른 시선을 보내왔지만, 진우는 그냥 깔끔하게 무시해 버렸다.
'저 녀석이 이상했던 게 어제오늘 일도 아니고.'
유진호에게 궁금했던 건 따로 있었다.
"앞으로 어떻게 할 예정이야?"
진지한 질문이 나오자 유진호는 면접관을 앞둔 취준생처럼 정 자세를 했다.
"협회에서 간단한 필기시험을 치르기만 하면 길드 마스터 면허가 바로 나옵니다, 형님. 그걸 가지고 저희 아버지와 딜을 한번 해볼 생각입니다."
유진호의 눈에 비장함이 넘쳤다.
그걸 위해 투자한 돈도 크고, 더 이상 물러설 곳도 없었다.
'게다가 형님과의 약속도 걸려 있어.'
진우에게 주기로 한 길드 빌딩.
그건 아버지, 유명한 회장에게서 길드 마스터 자리를 넘겨받아야 지킬 수 있는 약속이었다.
반면 진우는 홀가분한 표정이었다.
'3백억짜리 빌딩이야 받으면 좋긴 하지만.'

어차피 그건 덤이었을 뿐이다.

진짜 목적은 레벨업.

C급 게이트를 들락거리는 동안 생각했던 것보다 훨씬 더 높은 레벨이 되었다.

목표는 이미 이룬 셈이었다.

레벨업의 결과?

수십억 이상의 연봉이 보장되어 있었을 A급 헌터 김철이 뒤통수 한 방에 나가떨어져 의식을 잃었다.

'적어도 녀석보다는 많은 돈을 받을 수 있게 됐단 말이지.'

실력이 뛰어나면 돈은 따라오게 되어 있다.

초조해할 필요가 전혀 없었다.

그런 여유로움이 표정에서부터 묻어 나왔다.

진우가 지난 며칠간을 회상하며 입가에 미소를 떠올리고 있을 때, 유진호가 물었다.

"형님은 이제 어떻게 지내실 예정이십니까?"

"나?"

혹시 물어선 안 될 것을 물은 건가?

잠깐 흠칫했던 유진호가 진우의 부드러운 표정에 한숨을 놓았다.

"당분간 연락이 안 될 거야. 어디 가야 할 데가 있어서."

그 한마디에 유진호의 얼굴이 경직됐다.

버림받은 강아지 같은 표정을 하고 있던 유진호가 앞에 놓여 있던 술잔을 순식간에 비웠다.

탁.

술잔을 테이블 위에 놓은 유진호.

한 잔을 더 비우고 나서야 어렵게 입을 열 수 있었다.

"형님, 제가 만약에 번거로우신 거라면 말씀하세요. 앞으로 더 이상 형님을 귀찮게 하지 않겠습니다."

'이 녀석…….'

연락이 안 될 거라고 해서 이상한 쪽으로 오해한 모양이었다.

옆머리를 긁적이던 진우가 대답에 앞서 물었다.

"진호야."

"예, 형님."

"넌 날 어떻게 생각하냐?"

"저는……."

마땅한 대답이 떠오르지 않는 듯 눈을 굴리던 유진호가 고개를 들었다.

"저한테 10살 이상 차이 나는 형이 하나 있습니다, 형님."

들은 적 있었다.

유명한의 장남, 유진성.

"형은 저를 좋아하지 않아서 형과 단둘이 있었던 시간이 아마 형님과 보낸 시간보다도 적을 겁니다. 그에 비하면 형님께선 제 목숨도 구해 주셨고, 제 일도 도와주셨고……."

유진호가 눈을 똑바로 뜨고 말했다.

"제게는 형님이 친형보다 더 형 같습니다."

아직도 진우가 무섭긴 했다.

그래도 요 며칠간 진우를 따라다니던 순간은 평생 잊지 못할 추억이었다.

무서운 마음보다 존경하는 마음이 더 컸다.

"네가 나를 형으로 생각한다면."
진우가 미소를 띠고 말을 이었다.
"나도 너를 동생으로 생각하마."
"혀…… 형님."
코끝이 빨개진 유진호가 울먹거리기 시작했다. 그것뿐이면 다행인데 자꾸 달라붙으려고 했다.
"형님! 한번 안아 드려도 되겠습니까?"
"야, 야! 너 취했어, 인마!"
"아닙니다, 형님! 저는 지금 그 어느 때보다 맑은 정신입니다, 형님!"
"눈이나 제대로 뜨고 말해!"
"으허어어엉!"
감격한 건지, 주사가 심한 건지.
진우는 테이블에 엎드려 눈물을 뿌리기 시작한 유진호의 어깨를 토닥거렸다.
곧 잠이 든 유진호가 조용해졌다.
"하…… 가지가지 하는 녀석이네."
진우는 의자 등받이에 몸을 기대며 혀끝을 찼다.
유진호.
여러모로 귀찮은 녀석이었지만 이상하게 그다지 밉지는 않았다.

-다음 소식입니다.

문득 진우의 시선이 그리로 향했다.
고깃집의 TV에선 한참 뉴스가 흘러나오고 있었다.

'벌써 9시가 됐나?'

그렇게 별생각 없이 TV 화면을 보고 있는데, 갑자기 낯익은 인물이 나왔다.

'어?'

진우의 눈이 커졌다.

길드 건물을 빠져나오며 기자들의 질문 세례를 받고 있는 인물은 백윤호였다.

"신입 훈련 과정에서 큰 사고가 있었다는데, 그것이 사실입니까?"

"상급 헌터가 전부 사망하고 하급 헌터들만 살아 나왔다는 게 맞습니까?"

"일각에서는 생존자들을 도운 누군가가 있다는 소문이 돌고 있는데요. 어떻게 생각하십니까?"

기자들을 무시하려던 백윤호가 하는 수 없이 대답한다.

"이미 협회와 조사가 끝난 부분입니다. 사고가 난 것은 맞지만 조력자 같은 건 없었습니다. 저희 백호 소속 헌터들이 힘을 합쳐 상급 던전을 클리어하고 나왔다, 그 과정에서 다수의 헌터들이 죽거나 다쳤다, 이게 전부입니다."

기자가 묻는다.

"그럼 어째서 생존자들과의 인터뷰를 차단하고 계신 겁니까?"

"그분들은 죽음의 문턱에서 간신히 살아 돌아왔습니다. 그런 사람들에게 이런 피곤한 질문을 해야겠습니까? 대답은 여기까지만 하겠습니다."

황급히 차를 타고 빠져나가는 백윤호.

진우는 눈을 동그랗게 떴다.

'저거 내 얘기 아냐?'

* * *

얼마 전 미국 동부.

던전 안에서 비명이 터져 나왔다.

"으아아아아악-!"

제임스가 털썩 주저앉았다.

다리에 힘이 풀린 그는 바닥을 기어 도망치다 막다른 벽에 몰렸다는 걸 깨닫고 절망스러운 표정을 지었다.

"지저스!"

게이트의 랭크는 A급.

A급 게이트를 공략하기 위해 그에 맞는 정예 멤버를 꾸려 들어왔다.

그런데 그 멤버들이 전멸했다.

아니, 정확하게 말하면 기절한 것뿐이지만.

'믿을 수 없어!'

벽에 등을 기대고 거친 숨을 몰아쉬던 제임스가 고개를 수차례 가로저었다.

정말로 믿을 수 없는 일이었다.

던전에 들어왔을 때, 공격대는 어떤 마수도 발견하지 못했다.

마수가 한 마리도 없었다.

"마수가 없는 던전?"
"그런 게 있었어?"
"그럼 게이트 밖에서 측정한 마력은 어디서 나왔던 거야?"

헌터들의 의견이 분분했다.
그것도 믿기지 않는 일이었는데, 더 놀라운 일은 보스 방에서 일어났다.
보스 방에 들어갔더니 마수가 있었던 것이다.
인간과 똑같이 생긴 마수 하나가.
그런데 단 하나.
그 마수 한 마리의 공격에 공격대가 전원 의식을 잃고 말다니.
이건 강해도 너무 강했다.
제임스만 겨우겨우 보스 방을 빠져나올 수 있었다.
'설마 이 던전 전체에서 흘러나오는 마력이 그 마수 하나에게서 비롯된 것인가?'
저 멀리 게이트 밖으로 흘러나오는 마력만 쟀는데도 무려 A급을 넘어선다고?
제임스는 다시 한번 고개를 저었다.
'있을 수 없는 일이야.'
그런데.
"하…… 이거 참."
그 마수가 어둠 저편에서 걸어 나왔다.

마수를 발견한 제임스가 비명을 내질렀다.

“으, 으아아아악!”

“어휴, 귀 아파라.”

마수, 아니 머리와 수염을 덥수룩하게 기른 동양인 남자는 정수리를 북북 긁었다.

“아, 아아…….”

제임스는 이제 비명 대신 신음 소리를 내었다.

제임스 앞에 선 남자가 옆구리에 손을 얹었다.

“아니, 그러게 왜 다짜고짜 공격하냐고? 나 마수가 아니고 인간이라니까.”

제임스가 알아들을 수 없는 기괴한 언어였다.

그의 안색이 창백해져 갔다.

겁먹은 제임스를 고민스러운 시선으로 내려다보던 동양인.

한숨을 푹 내쉬었다.

“이거 뭐 코쟁이들이랑 말이 통해야…….”

아무튼 또다시 대화를 시도했다.

쭈그려 앉아서 코쟁이와 눈높이를 맞추고, 목소리도 되도록 친절하게 들리게끔 했다.

“헤이, 헤이.”

떠오르는 몇 개의 영어 단어.

그러나 짧은 지식으로는 이게 문법에 맞는지조차 알 수 없다.

“아임 코리언.”

그래서 최대한 또박또박 발음을 내뱉었다.

“아이 원트 투 고 홈.”

*　*　*

전대미문의 사건!

던전에서 살아 있는 사람이 나오다!

헌터관리국에 비상이 걸렸다.

소식을 들은 부국장이 직접 취조실을 찾았다.

매직미러의 안쪽.

얌전히 수갑을 차고 앉아 있는 동양인 남자가 보였다.

“저 남자인가?”

“그렇습니다.”

“겉보기에는 일반인과 다를 바 없는데?”

“그렇습니다.”

말 그대로였다.

덥수룩한 머리와 수염만 정리하면 동양의 흔한 중년 남성으로 보일 것 같은 외모였다.

“신원은 알아냈나?”

“자신을 한국의 헌터라고 주장하고 있습니다.”

“한국?”

“그렇습니다.”

“한국의 헌터가 어떻게 지구 반대편의 던전에서 나왔다는 건가?”

“10년 전에 던전에 갇힌 채로 게이트가 닫혔는데.”

“눈을 뜨고 보니 미국이었다?”

“그렇게 주장하고 있습니다.”

황동수가 피식 웃었다.

“재앙을 막기 위해 왔다는 인간이 그 재앙이 뭔지 밝힐 수가 없다? 그게 뭔지는 몰라도 혼자 하는 것보다 여럿이 하는 게 낫지 않나?”

남자는 고개를 가로저었다.

“숫자는 그 힘 앞에서 무력하다. 어설픈 이들이 뭉쳐 봐야 먹히고 이용당할 뿐이니까.”

“그래서 당신만이 막을 수 있다?”

남자는 고개를 끄덕였다.

황동수가 속으로 혀를 끌끌 찼다.

‘미쳐도 단단히 미쳤군.’

던전 안에서 10년을 갇혀 있었다면 이해 못 할 바도 아니었다.

아니면 마수가 인간을 흉내 내는 과정에서 오류가 생겨 머리가 어떻게 회까닥했다든가.

그래서 적당히 맞장구쳐 주었다.

“실력에 어지간히 자신이 있나 보군.”

“실력 외의 요건도 있다고 해 두지.”

“뭐…… 그렇다면 그런 거겠지.”

정신이 나간 남자에게서 무슨 정보를 얻어 내겠는가?

황동수는 질문을 그만뒀다.

대신 헌터관리국에서 부탁받은 대로 남자의 신원 조회를 하기 위해 파일 케이스를 열었다.

“이름은 성일환…….”

사진은 확실히 일치했다.

‘얼굴은 10년이 아니라 몇 주에서 몇 달 정도 지난 것 같군.’

하지만 황동수는 신경 쓰지 않았다.

상급의 헌터는 노화도 비켜 나간다고 하니까.

"헌터였을 때의 이력이 화려하군. 요즘 같았으면 돈 좀 만졌겠는데?"

성일환은 대답하지 않았다.

당시는 헌터 체계가 잡혀 있지 않던 시절.

헌터의 등급조차 없던 시기였다.

황동수는 문서를 읽어 나갔다.

"배우자는 박경혜. 자녀가 두 명. 아들은……."

담담히 자녀들의 프로필을 훑어보던 황동수의 눈이 잠깐 커졌다.

'성진우?'

하지만 아주 잠깐이었다.

황동수는 최대한 내색하지 않고 할 말을 이어 갔다.

"……성진우, 딸 이름은?"

"성진아."

"오케이. 다음."

그런데.

"잠깐."

다음 장으로 넘어가려 했던 황동수를 성일환이 저지했다.

황동수가 무심히 고개를 들었다.

성일환의 시선은 황동수의 시선만큼이나 싸늘해져 있었다.

"어째서 내 아들을 언급할 때 살의가 느껴졌던 거지?"

"……."

툭.

황동수가 파일을 책상 위에 놓았다.
그리고 바깥과 연결된 마이크를 껐다.
"질문은 내가 한다고 했을 텐데."
"답을 들어야겠다."
"대답하지 않겠다면?"
"힘으로라도 말하게 만들어야겠지."
성일환의 두 눈이 번들거렸다.
그는 조금도 물러설 기색이 없어 보였다.
그러자 황동수가 피식 웃었다.
"알겠다. 넌 마수로군."
어디서 마수 따위가 헌터에게 협박을?
자신을 향한 강한 적의.
마수의 증거로 삼기에 충분했다.
'아니, 어쩌면 하늘이 주신 두 번째 기회인지도 모르지.'
그렇게 멋대로 결론을 내린 황동수가 방금 껐던 마이크를 다시 켰다.
삑.
"부국장님, 이 남자는 마수입니다. 공격이 시작될 것 같으니 어서 대피들 하십시오."
-뭐? 자, 잠깐!
삑.
매직미러 너머에서 허둥대던 기척들이 순식간에 밖으로 빠져나갔다.
곧 건물에 사이렌이 울렸다.

황동수의 두 손이 은색으로 빛나기 시작했다.

"좀 이따 한국에 들를 예정이다."

준비를 끝낸 황동수가 성일환을 향해 비릿한 미소를 지었다.

"네 아들한테 아버지의 유언이 뭐였다고 전해 줄까?"

* * *

TV에선 계속 레드 게이트에 대한 뉴스가 흘러나왔다.

진우는 뒷머리를 긁적거렸다.

'일이 시끄럽게 됐구먼.'

그래도 전혀 곤란하다는 생각은 들지 않았다.

그냥 좀 미묘한 기분?

자신이 없는 곳에서 전혀 모르는 사람들이 자신에 대해 알아내려고 애쓰고 있다는 사실이 생경했다.

정체를 들키면?

그래도 상관없었다.

'어차피 내가 원하는 수준까지는 끌어올렸다.'

처음에 힘을 숨기고자 마음먹었던 이유는 혹시나 누군가에게 휘둘리게 될지도 모른다는 걱정 때문이었다.

그런데 지금은 어떤가.

백윤호.

백호 길드의 마스터이자 S급 헌터인 백윤호가 붙잡는데도 손을 뿌리칠 수 있는 수준이 됐다.

예전 같았으면 어림도 없는 일.

"……."

마땅히 설명할 말이 생각나지 않았다.

이럴 땐 모른 척이 최고다.

"가자."

"네, 형님!"

벌떡 일어난 유진호가 고개를 갸웃거렸다.

'어라? 몸이 왜 이렇게 개운하지?'

몸을 이리저리 움직여 보던 유진호가 상쾌한 얼굴로 진우를 쫓아 나갔다.

그 뒤로 뉴스가 이어지고 있었다.

[다음 뉴스입니다. 얼마 전 미국 헌터관리국 본부 건물에서 일어난 폭발 사고에 대해 여전히 미국 정부가 공식 발표를 미루고 있는 가운데…….]

* * *

진우는 날이 밝자마자 대성 타워로 갔다.

'다시 봐도 크네.'

100층짜리 고층 빌딩.

가까이서 꼭대기를 올려다보려니 목이 아플 정도다.

'그런데 사람이 너무 많네.'

전에 왔을 때와 달리 대성 타워를 드나드는 사람이 너무 많았다.

밤과 낮의 차이는 컸다.

입구뿐만 아니라 거리에도 사람들이 끊임없이 오갔다.

'이렇게 사람이 많은 곳에서 갑자기 사라지거나 하면 또 시끄러워지겠지.'

안 그래도 요즘 의문의 조력자니 뭐니 해서 스포트라이트를 받고 있는 마당에 일부러 나서서 관심을 끌 필요가 있을까?

'당연히 아니지.'

진우는 눈에 띄는 걸 즐기는 성미가 아니었다.

일단 한적한 곳으로 이동한 진우가 인벤토리에서 악마성 열쇠를 꺼냈다.

금빛을 띠는 기다란 열쇠.

언뜻 보면 장식품 같기도 한 아이템이었다.

'아무도 없겠지?'

주위를 둘러본 진우가 고개를 끄덕였다.

'여기서 가자.'

진우는 은신 스킬을 시전했다.

스르륵.

형태가 사라진 진우가 대로로 나와 사람들 사이를 스쳐 가며 빌딩 가까이까지 걸어갔다.

툭.

툭.

대낮의 도심 한복판 도로답게 얼마 되지도 않는 거리를 가는 동안 인파에 섞여 몇 번이나 어깨를 부딪쳤다.

하지만 아무도 눈치채지 못했다.

'은신 스킬 악용하려면 얼마든지 그럴 수 있겠는데?'

이래서 상급 헌터가 은신 스킬을 보유하고 있으면 집중 관리 대상이 되는 거구나, 하는 생각이 들었다.

잡생각도 잠시.

화르르륵.

처음 왔을 때처럼 보이지 않는 경계 안으로 발을 들이자 주변 환경이 완전히 변했다.

'이렇게 멀리서도 불꽃이 타오르는 소리가 들리네. 도대체 얼마나 뜨거운 거지?'

불타고 있는 거대한 탑.

대성 타워가 있던 자리를 대신 차지하고 있는 악마성이 시야를 가득 메웠다.

인간은 적응의 동물이라고 했던가?

'그래도 처음보단 덜하네.'

확실히 악마성을 처음 봤을 때보다는 긴장감이 훨씬 덜했다.

아니, 어쩌면.

'내가 그만큼 성장했기 때문인지도 모르겠다.'

진우는 악마성 열쇠를 창고로 돌려보내고 이번에는 잿빛을 띠는 열쇠를 꺼냈다.

[아이템 : 성문의 열쇠]

입수 난이도 : A

종류 : 열쇠

악마성의 성문을 열 수 있는 열쇠입니다. 문지기를 죽여야 얻을 수 있습니다.

문지기 개, 켈베로스를 죽이고 회득했던 성문 열쇠였다.

전에는 켈베로스에게 호되게 당해 차마 안으로 들어가진 못했는데, 이제 겨우 쓸 수 있게 되었다.

스르륵.

다음으로 불러낸 것은 무기.

진우는 왼손에 성문 열쇠, 오른손에 '바루카의 단도'를 들고서 성문 앞으로 조심스럽게 걸어갔다.

켈베로스는 보이지 않았다.

'악마성 던전에서는 몬스터들이 리스폰되지 않는 걸까?'

단정할 순 없겠지만 켈베로스와 마찬가지로 그럴 가능성이 높았다.

'그렇다면…….'

몬스터가 리스폰 되던 기존의 인던들과는 구조가 다를 수도 있다는 이야기.

진우는 감각을 날카롭게 유지했다.

두근, 두근, 두근!

스탯 수치가 100을 훌쩍 넘어간 감각을 확장시키자 자신의 심장 뛰는 소리도 천둥소리처럼 들려왔다.

'하지만 무섭지는 않다.'

이전과 달리 지금은 압도적인 강함에서 나오는 자신감이 있었다.

긴장감을 유지하는 것과 두려움에 떠는 것은 다른 이야기였다.

띠링.

성문 앞에 서자 메시지가 떴다.

[성문의 열쇠를 사용하여 안으로 들어가시겠습니까?] (Y/N)

'그럼 여기까지 와서 되돌아갈까?'

가당치도 않은 소리에 진우는 피식 웃으며 Yes를 선택했다.

끼이이익-

그러자 손을 대지도 않았는데 경첩이 삐걱대며 거대한 문짝 두 개가 움직였다.

덜컹!

'어라……?'

진우는 당황했다.

감각을 날카롭게 세우고 있는데도 성문 안쪽에서 몬스터의 기척이 느껴지지 않았다.

'몬스터가 없다고?'

오히려 그 반대의 상황을 걱정했던 진우였다.

몬스터들이 한꺼번에 튀어나올까 봐 페널티 존으로 가서 모래지네를 잡으며 특훈을 해 볼까 생각했던 적도 있었다.

'그런데…….'

그런데 이게 뭐람?

노력이 무색했다.

안은 썰렁할 정도였다.

'허…… 이것 참.'

진우는 허탈한 심정으로 '바루카의 단도'를 도로 창고로 돌려보내고서 악마성 안에 발을 디뎠다.

그 순간.

띠링.

울리는 기계음에 진우가 번개처럼 단검 두 개를 불러냈지만, 그냥 메시지가 왔음을 알려 주는 소리였다.

'엇?'

[퀘스트가 도착하였습니다.]

'퀘스트가 도착했다고?'

일일 퀘스트가 아니라?

하긴 일일 퀘스트 메시지 알림이어도 이상한 것이, 여기 오기 전에 일찌감치 일일 퀘스트를 끝내 놓고 보상까지 챙겨 왔다.

그럼 일반 퀘스트란 말인데…….

처음 있는 일이었다.

'여태까지는 히든 퀘스트나 긴급 퀘스트만 받아 봤으니까.'

싫든, 좋든 매일 받게 되는 일일 퀘스트를 제외하면 말이다.

진우는 고개를 갸웃거리면서도 메시지의 내용을 확인했다.

'확인.'

그러자 퀘스트에 대한 자세한 정보가 나왔다.

띠링.

[일반 퀘스트 : 악마의 영혼을 모아라 1]

악마성은 악마들로 가득 차 있습니다. 악마를 잡고 영혼을 수집해 특별한 보상들을 획득하십시오.

영혼은 악마 한 마리당 하나를 얻을 수 있지만, 상층에는 다수의 영혼을 지닌 악마도 있습니다.

퀘스트 발생 조건: 악마성 입장

퀘스트 완료 조건: 악마의 영혼 10,000개

보상:

1. 모든 아이템 중 택 1
2. 보너스 스탯 +20
3. 공개되지 않는 보상

보너스 스탯 20개!

무엇보다 가장 먼저 진우의 시선을 끈 것은 보너스 스탯이었다.

'지능을 20포인트나 올릴 수 있다!'

미소가 절로 지어졌다.

최근 마나의 부족함을 뼈저리게 느꼈다.

'그림자 병사들을 재생시키려면 많은 마나가 드니까.'

어디 마나만 문제인가?

지능이 올라갈수록 추출할 수 있는 그림자 수와 저장할 수 있는 병사들의 수가 늘어난다는 사실도 확인했다.

하여 지능 스탯이 절실했다.

'레벨업이나 일일 퀘스트로만 올리기에는 한계가 있었는데…….'

퀘스트 보상으로 보너스 스탯 20포인트를 얻을 수만 있다면 모든 문제가 깔끔히 해결된다.

꿀꺽.

군침이 돌았다.

'게다가.'

진우의 시선이 위로 올라갔다.

[보상]

1. 모든 아이템 중 택 1

2. 보너스 스탯 +20

보너스 스탯만으로도 감지덕지인데 모든 아이템 중에서 하나를 선택해 가질 수 있단다.

'정말 아무거나 다 되는 건가?'

진우는 전에 상점 목록에서 봤던 고가의 장비들을 떠올렸다.

'분명 그때…….'

입수 난이도 S등급의 템들 중에서는 수십억, 심지어 100억까지 나가는 아이템도 있었다.

그 100억이 현금이 아니라 시스템상으로만 존재하는 화폐인 골드긴 하지만.

그래도 그게 어딘가?

당장 지금 쓰고 있는 '나이트 킬러'만 해도 3백만 골드짜리 아이템인데 이렇게 요긴하게 쓰고 있었다.

'3백만짜리 B급 아이템이 이 정도 성능이면 수억, 아니 수십억짜리 S급 아이템은 어느 정도일까?'

호기심을 자극했다.

보상 두 개를 보니 공개되지 않는 보상을 제쳐 놓고서라도 놓쳐서는 안 될 퀘스트였다.

'이 정도 보상에 비하면 몬스터 한두 마리 잡는 건 식은 죽 먹기지.'

9. 순조로운 시작

[하급 악마를 처치하였습니다.]
[경험치 100을 획득합니다.]
[악마의 영혼 1개를 획득합니다.]

.

.

[경험치 100을 획득합니다.]
[악마의 영혼 1개를 획득합니다.]

2시간 동안 닥치는 대로 하급 악마들을 잡았다.
진우는 영혼 개수를 확인했다.

[수집한 악마의 영혼 : 309/10,000]

퀘스트 3퍼센트 완료.

만약 같은 속도로 계속 사냥할 수 있다면 2시간 후에는 레벨까지 오른다는 계산이 나온다.

현재 레벨은 61레벨.

60레벨에서 61레벨로 올라가는 데 C급 던전 아홉 개 분량의 경험치가 필요했다.

소요된 시간은 이틀 정도였다.

그런데 여기서는 4시간이면 1레벨을 올릴 수 있다?

'미친 거지.'

진우의 입가에 미소가 떠올랐다.

이렇게 즐겁게 사냥하는 게 얼마 만일까?

'그때 이후로 처음인가?'

합정역 인던에서 더 이상 레벨이 오르지 않을 때까지 지하 1, 2층을 왕복했던 기억 이후로는 없는 것 같았다.

"끼엑!"

진우의 단검이 번쩍이면 어김없이 하급 악마가 하나씩은 쓰러졌다.

"끼아악!"

"키엑."

"케겍, 켁!"

때로는 여러 마리도.

잠깐 사이 진우는 또 하급 악마 20마리를 잡았다.

'대박인데?'

경험치와 영혼 수가 순식간에 잡은 악마들 숫자만큼 늘었다.

거기에 아이템은 덤이다.

이틀간의 성적이었다.

진아에게는 일주일 정도 여행을 다녀오겠다고 해 놨다.

'남은 시간은 5일.'

점차 빨라지고 있는 공략 속도를 감안했을 때, 어쩌면 꼭대기일 것으로 짐작되는 100층까지는 5일도 채 안 걸리겠다는 생각이 들었다.

진우는 문득 주변을 둘러보았다.

완전히 황폐화된 도시.

'이제는 여기가 어디를 베이스로 만들어졌는지도 모르겠네.'

층마다 매번 다른 도시들이 나왔다.

그런데 올라가면 올라갈수록 점점 파괴된 정도가 심해져서, 현재 자신이 있는 27층은 도시의 형태도 알아보기 힘들었다.

도심 한복판에 융단 폭격이라도 떨어지면 이렇게 되지 않을까?

진우는 상념을 떨쳐 버리려고 고개를 가로저었다.

'이러고 있을 때가 아니지.'

손목의 시계를 확인했더니 벌써 오후 11시였다.

여긴 낮이나 밤이 없었다.

일정은 시계에 의존해야 했다.

11시라면 눈을 좀 붙여 둬야 할 시간이었다. 내일 또 던전을 공략할 수 있으려면 말이다.

하지만 그전에.

'성과를 좀 확인해 볼까?'

진우는 퀘스트 진행률을 응시했다.

[수집한 영혼의 개수 : 2,116]

'2,100개…….'

하루에 거의 악마 천 마리씩.

이틀간 많이도 잡았다.

아직 만 마리까지는 한참 남았지만 다수의 영혼을 가지고 있다는 상층의 악마들에 기대를 걸고 있었다.

'일단 위로 가는 게 급선무네.'

다음은 레벨.

"헉!"

진우의 눈이 커졌다.

[레벨 : 67]

금세 레벨이 67까지 올라왔다.

경험치 100짜리 하급 악마를 잡다가 경험치 300을 주는 중급 악마를 잡으니 레벨업 속도가 대폭 증가했다.

'레벨은 진짜 잘 오르네.'

가득한 몬스터, 풍부한 경험치, 적절한 난이도.

악마성은 최고의 레벨업 장소였다.

그리고 올라가는 건 레벨뿐만이 아니었다. 진우는 틈틈이 스킬의 숙련도까지 올렸다.

지금도 진우의 손바닥 위 허공에는 '나이트 킬러'가 둥둥 떠 있었다.

스킬 지배자의 손길.

손을 대지 않고도 물리적인 영향을 미칠 수 있는 힘.

이렇게 가만히 앉아 있을 때조차 스킬 숙련도를 올리는 데 할애했다.

'어차피 지배자의 손길은 마나도 안 드니까.'

신경을 계속 집중하고 있어야 한다는 게 좀 피곤하긴 해도 스킬의 활용도에 비하면 싸게 먹히는 거였다.

마침 좋은 소식이 들려왔다.

['지배자의 손길' 스킬의 레벨이 올랐습니다!]

'좋았어!'

진우는 씩 웃으며 등을 벽에 기댔다. 조금씩, 조금씩 강해지는 게 느껴질 때마다 마음이 편안해졌다.

눈이 스르르 감겨 왔다.

'그러고 보니 지금쯤이면 길드장 면허도 나왔겠네.'

유진호는 잘하고 있을까?

오랜만에 혼자 움직이고 있어서 그런지 문득 늘 뒤에 붙어 다니던 유진호의 얼굴이 떠올랐다.

이미 훌륭한 사업가로 성공한 장남과, 마스터 자격은 있지만 학생인 차남.

절대 쉬운 싸움은 아니었다.

'힘내라, 유진호.'

마음속으로나마 유진호를 응원한 진우는 천천히 깊은 잠에 빠져들었다.

* * *

유진호는 비장한 얼굴로 고급 한정식당에 들어섰다.

아버지의 취향을 고려해 직접 선택한 장소였다.

"회장님은?"

"와 계십니다."

유진호가 꿀꺽 침을 삼켰다.

"이리로."

안내를 받아 아버지 유명한이 있는 방으로 들어갔다.

드르르르.

미닫이문이 열리고 아버지의 얼굴이 보이자 긴장감이 몇 배나 상승했다.

잠깐 약해지나 했지만.

유진호는 다시 한번 마음을 굳게 먹고 아버지의 맞은편에 앉았다.

"웬일이냐? 네가 먼저 약속을 다 잡고."

"아버지, 용건을 말씀드리기 전에 이걸 봐 주셨으면 합니다."

"이건……?"

"제 길드 마스터 면허증과 그간의 레이드 기록입니다."

"마스터…… 면허증? 네가?"

유명한이 의외라는 눈빛을 하자 유진호가 기쁜 얼굴로 고개를 끄덕였다.

"네, 아버지."

유명한은 말없이 유진호가 건넨 문서들을 훑어보았다. 그의 눈에

던 이름이 하나 나오더구나."

유명한의 손끝.

검지가 가리키는 곳에는 유진호의 이름이 있었다. 유진호가 아까 유명한에게 건넨 레이드 자료였다.

검지가 스르르 움직이더니 이번엔 '성진우' 석 자 밑에서 멈추었다.

공대장 유진호, 공대원 성진우.

발뺌할 수 없는 증거였다.

'들켰다…….'

길드 마스터 면허 습득 과정에서 형님의 도움이 있었다는 사실이 알려지고 말았다.

유진호의 얼굴이 굳어졌다.

"네가 길드장 면허를 따는 데는 성진우 헌터의 도움이 컸다. 인정하느냐?"

"……인정합니다."

"더 할 말이 있느냐?"

"……."

유진호는 눈앞이 깜깜해졌다.

길드 마스터 면허증 취득에 형님의 개입이 있었다는 게 알려진 이상, 유진 길드를 맡을 자격이 있다고 아버지를 설득하기가 불가능해졌다.

'…….'

아버지의 엄한 눈빛.

예전부터 저 눈빛만 보고 있으면 다리에 힘이 풀렸다.

'하지만.'

이렇게 주저앉을 수는 없었다.

유진호는 처음으로 아버지 앞에서 용기를 냈다.

고개를 숙이고 소리를 높였다.

"제게 유진 길드를 맡겨 주시면 안 되겠습니까?"

"알겠다."

"예?"

시원스러운 대답에 유진호의 고개가 들렸다.

"네게 유진 길드를 맡겨 보마."

"어째서……?"

"네가 말했지 않느냐. 외부인에게 길드를 맡기는 것은 위험하다고. 네가 있는데 위험을 감수할 필요가 있느냐?"

"하, 하지만 저는 아버지를 속이려 했고."

"그래서 내가 혼이라도 내고 쫓아낼 줄 알았더냐?"

어째서일까?

왠지 아버지의 얼굴이 웃고 있는 것처럼 느껴졌다. 입은 언제나처럼 일자로 꾹 닫혀 있었는데 말이다.

"네가 아무 대책도 없이 무작정 던전에 들어갔다면 그리했을 것이다. 나는 그런 바보를 아들로 둔 기억이 없으니."

유진호는 순간 얼굴이 화끈했다.

'형님을 못 만났다면 지금쯤 아버지께 혼나고 쫓겨났겠구나.'

아니, 그전에 이미 죽었겠지.

속으로 안도의 한숨을 내쉬는 유진호였다.

"대신 조건이 있다."

"네."

"이 성진우라는 헌터…… 유진으로 데려올 수 있겠느냐?"

유진호가 눈을 동그랗게 떴다.

"형님을요?"

'형님?'

유명한의 눈에 이채가 어리었다. 하지만 오래가지 않았다.

"그래."

유진호는 말문이 막혀 왔다.

'끄응…….'

여기서 자신감을 피력하는 게 좋은 인상을 남길 거라는 사실은 코흘리개 애들도 알 수 있었다.

하지만 상대는 형님이다.

부탁은 해 볼 수 있겠지만 그 이상은 자신이 없었다.

그래서 솔직하게 말했다.

"잘 모르겠습니다."

"잘됐구나. 조건이 너무 쉬우면 의미가 없으니."

유명한 회장은 물을 한 모금 마신 후 손수건으로 입가를 닦았다.

"네가 실패하면 길드는 네 형에게 넘기겠다. 한번 해 보겠느냐?"

유진호의 얼굴이 비장해졌다.

'어떻게 잡은 기회인데…….'

여기서 물러선다면 마지막까지 도와주신 형님께도 면목이 없었다.

유진호가 진지한 눈을 하고서 말했다.

"해 보겠습니다."

"좋다."

아버지의 대답을 끝으로 부자간의 딜은 끝났다.

유명한은 말없이 고개를 끄덕였고, 유진호는 일어서서 인사를 하고 나갔다.

유명한은 손수건을 입에서 뗐다. 자꾸만 입가에 떠오르는 미소를 숨기기가 힘들었다.

'녀석…….'

유진 길드를 달라니.

약속을 잡을 때부터 어느 정도 예상은 하고 있었지만 이렇게 당돌하게 나올 줄은 몰랐다.

'호랑이의 자식은 호랑이인 게야.'

유명한의 입가에 미소가 점점 번져 나갔다.

'그 유명한 회장이 웃고 있어!'

고명환의 눈이 커졌다.

유명한 회장의 별명은 포커페이스.

기쁜 일에도 슬픈 일에도 감정을 보이지 않는 것으로 이름난 인물이었다.

고명환이 신기한 듯이 바라보고 있자, 유명한 회장이 옆을 돌아보고 물었다.

"헌터님, 혹시 하실 말씀이라도 있습니까?"

갑작스러운 시선에 당황한 고명환은 황급히 고개를 가로저었다.

"아, 아닙니다."

* * *

……47, 48, 49, 50.

슈우웅—

퍼엉!

불덩이가 볼칸의 졸개 근처에서 폭발하며 작전이 시작됐다.

띠링!

[하층의 지배자, 탐욕스러운 볼칸이 침입자를 발견했습니다!]

[볼칸의 호위병이 침입자를…….]

[볼칸의 호위병이 침입자를…….]

띠링, 띠링, 띠링!

경고음이 무서운 속도로 이어졌다.

그리고 경고음과 동시에 볼칸과 졸개들의 고개가 이쪽을 향했다.

'좋아…….'

주의를 끄는 데 성공했다.

진우는 볼칸의 졸개들에게 들키지 않고 놈들의 뒤로 돌아가 볼칸을 치기 위해 은신으로 모습을 감췄다.

스르르.

모든 것은 계획대로 되고 있었다.

분명 그렇게 생각했는데.

두다다다다다다다—!

'……!'

볼칸이 예상을 깨고 가장 먼저 달려왔다.

'뭐야? 영상을 몇 배속으로 돌린 것 같은 저 움직임은?'

그야말로 눈 깜짝할 사이!

졸개들을 제치고 온 볼칸이 그림자 병사들 앞에 섰다.

'낭패다!'

진우의 눈이 커졌다.

덩치는 산만 한 녀석이 빠르기는 상상을 초월했다.

"으음!"

볼칸이 몽둥이를 쳐들었다.

하늘로 향한 몽둥이가 무방비로 노출된 마법병들을 덮치기 직전, 어디선가 튀어나온 아이언이 칠흑의 방패를 세웠다.

부웅-

콰직!

가까스로 공격은 막았지만…… 아이언의 두 팔이 박살 나 버렸다. 그림자 병사들 중 가장 단단한 녀석이 한 대를 못 버티고 전투 불능 상태가 됐다.

후두둑-

부서진 아이언의 팔이 조각난 상태로 바닥에 떨어져 내렸다.

"으음? 으음?"

방금 일격이 시원찮았는지 볼칸은 고개를 갸웃거리며 몽둥이를 뚫어져라 들여다보았다.

그러나 그것도 잠시.

놈이 다시 몽둥이를 내려찍었다.

"으음!"

콰직!

방어할 수단을 잃은 아이언과 그의 뒤에 있던 마법병들이 무력하게 파괴됐다.

빠직.

그 장면을 목격한 진우는 속에서 뭔가가 뚝 하고 끊어지는 느낌이 들었다.

'이 새끼가…….'

진우가 아랫입술을 깨물었다.

이성의 명령이 아니었다.

팟!

정신을 차리고 보니 이미 볼칸을 향해 뛰어오른 뒤였다.

타깃은 정해졌다.

산 같은 덩치와 다르게 몸에 붙어 있는 혹처럼 조그만 머리.

진우는 공중에 떠 있는 상태로 허리를 뒤틀었다. 뒤로 당겨진 어깨와 팔의 근육이 부풀어 올랐다.

꽉 움켜쥔 오른손에 온 신경을 집중하자 스르륵 은신이 풀렸다.

"으음?"

뒤늦게 볼칸이 진우를 발견했다.

하지만 코앞에 두고서도 피할 수 있을 정도로 진우의 주먹은 느리지 않았다.

쉬익-!

총탄처럼 쏘아진 주먹이 볼칸의 옆얼굴을 강타했다.

투콰!

볼칸이 튕겨져 나갔다.

한참 동안 바닥을 구르던 볼칸은 뼈대만 남은 건물의 잔해에 처박히고서야 간신히 움직임을 멈췄다.

와르르!

그나마 남아 있던 건물의 형체가 무너지며 볼칸에게 떨어졌다.
탁.
가볍게 착지에 성공한 진우가 눈을 동그랗게 떴다.
'뭐가 이렇게 가볍게 날아가?'
스스로도 안 믿기는지 자신의 주먹을 내려다보았다.
저 덩어리를 날려 버린 주먹에는 생채기 하나 찾을 수 없었다.
그때 문득 떠오른 기억.
'아, 그러고 보니…….'
진우는 고개를 들었다.
머리 위엔 금방 호출한 스탯 창이 떠 있었다.

[스탯]
근력 : 150　　체력 : 109　　민첩 : 139
지능 : 109　　감각 : 111

'……그랬었지.'
스킬은 암살자 타입으로 얻고, 직업은 마법 계열로 정해져서 깜박 잊고 지냈던 것이 있었다.

[근력 : 150]

'…….'
모든 스탯 포인트를 지능 쪽에 쏟아붓고 있는데도 아직 근력이 지능보다 1.5배 가까이 앞선 상태였다.

'정말 무식하게도 힘에만 투자했었구나.'

거기다 지금은 레벨까지 폭발적으로 끌어올린 상태.

스탯을 하나하나 살펴보니 그간의 성과를 실감할 수 있었다.

그 결과가 저것이다.

처박혀 있는 볼칸을 바라보던 진우가 어이없다는 표정으로 실소를 흘렸다.

"허……."

일반 몬스터인 하급 악마, 중급 악마들을 학살할 때는 알기 힘들었다. 그런데 보스급을 마주하고 나자 확신할 수 있었다.

'확실히…… 강해졌다.'

불끈.

움켜쥔 주먹에 힘이 들어갔다.

고양감이 몸속을 채워 갔다.

그때.

익숙한 기계음이 들렸다.

띠링.

'뭐지?'

진우는 고개를 들었다.

"으음? 으음?"

쓰러졌던 볼칸이 몽둥이를 지팡이 삼아 몸을 일으키고 있었다.

'넘어진 몬스터가 일어난다고 경고음이 울렸던 경우가 있었나?'

시스템이 그리 친절했던가?

고개를 갸웃거리는 진우의 눈앞에 기계음의 원인으로 보이는 메시지가 떴다.

[하층의 지배자 탐욕스러운 볼칸이 '스킬 : 분노'를 사용합니다.]

'어?'

띠링, 띠링, 띠링.

연달아 경고음이 울렸다.

[분노 상태가 계속해서 유지됩니다.]

[볼칸의 능력치가 50% 증가합니다.]

[볼칸이 느끼는 통증이 감소합니다.]

'저 스킬……?'

진우가 켈베로스에 대한 기억을 채 꺼내기도 전에 두 눈이 붉어진 볼칸이 쏜살같이 달려왔다.

두다다다다다다다다다다다다!

요란한 발소리와 함께 지면이 흔들렸다.

진우가 뒤를 돌아보았다.

뒤에서는 볼칸의 부하들과 그림자 병사들의 전투가 한창이었다.

"그워어어어!"

"키에엑!"

악마들과 병사들이 뒤섞여 있는 가운데서 진우는 아이언을 찾아냈다. 어찌나 충격이 컸었는지 아이언은 아직도 재생이 진행되는 중이었다.

"아이언!"

진우가 소리쳤다.

그러자 아이언이 자신의 방패를 힘껏 진우에게 던졌다.

방패를 넘겨받은 진우.

시선을 다시 앞으로 향했을 땐 이미 볼칸이 서 있었다.

'내가 피하면 병사들이 휩쓸린다.'

병사들 없이는 볼칸과 놈의 부하들을 모두 사냥하기가 어려웠다.

그래서 진우는 최대한 병사들을 지킬 수 있는 방법을 택했다.

방패를 치켜들고, 팔에 힘을 주었다.

"으음!"

곧 볼칸이 몽둥이를 내리쳤다.

쾅!

쾅!

쾅!

땅이 울릴 정도로 무시무시한 공격이 숨 쉴 틈 없이 쏟아졌으나, 진우는 침착하게 버텨 냈다.

높은 물리 방어력과 올라간 체력 스탯이 그걸 가능하게 했다.

"음? 음?"

공격이 먹히지 않자 흥분한 볼칸이 사정없이 몽둥이를 휘둘렀다.

쾅! 쾅! 쾅! 쾅!

하지만 진우의 무릎이 굽혀지는 일은 없었다.

'그래도…….'

이렇게 버티는 것만으로는 저 덩어리를 잡지 못한다.

진우의 미간에 주름이 생겼다.

켈베로스의 경우와 다른 것이, 볼칸의 분노 스킬은 효율이 조금 떨어지는 대신 지속 시간에 한계가 없었다.

언제까지 이 상태로 있어야 할지 알 수 없다는 뜻이었다.

쾅! 쾅!

진우는 이를 악물었다.

'맞고만 있는 건 성미에 안 맞기도 하고…….'

쾅!

마지막으로 부딪힌 몽둥이가 방패에서 떨어질 때.

반격을 준비하던 진우가 볼칸의 머리를 향해 뛰어올랐다.

하지만 기회를 노리던 건 진우만이 아니었다.

"으음!"

진우가 뛰어오르는 타이밍에 맞춰 볼칸이 상체를 뒤로 멀찍이 뺐다.

'뭣?'

그리고 옆에서 궤적을 그리며 날아오는 몽둥이.

'……당했다.'

손이나 발이 닿을 곳이 있다면 모를까.

공중에서는 피할 길이 없었다.

막아 낸다 해도 그 충격으로 인해 어디로 튕겨 나갈지 모른다.

부웅-!

느려진 시간 속에서 진우는 점점 더 가까이 다가오는 몽둥이를 보며 침음성을 흘렸다.

'방법이, 방법이 없을까?'

몸을 움직일 수만 있다면 어떻게든 피해 볼 수 있을 텐데.

생각이 거기까지 다다른 순간.

'몸을 움직인다?'

머릿속에 번뜩 떠오른 아이디어.

계산하고 있을 틈은 없었다. 생각과 동시에 진우는 '지배자의 손길'을 써서 볼칸을 밀었다.

"으음?"

물론 볼칸같이 육중한 녀석을 움직이기에 '지배자의 손길' 스킬의 힘은 터무니없이 부족했다.

하지만 그 반동으로 자신이 뒤로 밀려났다.

부웅-!

몽둥이의 끝이 아슬아슬하게 눈앞을 스쳐 지나갔다.

'됐다!'

나가떨어진 진우는 바닥을 몇 바퀴 구르기는 했으나 몽둥이에 맞았을 경우와 비하면 비교적 무사히 지면에 착지했다.

"휴-!"

균형을 잡는 데 성공한 진우가 안도의 한숨을 내쉬었다.

"으음?"

반면 볼칸의 얼굴은 흉측하게 일그러졌다.

회심의 일격이 무위로 돌아가자 머리끝까지 화가 난 모양이었다.

"으음, 으음!"

붉어지는 볼칸의 얼굴을 보고 있던 진우가 옆머리를 긁적거렸다.

'이걸 어쩐다?'

정면으로 뛰어오르니 어렵지 않게 피해 버린다.

그렇다고 머리 말고 다른 곳을 공격하자니 온몸을 둘러싼 살 때문에 치명상을 입힐 수 있을 것 같지가 않았다.

'피할 수 없는 상황을 만드는 수밖에 없나?'

문득 좋은 생각이 떠올랐다.

진우의 입꼬리가 올라갔다.

이윽고 뒤돌아선 진우가 달리기 시작하자 그걸 도망치는 것으로 착각한 볼칸이 급하게 뒤쫓아 왔다.

두다다닷-!

볼칸이 따라올 수 있도록 속도를 조절하며 달리던 진우가 적당한 건물을 발견하고는 눈을 빛냈다.

'저거다.'

한편.

"으음!"

볼칸은 진우와의 거리가 좁혀지자 몽둥이를 뒤로 젖혔다.

벌레 같은 생물!

자꾸 귀찮게 구는 놈을 박살 낼 수 있는 찬스가 왔다.

볼칸의 얼굴에 징그러운 미소가 떠올랐다.

그렇게 몽둥이를 내리치려는데.

벌레 같은 것이 갑자기 속도를 내더니 무너지다 만 건물의 외벽을 빠르게 밟고 올라갔다.

"으음?"

뭔가 꺼림칙한 느낌이 들었지만 속도를 줄이기에는 이미 불가능했다.

"으음, 으음?"

순식간에 자신의 눈높이까지 건물을 타고 올라간 벌레가 벽을 강하게 박찼다.

콰직!

거미줄처럼 금이 번져 나가는 벽에서 여태껏 한 번도 본 적 없는

그랬더니 아이템 정보가 떠올랐다.

[재료 아이템 : 세계수의 파편]

입수 난이도 : ??

종류 : 재료

세계수의 가지를 꺾어 만든 '볼칸의 몽둥이'에서 오염된 부분을 제거하고 남은 목재입니다. 세계수에서 얻어 낸 목재는 강한 마력을 지니고 있어 최고급 마법 도구의 재료로 쓰입니다.

'최고급 마법 도구의 재료라.'

이걸로 뭘 만들 수 있는지 궁금했지만 안타깝게도 거기까진 나와 있지 않았다.

그래도 보통 물건이 아님은 확실했다.

가까이 두고 있는 것만으로도 강한 기운을 느낄 수가 있었다.

'이 나무…… 유용하게 쓰일지도 모르겠다.'

진우는 '세계수의 파편'을 상점에 넘기지 않고 창고로 보냈다.

그 후 다른 아이템들도 하나씩 정보를 확인해 보았다.

[아이템 : 악마 군주의 귀고리]

입수 난이도 : S

종류 : 장신구

근력 +20, 체력 +20

악마 군주의 목걸이, 악마 군주의 반지와 함께 착용하면 세트 효과가 개방됩니다.

세트 효과 1. (개방 안 됨)
세트 효과 2. (개방 안 됨)

'이건 세트 효과가 있네.'

단일 옵션만 놓고 보면 A급이었던 '파수꾼의 목걸이'와 비슷했지만, '악마 군주의 귀고리'에는 아직 밝혀지지 않은 세트 효과가 있었다.

세트 효과를 뺀다고 해도 훌륭했다.

근력과 체력이 각각 20씩 증가.

'1업당 능력치 포인트가 5개 오르는 셈이니까.'

능력치 포인트로만 계산하면 8업을 해야 얻을 수 있는 수치였다.

진우는 기쁜 마음으로 귀고리를 집어 들었다.

['아이템 : 악마 군주의 귀고리'를 착용하시겠습니까?]

'착용.'

귀고리 역시 다른 아이템들처럼 형태가 감춰지며 옵션이 적용되었다.

올라간 스탯을 보며 진우는 만족스럽게 웃었다.

악마 군주의 장신구 시리즈라.

'분명 다른 장신구들도 여기서 나오겠지?'

악마라는 이름이 붙어 있는 걸 보니 악마성에서 나오는 아이템이라는 사실을 쉽게 짐작해 볼 수 있었다.

어떤 세트 효과가 있을까?

이제 겨우 파츠 하나를 손에 넣었을 뿐인데 벌써부터 기대가 됐다.
하지만 진우의 미소는 오래가지 못했다.
'이건……?'

[아이템 : 탐욕의 구슬]
입수 난이도 : A
종류 : 마법 도구
고위 악마 볼칸의 피를 굳혀서 만든 구슬입니다. 마법 효과를 증폭시켜 더 많은 피해를 입힙니다.
효과 '파괴 욕구' : 마법 데미지를 2배 증가시킵니다.

당구공 크기의 붉은색 공.
진우는 '탐욕의 구슬'을 손에 쥐었다.
스탯의 상승은 없었다.
마법이라고 할 수 있는 직업 전용 스킬 창들을 꺼내 살펴봤지만 추출할 수 있는 그림자 수나 저장할 수 있는 그림자 수도 변하지 않았다.
'내가 쓸 수 있는 템이 아닌가?'
진우는 고개를 갸웃거렸다.
마법 데미지 두 배 증가.
성능은 정말 엄청났다.
원래 마법을 증폭시키는 도구는 엄청나게 비싸서 소수의 마법 계열 헌터만 사용이 가능했다.
하지만 그런 고가의 아티팩트 중에서도 출력을 두 배로 높여 주는 물건이 있다는 소리는 아직 한 번도 들어 본 적이 없었다.
그런 게 있다면 특종으로 난리가 났을 거다.
여태 몰랐을 리가 없다.
그런데 이 '탐욕의 구슬'인가 뭔가 하는 아이템은 마법 데미지를 두 배나 올려 준다고 되어 있었다.
'그럼 뭐 하나? 나한테 도움이 안 되는걸.'
진우는 입맛을 다셨다.
단순히 마법 데미지를 두 배로 만들어 주는 물건이라면 자신에게는 아무 영향도 끼칠 수 없었다. 그림자 추출과 그림자 저장은 데미지와 무관하니까.
다른 스킬들은 아예 마법도 아니고.
차라리 지능을 올려 주는 아이템이 나왔다면 더 좋았을 텐데.
'쯧.'
진우가 아쉬운 눈빛으로 '탐욕의 구슬'을 가볍게 던졌다 받았다 하며 노는 동안, 졸개들 정리를 끝낸 그림자 병사들이 하나씩 다가왔다.
가장 빠른 녀석은 이그리트였다.
오른손에 세 개, 왼손에 세 개.
총 여섯 개나 되는 악마의 머리를 양손에 들고 와 진우의 앞에 떡하니 내려놓았다.
"……."
진우는 무릎 꿇는 이그리트를 바라보면서 옆머리를 긁적거렸다.
"그거 좀 안 하면 안 될까?"
물론 정중히 고개를 숙인 이그리트는 아무 대답도 하지 않았다.
"네가 그러니까……."

진우의 시선이 아이언에게 향했다.

아이언은 언제 잘랐는지 모를 볼칸의 머리를 질질 끌고 와서는 똑같이 무릎을 꿇었다.

"……재도 따라 하잖아."

심지어 저건 내가 잡은 건데.

진우는 아이언에게 시선을 고정시킨 채 한숨을 푹 내쉬었다.

그러다 문득 재미난 생각이 들었다.

'아이언의 방패를 내가 썼었던 것처럼 '탐욕의 구슬'을 한번 얘들한테 써 보게 할까?'

마침 일반 병사들 뒤로 느릿하게 걸어오는 마법병들이 보였다. 마법병은 기사는 물론이거니와 일반 병사들보다도 발이 느렸다.

진우는 그 셋 중 가장 빨리 도착한 녀석을 불러냈다.

손가락을 까딱거리자 검은 로브를 뒤집어쓴 마법병 하나가 부지런하게 걸음을 옮겼다.

'……그냥 내가 가고 말지.'

고개를 가로젓던 진우가 성큼성큼 걸어가 마법병의 손에 '탐욕의 구슬'을 쥐여 주었다.

그러고는 아까 자신이 뛰어오르는 데 사용했던 건물을 가리켰다.

어차피 그림자 병사들은 본인의 의지만으로도 움직일 수 있었기 때문에 따로 설명을 덧붙일 필요가 없었다.

진우가 사인을 내렸다.

"발사."

그 순간 하늘로 치켜든 마법병의 손 위에 평상시의 두 배쯤 되는 불덩어리가 생겨났다.

'헉!'

진우가 눈을 동그랗게 떴다.

놀라고 있을 틈도 주지 않고, 손끝의 불덩어리는 금방 마법병의 손을 떠났다.

슈우우욱-

퍼어어어엉!

"허!"

진우는 입이 쩍 벌어졌다.

폭발에 휩쓸린 건물은 종이로 지은 장난감 집처럼 부서져 내렸다. 건물을 태우는 불길은 쉽게 사그라질 기미가 보이지 않았다.

타닥, 타닥!

치솟아 오르는 불꽃을 놀란 눈으로 지켜보던 진우가 급히 마법병에게서 '탐욕의 구슬'을 넘겨받았다.

그러고는 다시 아이템 정보를 꼼꼼히 확인했다.

'없어. 확실하게 없다.'

몇 번이고 다시 읽어 봐도 '탐욕의 구슬' 정보에는 타인에게 양도가 불가능하다는 설명이 없었다.

그렇다면 이걸 거래할 수 있다는 뜻인가?

꿀꺽.

진우가 마른침을 삼켰다.

진우의 시선이 다시 건물로 옮겨 갔다.

화르륵!

아직도 불이 타오르고 있는 건물 일부분이 또 요란한 소리를 내며 무너졌다.

그걸 보는 진우의 입가가 씰룩거렸다.

'이거 참…….'

마법 계열 헌터분들이 아주 환장을 하시겠는걸?

처음의 아쉬웠던 눈빛은 어디가고, 진우의 시선은 점점 기대감으로 물들어 갔다.

* * *

햇볕이 쨍쨍한 오후.

"902호 청년요?"

아줌마가 고개를 갸웃거리다가 잠시 후 대답했다.

"글쎄요, 요즘 안 보이던데."

"아, 네. 감사합니다."

현기철은 꾸벅 고개를 숙였다.

성진우 헌터가 사는 낡은 아파트 근처에서 그를 기다리기 시작한지 벌써 사흘째.

아직 한 번도 마주치지 못했다.

매일 직접 갈아 오고 있는 야채 주스가 무안할 지경이었다.

현기철은 한숨을 내쉬며 폰을 들었다.

뚜르르, 뚜르르.

곧 상대가 전화를 받았다.

—어, 기철아.

"과장님."

상대는 안상민 과장이었다.

"성진우 헌터님이 통 보이지가 않습니다. 아파트 주민들도 요즘엔 본 적이 없다고 하네요."

-그래?

"네."

-어쩔 수 없지. 그럼 너도 내일부터는 다시 사무실로 와라.

"네, 알겠습니다."

뚝.

안상민은 전화를 끊으며 고개를 갸웃거렸다.

성진우 헌터는 대체 어딜 간 걸까?

며칠 전부터 도무지 연락이 되질 않았다. 일부러 전화를 피하나 싶어 현기철을 보내 봤더니 집 근처에서도 보이질 않는단다.

문득 문제가 생긴 것은 아닌지 걱정이 들었다.

'누가 누굴 걱정하는 건지는 모르겠다만.'

여하튼 기분이 좀 싱숭생숭했다.

톡톡.

누가 어깨를 두드려서 돌아보니 박희진 헌터가 옆에 와 서 있었다.

"동생에게는 일주일 정도 친구와 여행을 다녀온다고 말했다는데요?"

"성진우 헌터님이요?"

"네."

"그렇다면…… 목적지가 지구 위는 아닐 겁니다."

"네?"

박희진이 눈을 동그랗게 떴다.

안상민이 빠르게 설명했다.

"해외로 나간 흔적은 당연히 없으시고, 요 며칠간 은행에서 돈을

나 혼자만 레벨업 2

1판 1쇄 발행 2019년 8월 19일
1판 24쇄 발행 2024년 8월 1일

지은이_ 추공
발행인_ 최원영
편집장_ 이호준
편집디자인_ 최은아
영업_ 김민원 조은걸

펴낸곳_ (주) 디앤씨미디어
등록_ 2002년 4월 25일 제 20-260호
주소_ 서울시 구로구 디지털로32길 30 코오롱디지털타워빌란트 1301-1308호
전화_ 02-333-2513(대표)
팩시밀리_ 02-333-2514
E-mail_ papy_dnc@dncmedia.co.kr
블로그_ blog.naver.com/gnpdl7

값 12,000원

ISBN 979-11-364-0122-9 (04810)
ISBN 979-11-364-0120-5 (set)